Aemilian Hro

DER TOD GEHT IN SCHWARZ

Krimi

Oertel+Spörer

PROLOG

Der Kommissar kommt langsam zu sich, kalt und steif auf seinem harten Nachtlager. Der Schneesturm ist abgeklungen. Ein sonniger, frostiger Tag kündigt sich an. Er wagt nicht, das Feuer zu entfachen, fürchtet die Rauchfahne, die im Morgenlicht leicht zu erkennen wäre.

Plötzlich ist er hellwach, horcht in die Stille. Ganz in der Ferne ein Motorgeräusch, das langsam anschwillt. Kennt jemand einen Pfad, der zur Hütte heraufführt? Vorsichtig späht er hinaus. Ein Mann auf einem Schneemobil nähert sich, hält in einiger Entfernung. *Polizia* liest er auf der Bugverkleidung. Der Mann steigt ab, eine Maschinenpistole in Händen – eine Uzi, eine üble Nahkampfwaffe.

Der Polizist kommt langsam auf die Hütte zu, die Uzi schussbereit in der Rechten. Mehrmals hält er lauschend inne, beschattet die Augen mit der linken Hand gegen den hellen Morgenhimmel, das Schneemobil weiter entfernt geparkt. Kleinfeldt beobachtet ihn durch einen Spalt im Fensterladen. Eigentlich darf er ihn nicht herankommen lassen, müsste ihn aus sicherer Deckung erschießen. Doch es wäre heimtückischer Mord. Er sieht nur eine Möglichkeit: Er muss hinter den Mann kommen, von vorne hätte er mit der Luger keine Chance. Er kennt die furchtbare Wirkung der Uzi, hat beim Geheimdienst einst damit trainiert. Selbst wenn er noch einen Schuss abgeben könnte, die Uzi würde ihn durchsieben.

Ein junger Kerl, vermutlich mit wenig Erfahrung. Der Kommissar hofft, er möge es unterlassen, die Hütte vorab sichernd zu umkreisen. In fliegender Hast zieht er die Jacke über, steckt die Luger ein, huscht zum Fenster an der Seitenwand, kann es leise öffnen, steht draußen in höchster Spannung.

SONNTAGNACHT

Auf, auf, Herr Kommissar, ein Mord!

Knurrend knallt Kommissar Kleinfeldt den Telefonhörer auf die Station. Er hat durchschlafen wollen. Doch nun muss er raus. Ein Mord!

Er schlüpft in die Kleidung, greift das Notwendigste und verlässt hastig seine Wohnung. Fauchend springt der schwarze Kater im Treppenhaus auf, den er in der Eile übersehen hat.

»Centu, sorry!«

Der Kater folgt ihm beleidigt die Treppe hinunter. Und als der Kommissar die Haustür öffnet, huscht Centurio unversehens hinaus und entschwindet ins Abenteuer der Nacht.

Der Kommissar wohnt in der Tübinger Gartenstraße, hat sein Auto in der Hanggarage neben dem Mietshaus. Noch im Herausfahren stellt er das mobile Blaulicht aufs Wagendach. Kurz darauf jagt er über die Eberhardsbrücke in Richtung Südstadt.

Tausend Gedanken gehen ihm durch den Kopf, als er die Hechinger Straße hinunterfährt. Dieses ärgerliche Verfahren gegen ihn wegen illegaler polizeilicher Ermittlungen. So manchen Fall hätte er gar nicht anders lösen können!

Die Bestie! Monatelang war immer mal wieder eine verstümmelte Frauenleiche im Schönbuch entdeckt worden. Die Ermittlungen liefen auf Hochtouren. Dann endlich eine Spur zum Täter, einem honorigen Bürger, aber ein Durchsuchungsbeschluss kam nicht zustande. So war er nachts, maskiert mit schwarzer Sturmhaube, in dessen Villa eingestiegen, war auf die gefolterte und missbrauchte Frau gestoßen. Er befreite sie, benachrichtigte die Kollegen und machte sich unerkannt davon. Doch vorher hatte er seine heiße Wut an dem Unhold kühlen müssen, ihm einige gebrochene Rippen verpasst, um ihn dann später im Krankenhaus zu verhaften.

Er grient, denkt an die Schlagzeilen in der Presse über das »geheimnisvolle Phantom der Nacht«.

Und die anderen nächtlichen Unternehmungen? Dienen sie tatsächlich nur seinen Ermittlungen, oder will er sich die biedere Polizeiarbeit erträglicher machen? Schon in seiner Zeit beim Geheimdienst konnte er die riskanten, Adrenalin geladenen Missionen nicht missen.

Aber warum nimmt er die neue Assistentin mit? Will er ihr imponieren? Ihr bezaubernder Charme, ihr sanftes und freundliches Wesen – ähnlich seiner verstorbenen Frau. Und gleichzeitig hat er sie als mutig und wild erlebt, als sie mit ratternder Maschinenpistole die Deckung der Gangster erstürmte, sein Leben rettete und ihres riskierte. Angesichts ihrer liebenswürdigen Art und bildschönen Erscheinung ist sie leicht zu verkennen.

Ich hätte sie niemals einstellen sollen! Diese Unruhe im Hause. Grimmig denkt er an die jungen Kollegen, die unter den abseitigsten Vorwänden auf der Dienststelle erscheinen, ihre Aufmerksamkeit zu erringen. Und er selbst …?

Aus dem laufenden Ermittlungsverfahren gegen ihn hat er sie heraushalten können. Er müsste vorsichtiger sein, sollte sie außen vor lassen, denn irgendwann fliegt jede faule Sache auf.

Was lässt der neue Fall dieses Mal erwarten? Er wird vorerst auf sich gestellt sein, sie ist noch im Urlaub.

Eigenartige Tatortbefunde

In der Katharinenstraße blitzen Blaulichter in der Dunkelheit. Es ist Sonntagnacht, fünf Minuten vor zwölf. Ein leichter Regen hat eingesetzt. Der Kommissar stellt das Auto ab und eilt hinüber zu dem düsteren Gebäude des Tübinger Mädchenheims. Das große Haus liegt im ungewissen Licht der nahen Straßenlaterne, eine holzüberdachte Steintreppe führt ins Hochparterre.

»Herr Kommissar, guten Abend.« Der Streifenwagenbeamte weist in einen schwach erleuchteten Hausflur. »Dort drüben im Geschäftszimmer.«

Kleinfeldt betritt den Raum. Tot am Boden eine Frau, rücklings ausgestreckt, mitten in der Stirn ein kleines Loch. Sie scheint Mitte vierzig, eine elegante Erscheinung, am Handgelenk eine Luxusuhr. Ihre graue Kostümjacke steht offen, unter der weißen Bluse wölbt sich ein attraktiver Busen, volles blondes Haar umrahmt ihr Gesicht. Kleinfeldt meint, ein erstaunter Ausdruck läge auf ihrem erstarrten Antlitz.

»Wer ist die Tote?«

»Die Leiterin des Mädchenheims, Herr Kommissar, eine Rebecca Romano.«

Der Beamte deutet durch die offene Tür auf eine Person weiter hinten im Hausflur, die der Kommissar erst jetzt bemerkt.

»Die Kinderbetreuerin der Nachtschicht … hat uns alarmiert.«

»Gut, soll warten.«

Am liebsten hätte er die Sache zum Teufel gewünscht. Sein nervöses Hicksen, das er vergeblich zu unterdrücken sucht, macht ihn nur noch ärgerlicher. Widerwillig zieht er Einmalhandschuhe über und hebt vorsichtig einen Arm der Toten. Die Leichenstarre ist noch nicht eingetreten. Er besieht die kleine Einschussstelle in der Mitte der Stirn, dreht den Kopf der Toten ein wenig zur Seite und wundert sich über das fehlende Ausschussloch. Das Projektil muss noch im Kopf des Opfers stecken. Offensichtlich Kleinkaliber, denkt er verblüfft.

Urplötzlich erinnert er die fatale Geheimdienstmission: Genau so ein kleines Einschussloch im Kopf seines Kollegen! In geheimer Order waren sie tagelang einem osteuropäischen Killerkommando hinterhergejagt, sollten deren Identitäten ermitteln. Was sie nicht wussten: Sie waren längst erkannt worden, ahnten nicht die Falle, in die sie gelockt wurden – ein inszeniertes Szenarium. Von der Terrasse einer Kaffeebar aus meinten sie, gute Fotos von ihren Zielpersonen schießen zu können. Eine Besucherin, ihnen unverdächtig, hatte seinem Kollegen unverhofft eine Kleinkaliberpistole an die Schläfe gesetzt und abgedrückt. Ein Mord, ähnlich wie hier geschehen.

Der Kommissar atmet tief durch, ruft sich zur Ordnung.

»Habt ihr die Tatwaffe gefunden?«

»Nein, Herr Kommissar.« Der Beamte macht Anstalten, sich suchend umzusehen.

Kleinfeldt seinerseits durchmustert den Raum. Hier stimmt etwas nicht! Entgegen dem eleganten Äußeren der Toten erscheint ihm die Büroeinrichtung geradezu ärmlich. In Fensternähe ein abgenutzter Schreibtisch mit Telefon und Laptop. An einer Seitenwand ein alter Büroschrank und ein schäbiges Bücherregal, das mit seinem krausen Durcheinander von Akten Zweifel an einem geordneten Geschäftsbetrieb aufkommen lässt.

Angesichts der teuren Luxusuhr der Toten sollte ein Raubmord wohl auszuschließen sein. Vielleicht eine Beziehungstat, überlegt er, aber das Kleinkaliber deutet eher auf einen Profikiller. Wenn's einer von denen war, wird's schwierig. Er weiß, wie gefährlich diese Leute sind und wie geräuschlos und professionell sie arbeiten, treffen jede Vorkehrung, um nur keine DNA zu hinterlassen, binden sich sogar Hosenbeine und Jackenärmel zu. Nun gut, die Kriminaltechnik wird so einiges zu tun haben.

Das Fenster steht halb offen. Unvermittelt entdeckt er auf dem Fußboden darunter eine Kappe. Er bückt sich: Eine helle Sportkappe, am hinteren Klettverschluss ein schwarzes Haar, etwa fünf bis sechs Zentimeter lang. Könnte dem Täter gehören, falls er durchs Fenster ist. Aber seltsam: Würde ein Profikiller nicht lieber mit einer umschließenden Kopfhaube arbeiten?

Über sein Mobiltelefon alarmiert er die Spurensicherung und die Gerichtsmedizin.

Eine dubiose Zeugin und ein Verdächtiger

Im schummerigen Hausflur wartet die Frau. Er tritt auf sie zu, eine grauhaarige ältliche Person, er schätzt sie auf Ende fünfzig. Devot kommt sie ihm entgegen, macht in ihrem zerknitterten blauen Kittel und den strähnigen Haaren einen ungepflegten Eindruck.

»Ich bin Kommissar Kleinfeldt«, stellt er sich vor. »Sie heißen?«

»Zerbski, Mira Zerbski, Herr Kommissar. Ich habe heute Nachtdienst.«

Sie verbeugt sich leicht und versucht ein freundliches Lächeln, das eher einem schiefen Grinsen gleicht.

»Sie haben die Tote gefunden?«

»Ganz richtig, Herr Kommissar.«

»Was war los? Erzählen Sie!«

»Ich habe einen Schrei gehört … klang wie ein ›Nein!‹ … und dann einen Bums. Ich bin sofort hingelaufen.«

»Sie haben einen Bums gehört? Keinen Schuss?«

»Ich sagte doch: Es war ein Bums. Und dann lag sie da am Boden.«

Und wieder erinnert der Kommissar die unheilvolle Geheimdienstmission: Er hört einen lauten Bums, sieht den Kollegen am Boden, daneben die Killerin, in der Hand die kleine Pistole mit Schalldämpfer, die sie nun an seinen Kopf zu bringen versucht. Er kann sie wegschlagen, zieht seine Beretta, könnte die Frau auf der Stelle erschießen. Er kann es nicht! Dann sind die anderen heran, die Zielpersonen, automatische Pistolen in Händen. Wild um sich schießend packt er den Kollegen, seine modifizierte Beretta leistet 21 Schuss, zerrt den Sterbenden ins Auto – entkommt, selbst schwer verletzt.

Der starre, abwartende Blick der Zeugin ruft ihn in die Wirklichkeit zurück. Er räuspert sich.

»Sie sahen sie am Boden. Und was taten Sie?«

»Nun ja … äh … ich hatte einen riesen Schreck … hab sofort erkannt, dass sie tot ist, bin ans offene Fenster … der muss da rausgesprungen sein.«

»Haben Sie jemanden gesehen?«

»In der Straße ein Mann, er lief weg in Richtung Loretto Klinik. Er hatte eine Glatze, das habe ich genau gesehen.«

Sie will weitersprechen, doch der Kommissar unterbricht sie ungeduldig.

»Trägt jemand hier im Haus eine Sportkappe?«

»Eine Sportkappe? Nein … hat hier niemand.«

Merkwürdig, sagt sich der Kommissar, ein glatzköpfiger Täter, und an dessen möglicher Sportkappe ein schwarzes Haar?

Und blitzartig steht ihm das eigenartige Puzzle des Falls vor Augen: Kleinkaliber, Profikiller, Sportkappe, Glatzkopf und schwarzes Haar. Wie geht das zusammen?

Frau Zerbski zeigt auf einmal ein eigenartiges Grinsen, dessen Hintersinn er so gar nicht einzuschätzen vermag.

»Vielleicht weiß ich ja, wer es getan hat.«

Die Frau tut, als überlegte sie, scheint ihr Zögern auszukosten.

»Reden Sie!«

»Es war der Lüdel, er hat's getan.« Sie schaut den Kommissar herausfordernd an.

»Lüdel? Wer ist das?«

»Gustav Lüdel. Seine Tochter Lydia ist bei uns. Als ich zum Dienst kam, hat er mit Frau Romano gestritten. Er hat geschrien, er würde sie umbringen. Das habe ich genau gehört.«

»In Ordnung, Frau Zerbski. Wir klären das.« Der Kommissar überlegt einen Moment. »Wo kann man Herrn Lüdel finden?«

»Der Lüdel«, sagt sie abfällig, »der wohnt auf dem Schrottplatz am Ende der Eisenbahnstraße, haust dort in einem Wohnwagen.«

Plötzlich hat Kleinfeldt es eilig, könnte den Verdächtigen womöglich sofort aufspüren, die eigenartigen Zusammenhänge augenblicklich klären. Rasch überreicht er ihr seine Kontaktadresse und verlässt das Haus. Starker Regen hat eingesetzt. Ein greller Blitz und ein krachender Donner leiten ein heftiges Gewitter ein. Er hastet zum Auto, bekommt noch einen Gutteil Nässe ab.

Der Kommissar im Dreck

Als Kleinfeldt auf der Hechinger Straße zurückfährt, entlädt sich das Gewitter mit voller Wucht. Blitze zucken und grollender Donner erschüttert die Oktober-Nacht. Es gießt in Strömen. Am oberen Ende der Straße kommen ihm flirrende Blaulichter entgegen: die Kollegen unterwegs zum Tatort. Er ist an der Blauen Brücke vorbei und fährt langsam die Eisenbahnstraße entlang. Angestrengt versucht er den Schrottplatz mit Lüdels Wohnwagen auszumachen.

Rechter Hand taucht die dunkle Silhouette der alten Fabrik auf, von einem Blitz schlagartig beleuchtet. Dann die Umzäunung des angrenzenden Schrottplatzes, dessen offene Zufahrt er zu spät bemerkt. Er will zurücksetzen, als er Scheinwerferlicht im Rückspiegel sieht. Ein Auto ist auf das Gelände gebogen, bescheint für einen kurzen Moment einen Flachbau. Dann herrscht wieder diffuses Regendunkel, vom Licht der nahen Straßenlaterne kaum durchdrungen.

Er hält einige Meter entfernt. Durch das beschlagene Heckfenster sind zwei Gestalten zu erkennen, die hastig eine Kiste zum Flachbau schleppen. Hat das mit dem Vorhaben zu tun, den verdächtigen Lüdel aufzuspüren? Er hätte Kollegen mitnehmen sollen!

Noch im Auto müht er sich in den Mantel, kontrolliert die Dienstwaffe und steckt die Stablampe ein. Dann steigt er aus, ist im Nu klatschnass. In der Zufahrt ein dunkler Passat, ein aufzuckender Blitz beleuchtet das Tübinger Kennzeichen. Über den schlammigen Grund patscht er zu dem Flachbau hin, verharrt unter dem Vordach, prüft die Tür: verschlossen.

Rasch wendet er sich zur Gebäudeseite, stakst nach hinten zu einem matt erhellten Fenster. Durch regennasse

Scheiben sind zwei Männer zu sehen: Der eine groß, dunkelhaarig und mit mächtiger Hakennase, der andere kleiner und massig wie ein Kleiderschrank, ein plumper, glatzköpfiger Bulle.

Er versucht mehr zu erkennen, rutscht aus und prallt haltsuchend gegen das Fenster. Die Männer erstarren, das Licht verlischt. Eilig läuft er nach vorne, will sie am Eingang abfangen. Doch schlagartig wird dort die Tür aufgestoßen, trifft ihn mit Wucht an der Stirn und wirft ihn zu Boden.

Für einen Moment ist er benommen, spürt einen schmerzhaften Fußtritt in die Seite. Als er den zweiten Tritt erhält, ist er wieder klar – und dann laufen die Automatismen seiner Nahkampfausbildung. Blitzschnell fasst er zu, reißt den Angreifer auf den schlüpfrigen Grund. Der bullige Glatzkopf, der nun heran ist, hat keine Chance. Kleinfeldt ist hoch, pariert einen Schwinger und bricht ihm mit einer krachenden Geraden den Kiefer. Aufseufzend stürzt der Glatzkopf in den schmutzigen Schlamm. Aber den anderen hat er kurz aus den Augen verloren. Er spürt eine Bewegung hinter sich, will herumfahren. Doch der Schlag trifft ihn am Hinterkopf.

Als er wieder bei Bewusstsein ist, hat das Gewitter nachgelassen. Mühsam kommt er hoch, verdreckt und völlig durchnässt, an der Stirn eine blutige Beule. Sein Mantel ist aufgeknöpft, Dienstwaffe und Stablampe am Boden, doch sein Smartphone fehlt. Die Männer und der dunkle Passat sind verschwunden.

Was geht hier vor? Und wo steckt der mordverdächtige Lüdel? Er sieht sich um.

Ein dunkler Schatten in der Düsternis: Der gesuchte Wohnwagen, Gustav Lüdels Behausung. In der Nähe geparkt ein Kastenwagen mit Tübinger Kennzeichen, die

Motorhaube noch warm. Durch eine Gardine am Wohnwagenfenster dringt gedämpfter Schein.

Der Kommissar tritt auf eine kleine Stufe und klopft. In dem Moment verlischt drinnen das Licht, eine blendend helle Außenlampe geht an. Jählings springt die Tür auf. Ein Mann, undeutlich erkennbar im Dunkel des Wageninneren.

»Polizei!«, brüllt Kleinfeldt mit harter Stimme.

Der Mann scheint zu erschrecken, zögert, springt dann auf ihn zu. Kleinfeldt stürzt rücklings in den nassen Dreck. Im grellen Licht der Außenlampe sieht er die verkrüppelte Rechte, die ihn niedergestoßen hat, dann die flüchtende dürre Gestalt mit blitzender Glatze, die im flatternden Jackett in der Dunkelheit verschwindet.

Er lässt ihn laufen, hat keine Lust mehr, will nur noch nach Hause und unter die Dusche, und dann telefonieren.

Vor der Haustür wartet Centurio, der schwarze Kater, um eingelassen zu werden. Gewöhnlich gemessen und voller Stolz, macht er einen zerzausten und kläglichen Eindruck. Ein Leidensgenosse, kommt es ihm in den Sinn. Er will ihn streicheln, doch Centurio huscht durch die offene Tür und verkriecht sich auf seinem Platz unter der Treppe.

MONTAG

Regina aus dem Urlaub zurück

Dem Regensturm des Vorabends ist ein kühler, feuchter Montagmorgen gefolgt. Der Himmel über Tübingen ist wolkenverhangen und über dem Neckar liegen dünne Nebelschwaden. Der Kommissar ist beachtlich verspätet, sodass er das Auto nimmt, um schnell von seiner Wohnung zum Polizeipräsidium in der Konrad-Adenauer-Straße zu gelangen. Als er das Dienstzimmer betritt, verharrt er überrascht.

»Herr Kommissar, guten Morgen.«

Seine Assistentin Regina Schröter ist freudig aufgesprungen, ein Lächeln im bezaubernden Gesicht. Als sie das große Pflaster an seiner Stirn erblickt, hält sie erschrocken inne.

»Herr Kommissar, was ist passiert?«

»Wieso sind Sie schon aus dem Urlaub zurück?«, raunzt er barsch. »Ich habe Sie noch gar nicht erwartet.« Und dann brummelnd: »Muss ich wohl falsch eingetragen haben.«

Er nickt ihr flüchtig zu und geht direkt zu seinem Schreibtisch hinüber.

»Soll ich Ihnen schnell einen Kaffee machen?«, fragt sie froh gestimmt und streicht sich beschwingt eine goldblonde Haarsträhne zurück.

»Lassen Sie's«, erwidert er schroff und lässt sich auf seinen Bürostuhl fallen.

»Ich habe für Ihren Kater etwas mitgebracht.«

Sie weist ein Tütchen vor, in dem sich offensichtlich Katzen-Leckereien befinden.

»Legen Sie's aufs Kaffeebord. Im Übrigen ist es nicht mein Kater. Centurio gehört zum Haus.«

Entmutigt kommt sie der Aufforderung nach, während Kleinfeldt seinen Computer einschaltet.

»Hat jemand angerufen?«

»Zwei Anrufe für Sie«, antwortet sie mit gedrückter Stimme und verbirgt ihre Enttäuschung, indem sie sich ihrem Rechner zuwendet. »Oberkommissar Klett bittet, ihn zurückzurufen.«

»Soso, und wer sonst?«

Er schaut, im Schreibtischstuhl zurückgelehnt, mit zusammengelegten Fingerspitzen wie gelangweilt zur Zimmerdecke empor.

»Ada Wagner von der IT-Abteilung wollte Sie sprechen.«

Abrupt richtet er sich auf, kann einen nervösen Hickser nicht vermeiden. Natürlich war Adas Anruf zu erwarten, und trotzdem hat er plötzlich ein ungutes Gefühl.

»Frau Wagner lässt ausrichten, dass der beschlagnahmte Laptop der ermordeten Heimleiterin professionell verschlüsselt sei. Sie sollen bitte zurückrufen.«

»Hm …« Er ist kurze Zeit wie geistesabwesend, von ganz unterschiedlichen Gedanken bewegt: Wieso besitzt eine Heimleiterin einen verschlüsselten Laptop? Zweifellos ein weiteres Element in dem so merkwürdigen Puzzle. – Und Ada? Er kann ihr nun nicht mehr aus dem Wege gehen, muss endlich seine Beziehung zu ihr klären.

Unterdessen wendet Regina sich ihm entschieden zu, blitzt ihn herausfordernd an, eine steile Falte auf der klaren Stirn.

»Herr Kommissar, was ist eigentlich los? Ich weiß überhaupt nicht, was hier vorgeht.«

Kleinfeldt ist sofort präsent. »Ich berichte Ihnen später. Nur so viel vorab. Heute Nacht wurde die Leiterin des Tübinger Mädchenheims erschossen, eine Rebecca Romano. Tatverdächtig ist Gustav Lüdel, zur Fahndung ausgeschrieben. Beschaffen Sie Informationen über den Mann. Am besten Sie gehen als Erstes nach unten ins alte Archiv.«

Profikiller oder Sportschütze?

Als Kleinfeldt allein ist, entschließt er sich Ada anzurufen. Schon mehrfach hatte sie in letzter Zeit versucht ihn telefonisch zu erreichen, doch jedes Mal hatte er entweder nicht abgehoben oder sich verleugnen lassen. Dabei versteht er sich selbst nicht. Die Kollegen beneiden ihn um seine Verbindung mit Ada, dieser attraktiven, rothaarigen Mittvierzigerin, die durch ihren Charme einen jeden bezaubert. Ada leitet die IT-Abteilung, und wegen des verschlüsselten Laptops kann er ihr nun nicht mehr ausweichen.

Unvermittelt steht sein Stellvertreter Hauptkommissar Thompson in der Tür, enthebt ihn für den Augenblick seiner misslichen Lage. Der Hauptkommissar, ein labiler und undurchsichtiger Charakter, hegt einen geheimen Groll gegen Kleinfeldt, hat seine Enttäuschung wegen dessen Bestallung zum Leiter der Mordkommission und seiner damaligen Zurücksetzung nie verwinden können.

»Hallo Werner«, grüßt er feixend, »du hast ja heute Nacht so einiges losgemacht. Die Kollegen von der Spurensicherung und den Ermittlungen sind mächtig am Rotieren. Aber die Fahndung nach dem flüchtigen Lüdel hat noch nichts ergeben.« Dann stutzt er und bemerkt spöttisch:

»Siehst ziemlich lädiert aus, wolltest wohl mal wieder mit dem Kopf durch die Wand.«

Kleinfeldt schnaubt verärgert, während der Hauptkommissar wie selbstverständlich auf Reginas Bürostuhl Platz nimmt.

»Wie ich höre, ist deine schöne Assistentin wieder da.«

»Wieso, wie du hörst«, zischt Kleinfeldt böse.

»Na komm, tu nicht so. Das halbe Präsidium steht doch Kopf, wenn sie über die Flure geht.«

»Ach, diese verdammte Geschichte«, stöhnt Kleinfeldt. »Zwei Wochen hatte ich Ruhe, und jetzt geht's wieder los. Ständig die leidigen Besuche der jungen Herren aus dem Hause, unter den abstrusesten Vorwänden.« Und wütend setzt er hinzu: »Du gehörst wohl auch dazu.«

»Kann schon sein. Aber für ihr Aussehen kann sie nichts.«

»Eine unscheinbare Person wäre mir lieber gewesen.«

»Jetzt mach mal einen Punkt. Alle beneiden dich. Hat sie dich nicht unter Lebensgefahr herausgeschossen – im Roten Engel, als die Gangster dran waren dich zu killen?«

Mit ausgestrecktem Zeigefinger beugt er sich zu Kleinfeldt herüber. »Du wärst nicht mehr, das weißt du am besten!« Er lächelt bitter. »Ja, ich hätte deine Stelle.«

»Die Sache ist seit damals klar!«

»Gut, ja ...« Thompson rutscht unruhig auf dem Stuhl herum, scheint sich weitere Einwände zu verkneifen.

Einen kurzen Moment lang herrscht Schweigen, dann äußert er hämisch: »Noch mal zu deiner Assistentin. Ich habe gehört, sie sei Waise, in einem Kinderheim in Ulm aufgewachsen.«

»Woher weißt du das!«, stößt Kleinfeldt hervor, und vor Empörung entfährt ihm ein nervöser Hickser.

»Man hat so seine Verbindungen.« Der Hauptkommissar grinst verschlagen.

»Genug Geplänkel! Sag, ob's was Neues gibt.«

»Okay, Werner.« Thompson hebt beschwichtigend die Hände. »Ich bin heute Morgen gleich in die Gerichtsmedizin. Du weißt, dass ich mit Lenneberger per Du bin. Der Doktor hatte die Tote noch auf dem Tisch.«

Er legt eine genüssliche Pause ein, und Kleinfeldt kann seine Ungeduld kaum zügeln.

»Und … William!?«

»Außer einem kleinen Einschussloch in der Stirn wies die Tote keine Verletzungen auf. Das Projektil ist im Kopf stecken geblieben. Lenneberger hat es herausgeholt, eindeutig Kleinkaliber.«

Kleinfeldt nickt. »Das habe ich sogleich vermutet, nachdem ich mir die Tote angesehen hatte.«

»Bei Kleinkaliber ist die Geschossenergie gering. Ein Kopftreffer hat nur auf kurze Distanz ausreichende Wirkung. Der Täter muss mit dem Opfer auf Tuchfühlung gewesen sein. Dem Schusskanal nach möglicherweise ein Linkshänder und von mittlerer Größe. Passt der flüchtige Lüdel auf diese Merkmale?«

»Ich bin mir nicht sicher. Er wird von einer Zeugin beschuldigt … hat eine verkrüppelte rechte Hand, ist außerdem ein Glatzkopf, und so einen will sie gesehen haben. Merkwürdig ist aber: Am Tatort fand sich eine Sportkappe mit einem schwarzen Haar daran. Ich zweifle auch, ob man Lüdel ein Kleinkaliber zuschreiben kann.«

Ihm kommen seine fatalen Erfahrungen mit Profikillern in den Sinn. »Eigentlich benutzen nur Auftragsmörder und Spezialagenten Kleinkaliberpistolen. Die russische PSM ist so eine Waffe, wird vor allem in Osteuropa benutzt, ist mit aufgesetztem Schalldämpfer kaum zu hören.«

»Du meinst, wir haben es mit einem Profikiller zu tun?«

»Den Lüdel würde ich keinesfalls dazu zählen, so wie mir seine Lebensumstände erscheinen.«

»Mhm … wäre nicht auch ein Sportschütze denkbar?«

»Richtig, doch er müsste über die geeignete Anwendung des Kleinkalibers Bescheid wissen, um einen Mord zu bewerkstelligen. Ob das durchgängig der Fall ist? Ich weiß nicht … Im Moment eine undurchsichtige Angelegenheit.«

»Was schlägst du vor, Werner?«

»Erst mal brauchen wir weitere Befunde. Ich stelle jetzt die Sonderkommission zusammen. Wir treffen uns heute um 18 Uhr. Du solltest dich um die Pressearbeit kümmern. Es gibt einen Rummel, wenn die Medien Wind von der Sache bekommen. Ist das okay?«

»Gerne, Werner.« Thompson lehnt sich zufrieden grinsend zurück.

»Aber William, aus ermittlungstaktischen Gründen keine näheren Auskünfte über die Umstände und Ausführung der Tat. Bevor du irgendwelche Informationen herausgibst, sprichst du's mit mir ab. Klar?«

»Geht klar, Werner.«

Nachdem Thompson gegangen ist, verweilt der Kommissar in Nachdenken: Ein seltsamer Fall. Wie passt der glatzköpfige Lüdel auf das schwarze Haar und das Kleinkaliber? Oder könnte ein Profikiller unterwegs gewesen sein? Oder ein Sportschütze? Was könnte das Mordmotiv sein?

Zu viele offene Enden, seufzt er, aber wir werden sehen.

Der Staatssekretär mischt sich ein

Kurz darauf ist Regina aus dem Archiv zurück, berichtet dass gegen Lüdel ein Auslieferungsersuchen der südafrikanischen Regierung wegen Wirtschaftsverbrechen vorliegt. Kleinfeldt fragt sich, ob das Ersuchen nicht Grund für Lüdels Flucht sein könnte. Da läutet das Telefon. Der Staatsanwalt avisiert sein Kommen innerhalb der nächsten halben Stunde. Leicht beunruhigt argwöhnt der Kommissar, der Besuch gelte dem gegen ihn laufenden Verfahren wegen unerlaubter nächtlicher Ermittlungen.

Pünktlich in der Zeit trifft der Staatsanwalt ein, begleitet von einem grauhaarigen, äußerst korrekt wirkenden älteren Herrn. Der Kommissar erhebt sich sofort und geht den Besuchern entgegen, während Regina ein wenig zögerlich folgt.

Die Herren geben sich freundlich und es erweist sich, dass der Begleiter des Staatsanwalts, Dr. Blum, Staatssekretär im baden-württembergischen Innenministerium ist. Kleinfeldt zeigt sich überrascht und bittet die Gäste, in der Besucherecke Platz zu nehmen. Noch während sie sich setzen, äußert der Staatsanwalt zu Regina gewandt:

»Frau Schröter, wir würden gerne mit Herrn Kommissar etwas besprechen«, und mit Blick auf Kleinfeldt: »Sie haben doch nichts dagegen, Herr Kommissar, wenn Frau Schröter …?«

»Nein, nein«, Kleinfeldt nickt, aber da ist Regina schon dabei, den Raum zu verlassen.

Dr. Blum wendet sich in verbindlichem Ton an Kleinfeldt. »Herr Kommissar, in Stuttgart haben wir von Ihren Ermittlungserfolgen gehört und ich freue mich, Sie kennenzulernen.«

Ein geschmeicheltes Lächeln stiehlt sich in Kleinfeldts

gespannte Miene, und nach einem peinlichen Hickser entgegnet er: »Wir tun unser Möglichstes, Herr Staatssekretär.«

Doch der Staatssekretär scheint sich mit höflicher Konversation nicht aufhalten zu wollen, sondern kommt sofort zur Sache.

»Ich bin hier wegen der Ermordung von Frau Romano.«

Kleinfeldt schaut ihn völlig perplex an. »Der Mord ist keine zwölf Stunden her, woher ...?«

»Wir haben unsere Quellen«, unterbricht ihn der Staatssekretär barsch, »und wenn ich Ihnen gleich Näheres erkläre, werden Sie verstehen. Bezüglich Ihrer Ermittlungen möchte ich von Anfang an für einige Klarstellungen sorgen.«

In einer Mischung aus Überraschung und Argwohn sieht Kleinfeldt wie hilfesuchend zum Staatsanwalt hin, der sich sofort einschaltet, um keine Missstimmung aufkommen zu lassen.

»Herr Dr. Blum und ich sind alte Freunde. Bitte, Herr Kommissar, hören Sie sich erst einmal an, worum es geht.«

Daraufhin fährt der Staatssekretär fort: »Möglicherweise werden Sie bereits wissen, dass die Ermordete Mitglied der Tübinger Goldern war.«

Kleinfeldt deutet eine Verneinung an, worauf der Staatssekretär erklärt:

»Wir beobachten die Goldern seit geraumer Zeit und sind zu der Auffassung gelangt, dass es sich um eine Tarnorganisation handelt, die unter einem karitativen Deckmantel illegale Waffengeschäfte betreibt. Gemäß unseren Erkenntnissen liefern die Goldern unter anderem Waffen an die Autonen: Eine kleine staatsfeindliche Gruppe, Ihnen sicherlich bekannt.« Und mit gewichtigem Unterton fügt er an: »Sie wissen, was das bedeutet!«

Kleinfeldt fühlt sich äußerst unbehaglich. Mit widerstrebender Stimme erwidert er: »Unsere Untersuchungen sind gerade erst angelaufen. Ich kann überhaupt noch nichts sagen. Aber Sie sollten mir schon erklären, was der Mord mit der Waffengeschichte zu tun hat.«

»Das will ich gerne tun«, entgegnet der Staatssekretär gereizt. »Frau Romano gehörte zum engsten Kreis der Goldern. Wir sind davon überzeugt, dass die Tat in unmittelbarem Zusammenhang mit besagten Waffengeschäften steht.« Und mit erhobener Stimme fährt er fort: »Wir wünschen, dass Ihre Untersuchungen nicht nur der Überführung des Täters dienen, sondern gleichzeitig Licht in die Waffenangelegenheit bringen. Entsprechende Erkenntnisse sollten Sie unverzüglich an uns weitergeben.«

Vollends überrascht und befremdet will Kleinfeldt widersprechen, doch der Staatssekretär fährt in einem Atemzug fort: »Wir müssen auf äußerste Verschwiegenheit von Ihnen und Ihren Mitarbeitern bestehen. Keinesfalls dürfen unsere Untersuchungen öffentlich werden.«

Regina soll undercover ermitteln

Der Kommissar fühlt sich völlig überfahren, versucht erneut zu Wort zu kommen, indes der Staatssekretär in strengem Ton sagt:

»Herr Kommissar, einen Moment bitte! Ich habe noch eine Information und ein Anliegen. Und was ich Ihnen dazu mitteile, ist ausschließlich für Sie bestimmt und unterliegt strengster Geheimhaltung.«

Kleinfeldt schweigt irritiert, während der Staatssekretär fortfährt: »Wir haben im engsten Zirkel der Goldern einen verdeckten Ermittler platziert, aber bisher keine befriedigenden Erkenntnisse erzielen können. Wir möchten Ihre Assistentin Frau Schröter zusätzlich bei den Goldern einschleusen. Sie soll versuchen, engeren Kontakt mit den infrage kommenden Personen aufzunehmen.«

Erschrocken fährt Kleinfeldt zurück, will etwas einwenden, doch der Staatssekretär bedeutet ihm mit einer Handbewegung zu schweigen.

»Sie leiten die Ermittlungen, und – das besagen meine Informationen – Sie haben mit Frau Schröter eine äußerst fähige Beamtin, die bereits verdeckt ermittelt hat.«

»Herr Staatssekretär«, der Kommissar kann sich nicht länger zurückhalten, »wir ermitteln in einer Mordsache, nicht in einem Fall illegaler Waffengeschäfte. Auch bitte ich zu bedenken, dass ein solcher Einsatz, sollte der Mord tatsächlich aus dem Umkreis der Goldern verübt worden sein, für Frau Schröter äußerst gefährlich ist.«

»Ja, die Operation ist gefährlich. Aber wegen der Autonen handelt es sich um eine staatspolitische Angelegenheit, für die gewisse Risiken in Kauf zu nehmen sind. Das Risiko für Frau Schröter sollte dadurch vermindert sein, dass unser eingeschleuster Agent sie unter Umständen schützen kann. Er ist unser bester Mann, der aber unerkannt bleiben muss, auch ihr gegenüber.«

Und mit einer Gelassenheit, die den Kommissar insgeheim empört, bemerkt Dr. Blum:

»Wir können erwarten, dass Frau Schröter weitere Erkenntnisse erzielt.«

»Wie kommen Sie zu dieser Annahme?«, stößt Kleinfeldt hervor.

»Herr Kommissar«, entgegnet Dr. Blum in gönnerhaftem Ton, »bei den Goldern handelt es sich im Wesentlichen um eine Männergesellschaft. Jetzt, da ich Frau Schröter in persona gesehen habe, bin ich umso mehr von ihrer Eignung für diese Aufgabe überzeugt. Ich hatte von ihrem Mut und ihrer Entschlossenheit gehört, aber dass sie eine solche Erscheinung darstellt, hätte ich niemals geglaubt. Seien wir doch ehrlich«, ergänzt er schmunzelnd, »eigentlich gehört sie auf den Laufsteg statt zur Polizei. Aber umso besser.«

Kleinfeldt beginnt vor Wut zu hicksen. »Wie haben Sie sich die Sache gedacht!?«, fragt er heftiger als gewollt.

Dr. Blum bleibt ganz ruhig. »Die Tübinger Firma Dr. Schmidt Invest scheint die Zentrale der Goldern zu sein. Wir lancieren Frau Schröter dort als millionenschwere Erbin. Sie gibt vor, zwanzig Millionen Dollar für eine Geldanlage verfügbar zu haben und soll sich von den Leuten als Investorin gewinnen lassen. Für die Besicherung verlangt ihre fiktive Finanzberatung sodann Einblick in die Geschäftsunterlagen der Firma.«

Er besinnt sich kurz und fährt dann fort: »Frau Schröters Kleidung, sonstige Aufmachung, Luxusauto und so weiter: Alles soll vom Besten sein und angesichts ihrer finanziellen Situation glaubwürdig erscheinen. Mittel spielen keine Rolle. Das Berliner Kanzleramt ist involviert. Natürlich muss Frau Schröter von sich aus der Sache zustimmen.«

»Sie hängen die Angelegenheit ziemlich hoch. Durchaus könnte es sich um eine persönlich motivierte Tat handeln. Unter Umständen wird der Mord schnell aufgeklärt sein. In dem Fall kann ich Ihrem Ansinnen nicht stattgeben.«

»Gut, wenn Sie das so sehen und unter dieser Maßgabe darauf bestehen, den Einsatz von Frau Schröter abzulehnen, müssen wir das akzeptieren. Geben Sie uns umgehend Bescheid. Unabhängig davon, wie sich die Sache entwickelt, verlangen wir strengste Geheimhaltung. Es gibt in Ihrem Polizeiapparat jemanden, der Informationen durchsticht.«

Kleinfeldt ist wie vom Donner gerührt.

»Klären Sie das auf!«, äußert der Staatssekretär im Kommandoton und erhebt sich brüsk. In frostiger Atmosphäre verlassen die Herren das Dienstzimmer. Auf dem Tisch ist eine Kontaktadresse zurückgeblieben.

Eine undurchsichtige Lage

Irritiert verweilt Kleinfeldt in der Besucherecke, starrt böse vor sich hin. Was denkt sich der Staatssekretär, mischt sich in seine Angelegenheiten ein! Sollen die Stuttgarter gefälligst selbst den illegalen Waffenhandel aufdecken. Er hat einen Mord aufzuklären, aber nicht die Arbeit des Staatsschutzes zu machen.

Und seine Assistentin soll unter Waffenschiebern und möglichen Mördern verdeckt ermitteln? Diese außergewöhnliche Frau so sehr gefährden? Er schüttelt den Kopf, doch er weiß, dass sie den riskanten Einsatz übernehmen wird, wenn er sie darum bittet.

Woher hat der Staatssekretär Kenntnis über den Maulwurf im Präsidium? Wer könnte es sein? Kurz kommt ihm Ada in den Sinn und ihre Bitte um Rückruf. Aber sein innerer Aufruhr und seine Ratlosigkeit lassen den Gedanken an sie in den Hintergrund treten.

Unterdessen klingelt das Telefon. Oberkommissar Klett ist am Apparat. Klett leitet die Ermittlungsgruppe – ein äußerst korrekter, geradliniger Beamter, der wegen seiner peniblen Art und der beinahe an Geiz grenzenden Sparsamkeit häufig den Spott der Kollegen ertragen muss. Die jahrelange Zusammenarbeit mit Kleinfeldt und ihre gegenseitige Wertschätzung haben zwischen beiden eine enge kollegiale Freundschaft entstehen lassen.

»Hallo Werner«, begrüßt ihn der Oberkommissar, »Ich hatte heute Morgen angerufen und deine schöne Amazone …«

Kleinfeldt unterbricht ihn barsch. »Was gibt's, Friedel!?«

»Ich habe in der Früh deine Nachrichten vorgefunden und die Fahndung nach Gustav Lüdel in die Wege geleitet«, antwortet Klett verstimmt. »Ist doch klar, dass wir darüber sprechen müssen.«

»Sorry Friedel, ich bin etwas durcheinander. Hast du schon was erreicht?«

»Nicht viel.« Klett klingt immer noch verärgert. »Der Lüdel scheint, wie vom Erdboden verschluckt. Und von der ermordeten Romano wissen wir vorerst nur, dass sie aus dem Herzogtum Keuppen stammte, dem Kleinstaat zwischen Österreich und Liechtenstein. Sie ist gebürtig aus Abeburg und schien eine wichtige Rolle bei den Tübinger Goldern gespielt zu haben.«

»Mhm, die Goldern …«, Kleinfeldt horcht auf, während Klett – nun etwas freundlicher – fortfährt:

»Ich habe mich erkundigt. Die Goldern sind ein karitativer Verein, der sich vor allem um Kinder in schwierigen Familienverhältnissen kümmert.«

»Friedel, ich habe auch Informationen über den Verein, doch darüber später. Ich organisiere jetzt die Sonderkommission, muss das noch mit oben abstimmen. Wir treffen uns um 18 Uhr. Rundmail geht noch raus.«

»Von meiner Seite habe ich schon alles veranlasst. Die Anwohnerbefragungen laufen.«

»Gut, aber dehne die Befragungen aus, die ganze Straße runter bis zur Loretto Klinik. Wenn dort jemand um Mitternacht eine Person gesehen hat, möchte ich diese beschrieben haben.«

»Ist was Besonderes?«

»Ja, die Sache könnte ein wenig verzwickt sein. Ich möchte sichergehen, dass der Täter glatzköpfig ist. So beschreibt ihn eine Zeugin, die mir aber nicht ganz koscher scheint. Am Tatort fand sich eine Sportkappe, höchstwahrscheinlich vom Täter auf der Flucht verloren, mit einem schwarzen Haar daran.«

»Mhm… seltsam, falls dem Mörder zugehörig. Vielleicht klärt sich das, wenn wir den Lüdel haben.«

Sie beenden das Gespräch im freundlichen Einvernehmen und mit der gegenseitigen Versicherung, sich am Nachmittag bei Oberkommissar Neumann zu sehen, der wegen seiner Beförderung zu einem kleinen Umtrunk eingeladen hat.

Unwillig greift der Kommissar nun zum Hörer, um Oberkommissar Rauscher, den Leiter der Spurensicherung anzurufen. Im Geiste sieht er Rauscher vor sich, diesen arroganten Kollegen, mit dem schwer auszukommen ist und der nur darauf wartet, jemanden brüskieren zu können. Um einen behutsamen Ton bemüht, informiert er ihn über die für 18 Uhr beabsichtigte Soko-Sitzung und nutzt die Gelegenheit, sich nach ersten Tatortbefunden zu erkundigen. Besonders interessiert ihn die Analyse der Sportkappe und des daran gefundenen schwarzen Haars. Rauscher – in seiner herablassenden, schroffen Art – reagiert gereizt: Er könne vorab noch nichts sagen, außerdem hätte das wohl Zeit bis zum Abend. Auf dem Schrottplatz sei Kleinfeldts Smartphone nicht gefunden worden.

Missgelaunt beauftragt der Kommissar daraufhin seine Assistentin, die inzwischen zurück ist, zum Schrottplatz zu fahren und nach dem Smartphone zu suchen. Er selbst hätte vor, im Mädchenheim weitere Erkundigungen einzuziehen.

Reginas Verhängnis

Die Tübinger Eisenbahnstraße ist ein hässliches Entlein, ein ehemals vernachlässigter Fahrweg parallel zur Bahnlinie, dem im Zuge der Neubauten am oberen Ende ein wenig Aufmerksamkeit zuteilwurde. Regina fährt auf der Straße an den Rückfronten von Einkaufszentrum, Baumarkt und Autoverwertung vorbei und passiert den baumbestandenen Straßenabschnitt, an den sich weiter hinten langweilige Industriebauten anschließen. Unübersehbar dort der mächtige Bau der alten Fabrik, das vor Jahren aufgegebene, unrentabel gewordene Presswerk. Dem Schrottplatz daneben gilt das Ziel ihrer Fahrt.

Sie stoppt an der Zufahrt. Der Platz wirkt wie ausgestorben, Schrott und Gerümpel liegen in Haufen herum. Der Flachbau, aus grauen Betonsteinen mangelhaft gemauert, mutet provisorisch an. Im feinen Sprühregen, der nun eingesetzt hat, erscheint das öde Gelände noch trostloser.

Sie steigt aus. Sofort spürt sie den nasskalten Wind und zieht die Sportkappe fester auf. Suchend nach Kleinfeldts Smartphone stakst sie über den Platz, der Boden feucht und schlammig vom Regenunwetter der Nacht. Von hinten erreicht sie eine mannsbreite Passage zwischen Flachbau und Fabrik: Ein dunkler, Unkraut überwucherter zugiger Gang. Sie entschließt sich schnell nach vorne durchzulaufen. Fast am Ende eine Stahltür im Fabrikmauerwerk. Sie hält inne. In jähem Impuls drückt sie die Klinke.

Die Tür geht mühelos auf. Sie tritt ein. Ein heftiger Luftzug, ein dumpfer Knall. Die Stahltür schlägt hinter ihr zu! Unversehens steht sie im Dämmer eines niedrigen Raumes, im ungewissen Licht vor sich eine mächtige, röhrenförmige Maschinenanlage, die sich nach links in eine hohe Werkshalle erstreckt. Dort drei tonnenschwere Pressen, hintereinander aufgereiht, emporragend wie trutzige Türme.

Dürftiges Licht fällt durch schmale Fenster nahe der Hallendecke. An der Wand entlang geht sie in die Halle hinein, bemerkt einen engen Treppenschacht unter dem röhrenförmigen Maschinentrieb, horcht hinunter: Alles still.

Auf halber Höhe der Halle eine umlaufende Galerie aus Gitterrosten, weiter hinten eine Stahltreppe hinauf. Lauschend verharrt sie unter der Galerie. Auf einmal ein leises Scharren auf stählernen Rosten: Schritte!

»Hallo, ist da jemand?«

Plötzlich meint sie, jemand stünde über ihr, beobachtete sie durch den Gitterboden. Sie bezwingt ihre Angst, schaut hoch. Im dürftigen Zwielicht niemand zu sehen. Hastig geht sie weiter in die Halle hinein, bemerkt einen gläsernen Überwachungskasten über dem Maschinenraum, dort ein schwacher Lichtschein.

»Hallo, ist da jemand?«

Wieder nur Stille. Daraufhin läuft sie die Stahltreppe hinauf, will zu dem Glaskasten. Doch das Licht ist verloschen. Hat sie sich getäuscht?

Vorsichtig tritt sie näher. Hinter den Glasscheiben schemenhaft ein Arbeitstisch mit einer Bürolampe. Leise tritt sie ein, nähert sich der Lampe, berührt sie zögernd: heiß!

Im panischen Schreck begreift sie: Es ist jemand in der Nähe – verborgen! Sie zieht die Waffe und springt zur hinteren Wand, um sich den Rücken zu decken, verharrt und horcht. Ihr Atem geht stoßweise.

Da öffnet sich langsam, ganz leise hinter ihr eine Tür. Als sie den Luftzug verspürt, ist es zu spät. Von zwei Armen gepackt wird sie mit schwungvoller Bewegung in einen rückwärtigen Raum geschleudert, sieht im letzten Moment eine verkrüppelte Hand. Ihre Waffe schlägt polternd auf. Die Tür schließt sich mit einem Knall. Ein Schlüssel knarzt im Schloss. Sie liegt am Boden, Dunkelheit ringsum.

Der Kommissar im Mädchenheim

Am Polizeipräsidium steigt Kleinfeldt in den Dienstwagen und fährt zum Mädchenheim in der Katharinenstraße. Er will sich das Haus bei Tageslicht ansehen und noch einmal mit Frau Zerbski, der Kinderbetreuerin sprechen. Zu Fuß hätte er einfach die kleine Brücke über die Steinlach nutzen und auf beinahe direktem Weg sein Ziel erreichen können. Doch da ist der feine Sprühregen, der am Vormittag eingesetzt hat und ihn den Wagen nehmen lässt.

Er parkt gegenüber und schaut sich das Gebäude vom Auto aus an. In der Nacht hatte die Dunkelheit den vernachlässigten Zustand verborgen – die bröckelnde graue Natursteinfassade, die brüchigen steinernen Simse, die verwitterten Fensterrahmen und das schief in den Angeln hängende Hoftor.

Er verlässt das Auto und überquert die regennasse Fahrbahn, besteigt den holzüberdachten Treppenaufgang außen an der Gebäudeseite und öffnet die schwere Holztür ins Hochparterre.

Der Hausflur ist lang und schummerig, allein mattierte Glaseinsätze oben an den dunkelbraunen Holztüren spenden ein wenig Helligkeit. In der Luft ein abgestandener Küchendunst, von dem scharfen Geruch eines Desinfektionsessigs überlagert. Nahe dem Eingang das Geschäftszimmer, der Tatort, an dessen verschlossener Tür das Polizeisiegel sich als unversehrt erweist. Die Dielen des alten Holzfußbodens knarren, als der Kommissar den Kinderstimmen vom Ende des Hausflurs nachgeht.

In einem schmucklosen Spielzimmer tollen mehrere vier- bis fünfjährige Mädchen. Bei seinem Eintritt wird er sofort von Frau Zerbski und einer schwarzhaarigen jungen Betreuerin bemerkt. Frau Zerbski tritt mit einem devot bekundeten »Herr Kommissar« auf ihn zu.

Schon in der Nacht war ihm ihre undurchsichtige Art aufgestoßen, dazu ihr verkniffenes Gesicht und die dunklen, unsteten Augen. Er bedeutet ihr, ihm auf den Flur hinaus zu folgen.

»Ich hätte noch einige Fragen. Können wir irgendwo ungestört sprechen?«

Ohne auf sein Ansinnen einzugehen, fragt sie lauernd: »Haben Sie den Mörder … den Lüdel?«

»Das überlassen Sie mal uns. Wo können wir reden?«

Sie führt ihn in die gegenüberliegende Teeküche. Der kahle Raum ist weiß gekalkt, wirkt ungemütlich und kalt. Der stechende Desinfektionsgeruch verstärkt die armselige Atmosphäre. Ein schmales, gardinenloses Fenster weist zu einem düsteren Innenhof. Sie nehmen Platz auf billigen Stahlrohrstühlen.

»Frau Zerbski«, beginnt Kleinfeldt in freundlichem Ton, »ich hätte gerne noch einiges gewusst. Sie haben einen Mann gesehen …«

»Ich habe doch schon alles gesagt«, fällt sie ihm aufsässig ins Wort.

»… Sie haben einen Mann gesehen, der die Straße hinunterlief, und Sie sagten, es sei Herr Lüdel. Was macht Sie so sicher?«

»Er war es«, antwortet sie patzig. »Als ich zum Spätdienst kam, habe ich gehört, wie er mit Frau Romano gezankt und geschrien hat, er würde sie umbringen. Außerdem hat er eine Glatze.«

»Aber in der Nacht haben Sie ihn nicht im Haus gesehen?«

»Genau, aber er muss da gewesen sein, sonst hätte er sie nicht umbringen können.«

Kleinfeldt muss tief durchatmen, um beherrscht zu bleiben. »Haben Sie mal gesehen, dass jemand im Haus oder von außerhalb eine Sportkappe trägt?«

»Wieso das? Sie haben schon gestern Nacht danach gefragt. Hier trägt niemand eine Kappe.«

»Gut ...« Kleinfeldt bemüht sich Ruhe zu bewahren. »Wie viele Kinder betreuen Sie in Ihrem Haus?«

»Derzeit wohnen fünf Mädchen bei uns.«

»Nur fünf?«, fragt er nachdenklich.

»Zeitweise sind es mehr.«

»Warum nur Mädchen?«

»Die Statuten ... das ist eben so«, antwortet sie achselzuckend.

»Und dann haben Sie wie viel an Personal?«

»Die Köchin kommt mittags, meine Kollegin ist momentan krank ... und wir beschäftigen Praktikanten.«

Kleinfeldt verharrt für einen Moment, erhebt sich dann abrupt. »Ich möchte Herrn Lüdels Tochter sehen.«

Frau Zerbski springt sofort auf, geht ihm voraus zum Spielzimmer und öffnet die Tür. Über die umhertollenden Mädchen hinweg weist sie auf ein kleines, mageres Kind. Es steht in einer Ecke für sich alleine, scheint unbeteiligt gegenüber dem Spiel der anderen. Aus seinem bleichen Gesicht starren große, traurige Augen, von dunklen Ringen umgeben. Das Mädchen wirkt scheu und verängstigt. Es bemerkt Kleinfeldts Blick und hebt die Hand vor das Gesicht, als wollte es sich dahinter verstecken. Dann wendet es sich zur Seite, starrt wieder vor sich hin. Der Kommissar hat genug gesehen, verabschiedet sich und verlässt das Haus.

Ein weiterer Verdächtiger

Er ist überrascht, draußen auf dem Treppenaufgang die schwarzhaarige Betreuerin anzutreffen. Sie hatte auf ihn gewartet. Er schätzt sie auf Mitte zwanzig: Eine schlanke junge Frau, deren Gesicht einen Anflug von Schwermut zeigt. Sie tritt auf ihn zu, kann vor Aufregung kaum sprechen.

»Herr Kommissar, ich muss Ihnen etwas Schlimmes über den Dr. Zander erzählen.«

»Erst mal der Reihe nach«, äußert Kleinfeldt in ruhigem Ton, »sagen Sie mir zunächst Ihren Namen.«

»Ich heiße Senna Meertens. Ich mache ein Praktikum hier im Heim.«

»Und was haben Sie mir zu sagen?«

»Der Doktor Zander, das ist der Arzt, der die Kinder betreut … er war gestern Abend da, hat mit Frau Romano gestritten.«

»So, und warum erzählen Sie mir das?«

»Sie ermitteln doch in der Mordsache, und da könnte es Sie interessieren.« Ihre Stimme versagt beinahe vor Aufregung. Sie scheint am ganzen Körper zu zittern.

»Wie spät war es, als Sie den Streit gehört haben?«

»Es war gegen 20 Uhr.«

»So spät waren Sie noch im Haus?«

»Ja … nein … ich hatte meine Tasche vergessen, bin noch mal zurück.«

»Kommt Dr. Zander öfter ins Heim?«

»Es gibt keine festen Zeiten.« Und eifrig fügt sie hinzu: »Er hatte ein Verhältnis mit Frau Romano. Sie hat es beendet, das haben alle gewusst.«

Kleinfeldt horcht auf. »Wann ist der Doktor gegangen?«

»Das kann ich nicht sagen. Ich habe ihn nicht weggehen sehen.«

»Haben Sie sonst noch irgendetwas bemerkt, das für uns von Interesse sein könnte?«

»Eigentlich nicht… nein.« Die junge Frau stockt. »Herr Kommissar, Sie sagen doch nicht weiter, was ich Ihnen erzählt habe.«

Der Kommissar beruhigt sie, lässt sich ihre Anschrift geben und überreicht ihr seine Kontaktadresse. Als er sich von ihr verabschiedet und ihr dabei voll ins Gesicht schaut, verwundert ihn ihr flackernder Blick.

Nachdenklich geht er zum Auto, fragt sich, wie glaubwürdig die beiden Zeuginnen Meertens und Zerbski sind. Auf jeden Fall ist dem Hinweis auf den Arzt nachzugehen – vielleicht eine Beziehungstat. Aber mit einer Kleinkaliberpistole?

Als er in den Wagen steigt, registriert er mehrere verpasste Anrufe am Autotelefon, den letzten von Kommissar Heilmann. Sogleich ruft er Heilmann zurück. Was dieser berichtet, bringt ihn völlig aus der Fassung.

Regina im Schreck

Am Polizeipräsidium angelangt, eilt er über den Parkplatz der Fahrbereitschaft und trifft Kommissar Heilmann in der Eingangshalle.

»Wo ist Frau Schröter?«, fragt er hastig.

»Sie ist nach oben ins Dienstzimmer.«

»Ist ihr etwas passiert?«

»Sie hat wohl einen ziemlichen Schreck, ist aber unverletzt.«

»Haben Sie Oberkommissar Rauscher informiert?«

»Ja, er wollte seine Leute sofort zur alten Fabrik schicken.«

»Gut, Herr Heilmann, ab jetzt kümmere ich mich um die Angelegenheit.«

Damit hastet er zum Fahrstuhl und lässt den Kommissar stehen, der ihm ob seiner Hektik verblüfft nachschaut.

Oben angekommen geht er schnell den Gang entlang zu seinem Dienstzimmer, stoppt aber an der Tür, um sich zu sammeln. Dann tritt er ein. Seine Assistentin sitzt an ihrem Arbeitsplatz am Computer.

»Schön, dass Sie da sind«, begrüßt er sie scheinbar ruhig, kann aber einen nervösen Hickser nicht vermeiden. »Kommissar Heilmann hat mich kurz informiert. Geht's Ihnen gut?«

Regina, ein wenig blass im Gesicht, erhebt sich, versucht ein Lächeln.

»Es war alles ein bisschen aufregend, Herr Kommissar, aber wir haben schon Schlimmeres erlebt.« Verlegen streicht sie sich durchs Haar.

»Gut, gut, Frau Schröter. Ich hatte mir Sorgen gemacht … äh … ich meine … äh … nicht gerade sehr …«

Er stockt, dann sagt er schnell: »Wir brauchen Sie doch für die Ermittlungen.«

Darauf wendet sie sich gekränkt ihrem Schreibtisch zu, schaut mit gesenktem Kopf ausdruckslos vor sich hin. Den Rücken ihm zugekehrt zeigt sie zu seinem Arbeitsplatz hinüber und sagt mit leiser Stimme:

»In der Plastikhülle dort liegt Ihr Handy. Ich habe es auf der Straße gefunden, als ich mit Peter Heilmann zum Auto ging. Ich muss es noch in die Kriminaltechnik bringen.«

»Gut, gut…« Befangen zieht er einen Besucherstuhl heran und setzt sich seitlich an ihren Schreibtisch.

»Erzählen Sie«, sagt er in mildem Ton.

Sie hat sich gefasst und berichtet von den Geschehnissen in der alten Fabrik und der Attacke, die sie völlig überrascht hat.

»Haben Sie den Angreifer erkannt?«

»Nein, er hat mich von hinten gepackt. Auf jeden Fall ein Mann. Ich konnte eine behaarte Hand erkennen, sie war verkrüppelt.«

Kleinfeldt blickt alarmiert auf. »War es die rechte Hand?«

»Ja, die rechte.«

»Dann war es Gustav Lüdel! Er muss sich da versteckt haben.«

Er schlägt sich an den Kopf, zuckt aber sofort zurück, als er sein Pflaster berührt. Völlig entgeistert stößt er hervor: »Wir fahnden nach ihm und sehen dort nicht nach.«

»Eigentlich war ich unvorsichtig. Als ich bemerkte, dass die ausgeschaltete Tischlampe heiß war, habe ich unbedacht reagiert, mich im Schreck mit dem Rücken zu der Tür gestellt.«

»So etwas passiert«, beruhigt sie der Kommissar. »Aber er hätte Sie von hinten erschlagen können.«

»Ja…« Regina schaudert. »Doch hätte er mich verschont, wenn er ein Mörder wäre?«

»Hm… wir werden sehen. Die Fahndung läuft.«

Kleiner Umtrunk bei Oberkommissar Neumann

Im Besprechungsraum der Spurensicherung herrscht lebhaftes Treiben: Plaudereien, Gelächter, lautes Geschwätz. Die Gratulanten in angeregter Stimmung. Unablässig lächelnd steht Oberkommissar Neumann, frischbefördert, inmitten des Gedränges und nimmt die Glückwünsche entgegen.

Neumann erfreut sich großer Beliebtheit im Haus. Der Besprechungsraum erweist sich beinahe als zu klein für die Vielzahl der Besucher. Auf einem Tisch gleich neben der Tür ein Büfett mit Sandwiches und Brezeln, Säften, alkoholfreiem Bier und Sekt.

Als der Kommissar eintritt und sich im Gedränge zu orientieren sucht, kommt ihm sofort der böse Verweis des Staatssekretärs in den Sinn: Einer der Anwesenden könnte der Maulwurf sein!

Unübersehbar in der Menge der hoch aufragende Hauptkommissar Thompson, der mit nun feuerroter fleischiger Nase und erhobenem Glas einige Damen aus der Verwaltung zum Opfer seiner großspurigen Selbstinszenierung erkoren hat. Ihm wäre der Verräter zuzutrauen, geht es Kleinfeldt durch den Kopf. Aber ob er dafür nicht zu feige ist?

Über die Anwesenden hinweg fängt er den Blick von Hauptkommissar Barkhorn auf und nickt freundlich zurück. Der Hauptkommissar, ein dicker gemütlicher Mann, leitet das Sittendezernat und hat sich mit einigen seiner Leute in eine Ecke des Raumes gequetscht. Ob jemand von ihnen ein dunkles Spiel treibt?

In der Nähe der Tür am Büfett trifft er auf Oberkommissar Klett, der mit seinen beiden engsten Mitarbeitern, den Kommissaren Wörner und Heilmann zusammensteht. Nette Kerle die zwei, denkt Kleinfeldt, wenn sie nur nicht immer aus nichtigstem Anlass auf seiner Etage erschienen.

Zufrieden grinsend und eine Butterbrezel kauend wendet Klett sich ihm zu. Der Oberkommissar – so wird gespottet – futtere sich überall durch, weil er wegen seines Hausbaus knapp bei Kasse sei. Tatsächlich ist er von schmaler Statur und macht einen mageren Eindruck. Doch trotz seiner pedantischen Eigenheiten und seiner knauserigen Art schätzt Kleinfeldt ihn als verlässlichen Kollegen und Freund.

»Hallo Werner«, grüßt er mit vollem Mund, »du hast mir vorhin von dem schwarzen Haar an der Sportkappe erzählt, die dem glatzköpfigen Täter gehören soll. Rate mal, was sich dazu ergeben hat.«

»Na, sag's schon«, drängt Kleinfeldt ungeduldig.

»Laut Anwohnerbefragungen wurde gestern um Mitternacht weiter unten in der Straße eine davonhastende glatzköpfige Person gesehen.«

»Verdammt! Also doch ein Glatzkopf.«

»Ja, ein schwarzhaariges Rätsel«, räumt Klett feixend ein, »falls die Kappe tatsächlich vom glatzköpfigen Täter stammt.«

»Du hast gut lachen, ich muss für den Fall geradestehen.«

»Nun vergiss mal für ein paar Minuten die Ermittlungen. Wir besprechen nachher alles auf der Soko-Sitzung. Neumann erwartet deinen Glückwunsch.«

Damit fasst er Kleinfeldt unter den Arm und schiebt ihn in Richtung des frischbeförderten Oberkommissars, nicht ohne sich vorher noch schnell eine Brezel gegriffen zu haben.

Neumann, trotz seiner jungen Jahre die Stütze seines als nachlässig bekannten Chefs Oberkommissar Rauscher, gilt als akribisch arbeitender Kriminaltechniker. Überall im Haus hat er gute Kontakte, ist ungemein höflich und äußerst korrekt. Doch irgendwie bleibt er persönlich blass, lässt wenig von sich selbst erkennen. Als Kleinfeldt ihm gegenübersteht, ertappt er sich bei der Frage, ob ihm zu trauen sei.

Angestrengt lächelnd nimmt er Kleinfeldts Glückwünsche entgegen. Doch als der Kommissar nach der kriminaltechnischen Untersuchung der Sportkappe fragt, deutet er bedauernd und mit gestresster Gestik auf seine Gäste und verweist ihn an Oberkommissar Rauscher.

Für einen Moment verebbt das Stimmengewirr. Die Herren recken die Hälse, die Damen schießen giftige Blicke. Regina ist eingetreten. Sofort wird sie von den jungen Kollegen in Beschlag genommen. Und zu Kleinfeldts Ärger strebt auch Neumann, der plötzlich Zeit zu haben scheint, zu ihr hinüber.

Daraufhin drängt Kleinfeldt in Richtung von Rauscher, nicht ohne dabei ein ungutes Gefühl zu haben. Der Oberkommissar dominiert lautstark die Unterhaltung der ihn umstehenden Kollegen – eine eigentümliche Gestalt in seiner großen Leibesfülle, dem kleinen Babygesicht mit den verknitterten Hängebacken und den zerzausten grauen Haaren. Trotz seiner barschen und herablassenden Allüren scheint von seinem Gehabe eine gewisse Faszination für seine Gesprächspartner auszugehen, denn das Gerede ist lebhaft und impulsiv. Eigentlich eine gute Tarnung, dieses provozierende Verhalten, muss Kleinfeldt sich eingestehen, falls er es ist, der faule Sachen macht.

»Hallo Heinz«, grüßt er mit vorsichtigem Grinsen. »Wie steht's mit euren Analysen?«

»Du kannst es nicht lassen«, poltert Rauscher. »Am Telefon hast du schon danach gefragt. Das schwarze Haar an der Sportkappe lässt dir wohl keine Ruhe. Wart's doch mal ab.« Und in süffisantem Ton: »Die drei Stunden bis zur Soko-Sitzung hat's wohl noch Zeit. Ich habe dann auch eine eigenartige Überraschung für dich.«

Kleinfeldt muss sich bezwingen, kann seine Wut kaum verbergen, wendet sich jählings ab, um seinen nervösen Hickser nicht merken zu lassen. Verärgert strebt er dem Ausgang zu. Als er hinaus auf den Korridor tritt, steht Regina neben ihm.

»Ich gehe mit Ihnen, Herr Kommissar. Es ist noch viel zu tun.«

Kleinfeldt, ganz ergriffen von ihrem unverhofften Erscheinen, kann nur stumm nicken. Zurück im Dienstzimmer recherchiert sie auf sein Geheiß über den Arzt Dr. Zander und verschickt dann die aktuelle Befundlage an die vorgesehenen Soko-Mitglieder. Kleinfeldt selbst holt sofort ein Versäumnis nach und ruft in Dr. Zanders Praxis an, kann wegen dessen Abwesenheit aber erst für Mittwoch einen Gesprächstermin vereinbaren. Mehrmals ist er im Begriff Ada anzurufen, aber irgendwie – er weiß nicht warum – hat er gerade keinen Kopf dafür. Als es auf 18 Uhr geht und die Soko-Sitzung ansteht, ist Regina schon voraus, um nötigenfalls den Konferenzraum zu richten.

Große Soko-Sitzung

Der Kommissar ist verspätet, hastet die Treppe hoch zum Konferenzsaal im obersten Stockwerk und betritt den Raum im Rücken der versammelten Soko-Mitglieder. Anwesend sind die Oberkommissare Klett und Rauscher mit mehreren Mitarbeitern sowie Hauptkommissar Thompson, der gerade das Treffen eröffnen will. Neben ihm, den Teilnehmern zugewandt, Regina mit Laptop und Unterlagen an einem kleinen Tisch. Sie sieht den Kommissar eintreten, hebt leicht den Kopf und zeigt ihm ein winziges Lächeln. Er meint, ihr ebenmäßiges Gesicht leuchtete ihm entgegen, und auf einmal sieht er darin das Antlitz seiner verstorbenen Frau. Energisch verbannt er das Trugbild aus seinen Gedanken. Thompson macht ihm sofort Platz.

»Kolleginnen und Kollegen«, eröffnet er die Sitzung, »ich gehe davon aus, dass ihr über den aktuellen Stand des Mordfalls unterrichtet seid. Was hat sich Neues ergeben?«

Daraufhin meldet sich Oberkommissar Klett zu Wort: »Wie ich's dir schon gesagt habe, Werner: Zur Tatzeit hat ein Zeuge in der Nähe der Loretto Klinik eine Person gesehen, die in Richtung Hechinger Straße rannte. Er meinte, es sei ein Glatzkopf gewesen.«

»Sonstige Kennzeichen?«

»Etwa mittelgroß … Figur nicht erkennbar wegen eines wehenden schwarzen Mantels.«

»Schwarz?«

»Er sagte doch ›schwarz‹«, faucht Oberkommissar Rauscher aufgeblasen dazwischen.

Sofort schaltet sich Regina ein. »Wäre nicht statt eines Glatzköpfigen auch ein Weißhaariger möglich … wenn man die nächtlichen Lichtverhältnisse bedenkt? Ich habe Dr. Zander, unsere zweite Verdachtsperson, auf Fotos im Internet mit einem weißen Bürstenhaarschnitt gesehen.«

»Mhm … genaue Angaben sind natürlich unabdingbar«, meint Kleinfeldt und übergeht Rauschers ausfallenden Einwurf. »Aber ob weißes Haar oder Glatze: Das schwarze Haar an der Sportkappe erscheint mir mysteriös.«

Er wendet sich direkt an Rauscher. »Heinz, was sagt die Spurensicherung zu dem Befund?«

»Alltäglich, die Kappe, kann man überall kaufen, mit Sicherheit dem Täter zuzurechnen.«

»Und das schwarze Haar daran?«

»Derzeit ist alles zur DNA-Analyse. Eine eigenartige Sache, treibt dich wohl besonders um.« Und in höhnendem Tonfall: »Schwarz, schwarz, schwarz ... Du siehst wohl nur noch schwarz!«

Kleinfeldt presst die Lippen aufeinander, kann sich gerade noch beherrschen, erwidert unvermittelt: »Der Tod geht in Schwarz.«

Rauscher schweigt verblüfft, worauf sein Mitarbeiter Neumann schnell einwirft: »Wir haben in Gustav Lüdels Wohnwagen eine kleinkalibrige Ruger gefunden. Einen Abgleich mit dem Projektil vom Tatort könnt ihr in nächster Zeit erwarten.«

»Gut, wir müssen sehen, wie sich die Kleinkaliber-Angelegenheit entwickelt.« Kleinfeldt ist nun wieder ganz ruhig. »Noch völlig offen ist die Frage, ob wir es mit einem Profikiller oder einem Sportschützen zu tun haben.«

In das bestätigende Gemurmel erhebt Kommissar Wörner die Stimme: »Kollegen, ein weiterer Befund. Von Zeit zu Zeit wurde nachts ein Kleinbus gesehen, der in den Hof des Mädchenheims einfuhr – mal war es ein Fahrzeug mit französischem, mal eines mit holländischem Kennzeichen. Man könnte meinen, dass dort irgendetwas heimlich angeliefert oder abgeholt wurde.«

»Es könnte sich um illegale Waffenlieferungen handeln«, äußert Rauscher lapidar, auf Verblüffung der Anwesenden bedacht. »Wir haben in dem Flachbau auf dem Schrottplatz eine Munitionskiste gefunden.«

Verwundertes Schweigen, indes Kleinfeldt fragt: »Siehst du einen Zusammenhang mit dem Mädchenheim?«

»Ja, einen ganz kuriosen ... Die Überraschung für dich,

Werner, von der ich vorhin sprach. Die Munitionskiste stammt laut Aufschrift aus Abeburg, und aus Abeburg kommt die ermordete Heimleiterin.«

Erstauntes Raunen, während Rauscher fortfährt: »In der Kiste waren fünf Patronen. Kollege Heilmann hat die Sachen begutachtet.«

Kommissar Heilmann sieht sich aufgefordert zu berichten. »Die Kiste stammt laut Aufschrift von der Firma Lacroix et Fils in Abeburg. Die Firma vertreibt noch Restbestände der französischen MAT 49, eine Maschinenpistole aus dem Indochinakrieg. Die fünf Patronen sind Parabellum-Munition, für diese Waffe geeignet.«

In dem lebhaften Gerede, das daraufhin anhebt, verschafft Kleinfeldt sich Gehör. Er informiert über den Besuch des Staatssekretärs und dessen Auffassung, den Mord im Zusammenhang mit illegalen Waffengeschäften der Tübinger Goldern zu sehen.

»Ich habe es gleich gewusst«, verkündet daraufhin Hauptkommissar Thompson lauthals, »das Kleinkaliber lässt auf einen Profikiller schließen, und bei so einer Sache kann es sich nur um illegale Waffengeschäfte handeln, die des Nachts über das Mädchenheim abgewickelt wurden. Der verschlüsselte Laptop dabei überrascht mich nicht. Was ist überhaupt damit, Werner. Du hast doch beste Kontakte zur IT-Abteilung …«

Er verstummt, als er Kleinfeldts drohenden Blick wahrnimmt.

»Ich bin dran, William, wart's ab … Den Fall sehe ich momentan ähnlich wie du. Aber wir sollten nicht vorschnell einen Racheakt oder eine Beziehungstat ausschließen. Gustav Lüdel und Dr. Zander sind derzeit Verdachtspersonen.«

Als der Kommissar dann von der Forderung berichtet,

neben den Mordermittlungen die Waffengeschäfte aufzuklären, setzt eine erregte Diskussion ein, in deren Verlauf die Anwesenden darin übereinstimmen, das Ansinnen abzulehnen. Einige Zeit noch erörtern sie die Lage, dann weist Kleinfeldt auf anstehende Aufgaben hin:

Den Schrottplatzinhaber Kloppmann und Dr. Zander befragen, wegen eines möglichen Auftragsmörders die Hotelbuchungen einsehen, die Mitgliederlisten der regionalen Schützenvereine erfassen und die Tankstellen nach ausländischen Kleinbussen abfragen. Nach kurzer Aufgabenverteilung beschließt er das Treffen mit Dank für die geleistete Arbeit.

Ein langer Arbeitstag liegt hinter ihm, als er müde zu Hause ankommt und vor der Haustür auf Centurio trifft. Der Kater hatte auf Einlass gewartet, begrüßt ihn mit aufgestelltem Schweif und majestätischem Schnurren. Vorsichtig schnuppernd, dann begierig nimmt er Reginas Katzen-Leckereien entgegen. Doch als der Kommissar ihn streicheln will, weist er die Liebkosung fauchend zurück. Undankbarer Centu, denkt Kleinfeldt – und dann kommt ihm Ada in den Sinn, die er in letzter Zeit nicht besser behandelt hat.

DIENSTAG

Kleinfeldts Trauma

Am Morgen ist der Kommissar gerade an seinem Schreibtisch, als das Telefon läutet. Oberkommissar Klett ist dran, will Neues berichten.

»Werner, uns war aufgefallen, dass die Postadresse der Goldern die Doblerstraße 195 ist.«

»Was ist daran auffällig?«

»Dieselbe Adresse hat die Firma Dr. Schmidt Invest, und die hat gestern früh den dunklen Passat als gestohlen gemeldet, den du Sonntagnacht am Schrottplatz gesehen hast.«

»Mhm, danke… Dabei fällt mir ein, dass ich gestern Abend versäumt habe zu berichten, dass das Innenministerium die Firma als Zentrale der Goldern ansieht.«

»Oha… Vielleicht hilft es weiter, wenn wir den Firmeninhaber mal unter die Lupe nehmen.«

»Ja, ich hab's auf dem Schirm, werde gleich mit William telefonieren.«

Mit Hinweis auf eine am Abend vorgesehene Soko-Sitzung im engeren Kreis beendet er das Telefonat und ruft Hauptkommissar Thompson an. Er erklärt ihm die Sachlage und beauftragt ihn, mit dem Firmeninhaber Dr. Schmidt zu sprechen. Thompson stimmt missmutig zu.

Keine zehn Minuten später ist Klett noch mal am Apparat.

»Werner, ich habe vergessen dir zu sagen: Der Kastenwagen, den du in der Nacht bei dem Lüdel gesehen hast, ist nicht mehr da … einfach verschwunden. Wir wissen nicht, wie das passieren konnte. Der Wagen ist übrigens auf einen Herbert Hoffmann zugelassen, einen Gebrauchtwagenhändler an der Europastraße.«

Schlagartig ist Kleinfeldt wie elektrisiert.

»Hast du Hoffmann gesagt, Herbert Hoffmann!?«

»Ja, wieso?«

»Schon gut. Ich kümmere mich darum.«

Er bedankt sich, und zu Kletts Erstaunen beendet er jählings das Gespräch.

Hoffmann! Wie passt der ins Bild!? Hoffmann, der in Hildesheim vor zehn Jahren betrunken Kleinfeldts Frau und Kind totgefahren hat!

Damals war er glücklich, hatte für seine Frau die unstete, gefährliche Arbeit beim Geheimdienst aufgegeben und war in die standortgebundene Anstellung bei der Polizei gewechselt.

Dann traf ihn der Schicksalsschlag, der Tod seiner Frau und seines Kindes und seine fatale Reaktion. Hoffmann hatte ihn wegen der verhängten Bewährungsstrafe verhöhnt … noch im Gerichtssaal, und er, Kleinfeldt, hatte zugeschlagen, immer wieder zugeschlagen. Wäre der Justizbeamte nicht dazwischen gegangen, er hätte Hoffmann totgeschlagen.

Nach seiner darauffolgenden Degradierung und Strafversetzung hatte er alles darangesetzt, von Hildesheim nach Tübingen zu kommen, weil er wusste, dass Hoffmann hierher gegangen war. Seit damals hat er immer mal wieder das Augenmerk auf ihn gerichtet, denn er kennt sein Vorstrafenregister und ist davon überzeugt, dass er auch in Tübingen krumme Geschäfte macht. In der ersten Zeit war er nachts heimlich in seinen Gebrauchtwagenhandel eingestiegen, hatte die Geschäftsunterlagen durchsucht, aber nichts Belastendes gefunden. Sollte Hoffmann in den Fall verwickelt sein?

Er geht ans Fenster, will sich beruhigen. Vom zehnten Stock des Polizeipräsidiums sieht er weit hinaus in die Ferne. Über das Steinlachtal hinweg erblickt er den Albtrauf, die bewaldeten Berghänge der Albhochfläche, und weit hinten am Horizont im diesigen Schleier die Burg Hohenzollern, die sich mächtig über der Alb erhebt.

Seit damals leidet er unter einem Tic, ein unwillkürliches, nicht zu kontrollierendes Hicksen. In Tübingen hatte er sich an einen Arzt gewandt, der hatte ihn zu einem Psychologen geschickt. Es gab einige Gespräche und ihm war klar geworden, dass unbewältigte Trauer und verdrängte Wut die Ursache waren. Aber was nutzte die Einsicht. Der Psychologe hatte zu einer länger währenden Therapie geraten. Doch er hatte abgelehnt – undenkbar für ihn, den ehemaligen Geheimdienstler in gefährlichen Missionen, den eisenharten Polizisten, der bei der Hildesheimer Polizei schnell Karriere gemacht hatte.

Als klar war, dass er keine längere Therapie wünschte, hatte der Psychologe ihm im letzten Gespräch Provozierendes mit auf den Weg gegeben: »Sie müssen loslassen, aber Sie sind dazu nicht bereit.« Und schonungslos hatte er hinzugefügt: »Ihre Frau und Ihr Kind sind tot – sie kommen nie mehr zurück!«

In der Folgezeit hatte er sich immer mehr abgekapselt, Befriedigung nur noch in der Arbeit gesucht. Für den Erfolg war ihm jedes Mittel recht. Seine knallharten Vernehmungen waren berüchtigt. Und auch vor heimlichen Ermittlungen des Nachts bei Tatverdächtigen schreckte er nicht zurück.

Dann trat Ada Wagner in sein Leben, diese wunderbare, verständnisvolle Frau, und es ging ihm zunehmend besser.

Er begann zu vergessen, wurde unverkrampfter und hatte mit Ada eine wunderschöne Zeit. Aber irgendwann machte ihm ihre hohe Intelligenz zu schaffen und erste Probleme stellten sich ein. Als dann die neue Assistentin kam, die ihn so sehr an seine verlorene Frau gemahnt, traten die quälenden Erinnerungen aufs Neue hervor: Die Sehnsucht nach seiner Frau und seinem Kind und sein Hass auf Hoffmann.

Seitdem plagt ihn sein Hicksen wieder stärker. Wäre die Assistentin seiner Frau nur nicht so ähnlich. Oder bildet er sich das ein? Ihre ungewöhnliche Ausstrahlung, der Zauber, der von ihr ausgeht. Hat er Probleme damit? Sollte es jetzt so weit sein, dass er Hoffmann endlich etwas wird nachweisen können? Könnte Hoffmann in den Fall verwickelt sein, seine Assistentin Belastendes gegen ihn finden? Soll er sie in die riskante verdeckte Ermittlung schicken? Er weiß es nicht.

Ada überraschend da

Am Nachmittag ist der Kommissar gerade dabei, mit seiner Assistentin die Agenda für die am Abend geplante Soko-Sitzung zu besprechen, als unvermutet Ada Wagner auftaucht. Ada, eine rothaarige attraktive Erscheinung mit perlweißem Lächeln im schmalen Sommersprossengesicht, ist gewöhnlich die Sanftmut in Person. Doch als sie Regina erblickt, verengen sich ihre Augen zu schmalen Schlitzen. Mit einer wegwerfenden Kopfbewegung zischt sie zu Kleinfeldt hin:

»Schick sie raus, Werner!«

Der Kommissar ist sprachlos vor Entrüstung, will protestieren, bringt jedoch nur einen empörten Hickser hervor.

Ohne dass ein weiteres Wort fällt, erhebt sich Regina, rafft ihre Unterlagen zusammen und verlässt grußlos das Zimmer.

»Ada, was fällt dir ein.« Kleinfeldt hat die Sprache wiedergefunden. »Wieso bist du hier?«

Mit einer heftigen Bewegung zieht sie einen Besucherstuhl heran und nimmt ihm gegenüber Platz. Sie schlägt die Beine übereinander und stützt den rechten Ellbogen nach rückwärts auf die Stuhllehne, sodass ihre kurze Jeansjacke aufspringt und ihre ansehnlichen Proportionen offenbart.

»Gestern habe ich der Schröter ausgerichtet, dass du mich anrufen möchtest.« Ihre Stimme klingt hart und hat das gewohnte klangvolle Timbre verloren.

Dann stutzt sie und fragt besorgt: »Du bist verletzt an der Stirn?«

»Nur ein Kratzer.« Kleinfeldt winkt ab. »Ich hätte dich angerufen, doch im Moment…« Er hebt ratlos die Hände. »Der Mordfall lässt mir kaum Luft.«

Und bevor Ada etwas sagen kann, fügt er schnell hinzu: »Du hast ausrichten lassen, dass der Laptop der ermordeten Romano verschlüsselt sei.«

»Hör mal, Werner, du gehst mir seit einiger Zeit aus dem Weg. Und dann sehen wir uns mal und du wirst sofort dienstlich!«

Ihre Stimme klingt verbittert. »Ich habe gedacht, wir könnten Kaffeetrinken gehen.«

»Ada, ich habe diesen vermaledeiten Mordfall am Hals.«

»Das weiß ich doch. Meine Leute haben den verschlüsselten Laptop auf dem Tisch, sind seit gestern dran. Aber wir müssen uns dringend aussprechen. Seit die neue Assistentin bei dir ist, bist du total verdreht… diese impertinente Person!«

»Frau Schröter ist eine ungemein liebenswürdige Mitarbeiterin«, protestiert Kleinfeldt empört.

»So? Das scheint wohl nur für euch Männer zu gelten.« Ihr Tonfall ist hart und böse. »Ich kann das jedenfalls nicht bestätigen. Bei den gelegentlichen Kontakten mit mir ist sie äußerst schnippisch.«

»Du täuschst dich.«

»Nein, nein! Ich täusche mich nicht.« Sie holt tief Luft. »Als sie neu war, hast du noch über sie gesprochen … hast erzählt, wie sehr sie deiner verstorbenen Frau ähnelt. Aber seitdem hast du kein Wort mehr über sie verloren, und du hast dich verändert.«

Kleinfeldt ist plötzlich wie abwesend. Im Geiste sieht er seine Frau vor sich: Ihr schmales Gesicht umrahmt vom langen, blonden Haar. Und ungewollt verschmilzt diese Vorstellung mit dem Bild seiner Assistentin, und er sieht sie in ihrer Verwegenheit und ihrem Wagemut mit ratternder Maschinenpistole die Deckung der verschanzten Gangster erstürmen.

»Ada … äh …«, er versucht sich zu fangen, »ich rufe für heute Abend eine Soko-Sitzung zusammen, der engere Kreis. Könntest du es dir einrichten zu kommen? Du könntest über das Verschlüsselungsproblem berichten. Wir könnten anschließend irgendwo essen gehen.«

»Gut, heute Abend«, hält sie energisch fest. Er hat den Eindruck, sie vorerst beruhigt zu haben, fragt schnell:

»Wie steht's mit dem Laptop der ermordeten Romano?«

»Ein Hochleistungsrechner, professionell verschlüsselt.« Ada hat wieder zu ihrer volltönenden Altstimme gefunden. »Eigentlich erstaunlich, wenn man bedenkt, dass es sich um den Computer einer Heimleiterin handelt.«

»Sie stammte aus Abeburg im Herzogtum Keuppen. Du bist doch auch von dort. Hast du sie vielleicht gekannt?«

Er meint, ein leichtes Zögern zu bemerken. Dann erwidert sie in dem belehrenden Tonfall, der ihn schon immer irritiert hat: »Werner, das Herzogtum ist zwar ein Zwergstaat von knapp hunderttausend Einwohnern, aber eine Bekanntschaft wäre doch wohl ein eigenartiger Zufall.«

Er bejaht und ärgert sich, ihr wieder einmal Recht geben zu müssen.

»Was anderes, Ada. Ich bräuchte so bald wie möglich Einblick in den E-Mail-Verkehr der Romano. Scheinbar gab es Probleme mit einem Geliebten, und vielleicht entpuppt sich der Mord als Beziehungstat. Möglicherweise hätten wir den Fall dann schnell gelöst.«

»Okay. Auf wen sollen wir den Fokus richten, vorausgesetzt die Entschlüsselung klappt?«

»Auf einen Dr. Zander, einen Arzt aus Tübingen, der die Mädchen in dem Heim der Ermordeten betreut.«

Ada verharrt einige Sekunden, wobei er den Eindruck hat, sie sei erbleicht.

»Ada, was ist los? Ist dir nicht gut?«

»Doch, doch, es geht schon. Ich bin ein bisschen erkältet. Wir werden uns bemühen, die Informationen verfügbar zu machen. Wir sehen uns heute Abend.«

Sie erhebt sich abrupt und geht ohne ein weiteres Wort, lässt einen verblüfften Kommissar zurück.

Eine halbe Stunde später hat sich Regina noch nicht wieder eingefunden. Der Kommissar sitzt gedankenverloren am Schreibtisch. Verwundert rätselt er über Adas eigenartige Reaktion bei der Erwähnung Dr. Zanders. Doch noch mehr zu schaffen macht ihm die Frage, ob er dem Ansinnen des Staatssekretärs nachkommen und seine Assistentin dem Risiko der verdeckten Ermittlung aussetzen soll. Könnte Hoffmann mit den Waffengeschäften zu tun haben und sie Belastendes gegen ihn finden?

Nein, er selbst wird etwas unternehmen! Er wird bei Hoffmann einsteigen, nach Beweisen suchen, morgen Nacht! Über den verdeckten Einsatz könnte er dann immer noch befinden.

Kleinfeldt gibt Vertrauliches preis

Mitten in seine Grübeleien platzt ein Anruf von Oberkommissar Klett.

»Werner, kannst du mal schnell runterkommen? Ich hätte da etwas, das dich persönlich angeht.«

Kleinfeldt stutzt, meint dann: »Okay Friedel, aber nur auf einen Sprung.«

Kurz darauf ist er bei Klett, dessen Dienstzimmer eine Etage tiefer liegt. Die Kaffeemaschine brodelt, und nach kurzer Begrüßung nimmt er in der Besucherecke Platz. Klett schenkt Kaffee ein und blickt ihn aufmunternd an.

»Werner, das Verfahren gegen dich wegen illegaler Ermittlungen bei Marvin und Kutscher wurde niedergeschlagen, und zwar – du wirst staunen – auf Betreiben des Stuttgarter Innenministeriums. Bollmann von der Personalabteilung hat's mir gesteckt.«

»Soso, das Innenministerium … Das kann nur damit zusammenhängen, dass die Stuttgarter uns für ihre Zwecke einspannen möchten.«

»Mhm … ist anzunehmen. Aber sage: Wie ist es überhaupt zu dem Verfahren gekommen.«

»Eigentlich ist keine Zeit … gleich Soko-Sitzung.«

»So viel Zeit muss sein … erzähl!«, drängt Klett.

Kleinfeldt bedenkt sich, und nach einer Weile: »Also gut, doch kein Wort zu irgendwem.«

Klett versichert ihm Stillschweigen, und daraufhin beginnt der Kommissar zu erzählen.

»Du warst seinerzeit in Kur, als der Mord an dem Privatdetektiv geschah, der gegen Marvin und Kutscher ermittelt hatte. Ich wollte mich nachts auf deren Firmengelände umsehen, um über die vermuteten Autoschiebereien Gewissheit zu erlangen. Und dabei habe ich meine Assistentin mitgenommen. Warum ich's getan habe? … Frag mich nicht.«

Nachdenklich blickt er vor sich hin, vergegenwärtigt sich die damalige Situation.

»Es war eine Vollmondnacht, eigentlich ungünstig für unser Vorhaben. Nur manchmal sorgten schwere Wolken für leidliches Dunkel. Wir haben bis nach Mitternacht gewartet, sind dann los. Ich bin über die Firmenmauer, sie sollte draußen Schmiere stehen, war in einen Baum außen an der Mauer geklettert. Na ja, damit begann das Drama, das so verhängnisvolle Folgen hatte.«

Er macht eine Pause und nippt an seinem Kaffee, während Klett gespannt das Weitere erwartet.

»Ich will's dir mal erzählen, wie meine Assistentin es erlebt und mir hinterher geschildert hat. Sie war die eigentliche Akteurin.

Sie steckt also in dem Baum und späht zu mir herüber, erblickt plötzlich einen Schatten hinter mir, hört einen Schlag und meinen Fall und ist sofort auf der Mauer. Im Hinunterspringen sieht sie die dunkle Gestalt über mich gebeugt zu einem weiteren Schlag ausholen – mit einer Eisenstange. Den Schlag hätte ich nicht überlebt.

Noch im Sprung stößt sie einen grellen Pfiff aus. Der Unbekannte erstarrt, wendet sich ab und läuft in Richtung der Firmenhalle davon. Und als sie sich davon überzeugt hat, dass ich okay bin, entwickelt sich das Drama erst so richtig. Sie sieht den Unbekannten durch das offene Tor in der Halle verschwinden und läuft hinterher … ohne sich zu besinnen! Glücklicherweise war sie unkenntlich durch ihre Kappe und den hochgeschlagenen Jackenkragen.

Sie stürzt ins Dunkel der Halle, wird sich ihres unüberlegten Handelns bewusst und entscheidet sofort kehrtzumachen. Aber es ist zu spät. Draußen vor dem Tor sieht sie zwei Männer, und irgendwo steckt der Unbekannte, den sie nun fürchten muss. Will sie nicht entdeckt werden, so muss sie tiefer in die Halle hinein. Irgendwie, meint sie, würde sie dann schon entkommen.

Aber nun, Friedel, gerät die Angelegenheit außer Kontrolle.«

Kleinfeldt nimmt noch einen Schluck Kaffee und kommt dann so richtig in Erzähllaune.

»Zwielicht fällt durch schmale Fenster oben an der Hallenwand … so hat sie es mir geschildert, und in der dämmerigen Umgebung versucht sie sich zu orientieren. Sie befindet sich zwischen Haufen von Gerümpel, Gerätschaften und Luxussportwagen, kann sich teilweise nur tastend vorwärtsbewegen. Sie fragt sich, wo die dunkle Gestalt ist, hinter der sie her war.

Neben einem Sportwagen verharrt sie und lauscht. Plötzlich ein Geräusch! Sie fährt herum, sieht die erhobene Eisenstange, kann dem Schlag knapp entgehen. Im Zurückweichen zieht sie die Waffe, will einen Warnschuss abgeben. Sie drückt ab, doch es folgt nur ein Klicken. Ihre Pistole hat versagt … Gar nicht auszudenken, was passiert wäre, wenn sie geschossen und den Angreifer verletzt hätte.«

Entgeistert stimmt Klett ihm zu und hebt in dramatischer Geste die Arme, während Kleinfeldt ihm vielsagend beipflichtet.

»Der Angreifer scheint die Waffe gesehen zu haben und hält kurz inne. Sie nutzt die Gelegenheit, um ins Dunkel zu hasten, bekommt ein Regal zu fassen und reißt es um. Noch mehrmals versucht sie so, Hindernisse zwischen sich und dem Unbekannten zu schaffen, der sie unerbittlich verfolgt. Dann ist sie am Hallenende angelangt, befindet sich zwischen Paletten und Holzkisten wie in einer Falle.

Da flammt Licht auf. Vom Tor her hört sie Rufe der Männer, die der Lärm alarmiert hat. Und dann sieht sie den Angreifer sich nähern: Dunkel gekleidet, eine Baseballkappe tief ins Gesicht gezogen und den Rollkragen bis unter die Augen – die Eisenstange in der erhobenen Hand.

In fliegender Hast versucht sie, die Ladehemmung ihrer Waffe zu beheben. Aber vergebens. Da weiß sie: Es gilt ihr Leben. Plötzlich ist sie eiskalt und hellwach.

Und nun pass auf, Friedel, was jetzt passiert.«

Kleinfeldt macht eine Kunstpause, will die Spannung steigern.

»Sie blickt sich hilfesuchend um, sieht ein Regal und darauf: Eine Nagelpistole!

Den Druckluftanschluss prüfen und die Auslösesperre entriegeln: Es ist wie ein einziger Moment … so hat sie's mir erzählt. Hellsichtig und klar zielt sie, um den Angreifer in die Seite zu treffen. Dann drückt sie ab.

Ein furchtbarer Schrei, hoch und schrill: ›Wie von einer Frau‹, hat sie gemeint. Und das hat später zur Lösung des Mordfalls geführt … Aber das ist eine andere Geschichte … Sie sieht, wie der Angreifer beide Hände an die linke Seite presst.

Die beiden Männer sind nun heran. Sie kann sich hinter einem Palettenstapel verbergen und seitwärts davonschleichen. Dann rennt sie in Richtung des offenen Tores, die hell erleuchtete Halle erleichtert die Flucht.

Ohne zu zögern springt sie in einen zum Abtransport bereitstehenden Sportwagen: Ein italienischer Maserati. Sie drückt den Startknopf und gibt Gas. Der Motor brüllt auf, der Wagen macht einen furchtbaren Satz, sie kann kaum die mehr als 500 PS bändigen. Mit Ach und Krach bringt sie das Auto durchs Firmentor und jagt eine kurze Strecke die Straße hoch, lässt dann den Wagen stehen. Am vereinbarten Treffpunkt findet sie mich wartend im Auto.

… Ja, Friedel, das war's.«

Ganz eingenommen von seiner Erzählung atmet Kleinfeldt tief durch.

»Und die Sache hat dann zu dem Verfahren gegen dich geführt?«

»Genau, einer der Männer wollte mich gesehen haben, musste aber schließlich zugeben, mich nur von einem Zeitungsfoto her zu kennen.«

Kleinfeldt grinst. »Ich habe natürlich alles abgestritten. Und das Geschehen in der Firmenhalle blieb mysteriös. Na ja, in der Behörde gingen die Ermittlungen weiter, bis es jetzt, wie ich von dir erfahre, zur Einstellung kam.«

»Irgendwer von uns muss die Angelegenheit warmgehalten und gegen dich gearbeitet haben.«

Sie gucken sich beide wissend an. »Ich will keinen Namen nennen«, meint Klett. »Aber was mich interessiert: Wie hast du schließlich den Mordfall gelöst?«

»Das ist eine ganz andere, verblüffende Geschichte, erzähle ich dir irgendwann mal. Jetzt ist keine Zeit. Wir sehen uns gleich in der Soko-Sitzung.«

»Gut, Werner, ich habe auch einige Neuigkeiten … berichte ich in der Sitzung.«

Kleinfeldt nickt erfreut, dankt für den Kaffee und macht sich flugs zurück auf seine Etage. Im Dienstzimmer findet er seine Assistentin vor. Er meint, sich für Adas Benehmen entschuldigen zu müssen, doch angesichts ihres wortkargen Verhaltens fehlt ihm dazu die Courage.

Sie stellen die Unterlagen für die Soko-Sitzung zusammen, sprechen nur das Nötigste, und kurz vor 18 Uhr gehen sie zu dem kleinen Konferenzraum, der sich auf ihrer Etage am Ende des Korridors befindet.

Neuigkeiten in der kleinen Soko-Sitzung

Sie sind die Ersten, nach ihnen kommen die Oberkommissare Klett und Rauscher mit ihren engsten Mitarbeitern Heilmann, Wörner und Neumann. Zuletzt treffen Ada Wagner und Hauptkommissar Thompson ein, wobei er ihr in übertrieben galanter Manier die Tür aufhält. Als sie Kleinfeldt erblickt, lässt sie Thompson achtlos stehen und tritt freudig auf ihn zu. Doch mit einer gemurmelten Entschuldigung wendet er sich an seine Assistentin und übergibt ihr einige Unterlagen. Ada kehrt sich gekränkt ab und setzt sich mit frostiger Miene ans untere Ende des Konferenztisches.

Der Kommissar beansprucht das Kopfende des ovalen Tisches, während Thompson als sein Stellvertreter bemüht ist, ebenfalls am oberen Ende zu sitzen, allerdings mit einer unglücklichen Position halbschräg daneben vorliebnehmen muss. Regina hat sich so gesetzt, dass Ada ihr nicht direkt gegenübersitzt.

»Heute tagen wir im kleinen Kreis«, eröffnet Kleinfeldt das Treffen. »Frau Wagner habe ich wegen des verschlüsselten Laptops dazu gebeten.«

Ada, immer noch verärgert, grüßt mit reserviertem Nicken, während der Kommissar in die Runde fragt: »Kollegen, was hat sich Neues ergeben? Wie steht's mit der

Tatwaffe? Und was macht die Fahndung nach Gustav Lüdel?«

»Die Tatwaffe steht aus, und von Lüdel keine Spur«, beginnt Klett. »Aber zur Romano interessante Neuigkeiten. Wir haben Einblick in ihre Bankkonten erhalten. Sie verfügte über beträchtliche Finanzmittel, bedeutend mehr, als man von einer Heimleiterin erwarten sollte. Wir prüfen noch die Kontobewegungen. Ebenfalls auffällig ist, dass sie mehrfach von Stuttgart ins Herzogtum Keuppen geflogen ist, mit Charter-Jet der Lear Airlines. Ihre Familie lebt zwar in Abeburg, doch die kostspieligen Reisen dürften wohl mehr als Verwandtschaftsbesuche gewesen sein.«

»Gut, Friedel… und wie steht's mit den Hotellisten und den Schützenvereinen?«

»In den Hotellisten nichts Ungewöhnliches. Und etwa neunhundert Schützen haben wir erfasst, brauchen jetzt einen entsprechenden Personenhinweis.«

Er hebt bedauernd die Arme. »Die Befragung des Schrottplatzbesitzers Kloppmann steht noch aus. Und die örtlichen Tankstellen haben wir auch noch nicht abgeklappert.«

»Beruhige dich, Friedel«, schaltet Rauscher sich in seiner polternden Art ein. »Wir sind noch an den Fingerabdrücken und sichten gerade die beschlagnahmten Geschäftspapiere. Und die Sportkappe mit dem schwarzen Haar ist noch in der Analyse. Rom wurde auch nicht an einem Tag erbaut.«

In der schmunzelnden Zustimmung der Runde meldet sich Thompson zu Wort.

»Ich hatte heute ein Gespräch mit Dr. Schmidt. Es stellte sich heraus, dass er der Finanzier des Mädchenheims ist. Er betreibt eine Investmentfirma und gab an, das Heim aus steuerlichen Gründen über die Goldern zu finanzieren. Die karitative Betätigung gehört zu seinem Marketing.«

»Ist dir irgendetwas aufgefallen, William, hat er irgendetwas rausgelassen, das verdächtig sein könnte?«, fragt Kleinfeldt.

»Gemach, Werner …« Thompson genießt die Gelegenheit, Kleinfeldt in die Schranken weisen zu können … »rein gar nichts hat er erkennen lassen. Zur Romano will er lediglich geschäftliche Kontakte gehabt haben. Doch auf die Täterbeschreibung könnte er passen. Seine Glatze ist nur ungenügend bedeckt durch darüber gekämmte blonde Seitensträhnen.«

Er legt eine Kunstpause ein und schaut sich selbstgefällig um. »Aber jetzt passt auf. Als ich auf seinen gestohlenen Firmen-Passat zu sprechen kam, den Werner Sonntagnacht am Schrottplatz gesehen hat, habe ich aufs Geratewohl gefragt, ob er dort einen Gustav Lüdel kennt. Und was meint ihr, was dabei herauskam?«

Wieder unterbricht er sich Aufmerksamkeit heischend. »Dr. Schmidt kennt ihn seit zwanzig Jahren. Sie waren Partner im Diamantengeschäft in Südafrika, sind beide vor zehn Jahren nach Deutschland zurückgekehrt. Lüdel war wegen Alkohol sozial abgerutscht, hat eine Tochter mit einer Prostituierten. Seitdem hat er sich gefangen.«

»Mhm … interessant«, sinniert Kleinfeldt. »Mal abgesehen von dem flüchtigen Lüdel: Wenn es um nächtliche Waffenlieferungen geht, wie die Einlassungen des Innenministeriums nahelegen, dann könnte Dr. Schmidt als Betreiber des Mädchenheims seine Finger im Spiel haben. Doch nach derzeitigem Ermittlungsstand ist das Spekulation.«

»Nein, nein«, fällt Thompson aufbrausend ein, »das erscheint durchaus möglich, so wie ich diesen Dr. Schmidt kennengelernt habe. Ein eiskalter Typ. Bestimmt hat er einen Profikiller engagiert, wenn er's nicht selbst getan hat!«

Auffordernd sieht er zu Ada Wagner hinüber. »Wichtig wäre es jetzt, die E-Mail-Korrespondenz der Ermordeten nach weiterführenden Hinweisen zu untersuchen.«

Ada hatte bisher keinen Anlass gesehen, sich an der Diskussion zu beteiligen. Nun bemerkt sie in souveränem Ton:

»Wir konnten die Verschlüsselung noch nicht brechen. Mathematische Entschlüsselungsmethoden sind gescheitert. Wir arbeiten nun mit Brute Force, scheinen es aber mit einem hochkomplexen Passwort zu tun zu haben. Mittlerweile bezweifle ich, die Entschlüsselung mit unserer Rechenleistung in einem akzeptablen Zeitfenster zu schaffen.«

»Okay Ada«, bemerkt Kleinfeldt, »hoffen wir das Beste. Die E-Mail-Korrespondenz der Romano hat höchste Priorität.«

Als Ada dazu schweigt, sagt er in bestimmtem Ton: »Lasst uns den Fall ganz nüchtern weiterverfolgen.«

Thompson will ärgerlich dazwischenfahren, doch Kleinfeldt lässt ihn nicht zu Wort kommen.

»Wart's ab, William. Noch haben wir die aktuellen Untersuchungsaufgaben nicht abgearbeitet. Die Vernehmung des Dr. Zander steht morgen an, die Goldern werden wir uns noch genauer ansehen müssen, und die DNA-Analyse der Sportkappe wäre natürlich goldwert, wenn wir sie zuordnen könnten. Mich irritiert das schwarze Haar daran.«

Als er das sagt, bemerkt er Rauschers verächtliches Grinsen, der irgendetwas vor sich hinmurmelt, das sich anhört wie »... Tod geht in Schwarz«.

Kleinfeldt bleibt gelassen, wendet sich unbeeindruckt an

die Runde: »Seid ihr einverstanden, dass wir uns vertagen und in nächster Zeit fallweise zusammenkommen?«

Die Anwesenden stimmen zu, diskutieren noch eine Weile die aktuelle Lage, und dann löst sich das Treffen auf. Ada ist bereits an der Tür, tritt mit strahlendem Lächeln auf Kleinfeldt zu und hängt sich freudig bei ihm ein. Er meint die neidvollen Blicke der Kollegen zu spüren, als sie ihn gut gelaunt mit sich fortzieht.

Er schaut noch einmal zurück, und für einen kurzen Moment sieht er seine Assistentin umringt von den jungen Kollegen – sieht, wie sie mit ausdrucksloser Miene starr vor sich hinblickend die Avancen ihrer Verehrer über sich ergehen lässt.

MITTWOCH

Bei Ada

Die Morgensonne scheint warm in Adas Wohnzimmer und schafft eine wohlige Atmosphäre in dem ohnehin gemütlich eingerichteten Raum. Der Kommissar sitzt sinnend am Esstisch und schaut müßig aus dem Fenster ihrer Wohnung in der Pfleghofstraße, von der sein Zuhause über die Schulbergtreppe schnell zu erreichen ist. Zu seiner Verwunderung hatte der Bau der Treppe damals zu Diskussionen in der Tübinger Bürgerschaft geführt. Doch tatsächlich hatte die Baumaßnahme der Mühlstraße, die er noch als eine enge, düstere Straßenschlucht kannte, eine größere Offenheit und ein helleres Gesicht verliehen.

Nachdenklich sieht er hinüber in die offene Küche und beobachtet Ada, die noch im Morgenrock gekleidet und gut ausgeschlafen mit flüssigen Bewegungen herumhantiert. Er seufzt, als er an den Beginn ihrer Beziehung denkt, diese erste, wilde Zeit. Damals war sein nervöses Hicksen fast ganz verschwunden. Er hatte sogar wieder angefangen zu fotografieren, sein vormals geliebtes Hobby. An den Wochenenden hatten sie Ausflüge in die nähere Umgebung unternommen, waren auf die Schwäbische Alb und in den Schwarzwald gefahren. Und damals war ihm klar geworden, wie schön Tübingen am Neckar und zwischen diesen beiden Gebirgsformationen gelegen ist.

Doch dann stellten sich Probleme ein. Adas hohe Intelligenz und ihre umfassende Bildung hatten ihn immer wieder irritiert. Er weiß, dass sie in Moskau Computerwissenschaft studiert hat, aber viel über sich erzählt hat sie nie. Vor Jahren war sie aus dem Herzogtum Keuppen nach Deutschland gekommen, doch ihre Vergangenheit liegt für ihn im Dunkeln. Irgendwie ist sie ihm immer rätselhaft geblieben. Aber vielleicht ist es das, was sie an ihm so sehr schätzt, dass er nie in ihre Geheimnisse einzudringen versucht hat.

Sie kommt mit dem angerichteten Frühstückstablett und blickt ihn aus grünen, mandelförmigen Augen entspannt lächelnd an.

»Werner, wie fühlst du dich?«

Kleinfeldt nickt, sagt weiter kein Wort. Eine Zeit lang essen sie schweigend.

Schließlich beugt sie sich zu ihm herüber, legt ganz leicht ihre Hand auf seinen Arm und sagt mit warmer Stimme: »Werner, versuche ruhiger zu werden. Dein nervöser Schluckauf macht dir wieder sehr zu schaffen.«

Im ersten Moment fühlt er Betroffenheit und Scham, doch dann entspannt er sich und seufzt: »Wenn alles nur einfacher wäre, Ada. Da ist dieser verdammte Mordfall.«

»Es ist nicht der Mordfall. Es ist in dir, Werner.«

Er starrt nachdenklich vor sich hin, äußert dann unvermittelt: »Wir brauchen die E-Mail-Korrespondenz der Romano.«

Ada wirkt plötzlich angespannt. »Wir haben es mit verschiedenen Entschlüsselungsmethoden versucht, aber ohne Erfolg. Möglicherweise müssen wir das BKA einschalten.«

Es liegt ihm auf der Zunge zu insistieren. Doch als er Adas gespannte Miene sieht, spricht er nicht weiter und beschäftigt sich mit seinem Frühstücksei. Beide schweigen, bis Ada sich erhebt.

»Komm rüber in die Sitzecke, Werner.«

Sie versucht ihn zu sich auf die Couch zu ziehen, doch er macht sich behutsam los und nimmt im Sessel gegenüber Platz. Die Sonne flammt in ihren roten Haaren, ihr schmales Sommersprossengesicht erscheint ihm wie von klassischer Anmut. Sie hat die Beine übereinandergelegt und die Arme über der Brust gekreuzt. Den Kopf zurückgebeugt auf die Lehne des Sofas blickt sie zu ihm herüber, reglos und ernst.

»Werner, warum kann es nicht werden wie früher. Wir hatten eine wunderbare Zeit. Waren wir nicht glücklich?«

»Glück? Was ist das? Kannst du so denken, wenn du es nur mit Gewalt, Mord und Totschlag zu tun hast?«

Er schaut sie schmerzlich an. »Du arbeitest mit Zahlen, Logik und Abstraktionen, ich habe es mit Kriminellen, Gewalttätern und dem Dreck der Gesellschaft zu tun. Für mich gibt es kein Glück.«

Mit einer unwilligen Gebärde wirft sie ihr Haar in den Nacken. »Du hast erzählt, dass du einmal glücklich warst. Du hast von deiner Frau und deinem Kind gesprochen. Gilt das alles nicht mehr?«

Und einfühlsam fügt sie an: »Du hältst dich für hart, Werner. Aber bist du wirklich so?«

Unvermittelt kommt ihm die Erinnerung an die gescheiterte Geheimdienstmission und das osteuropäische Killerkommando. Warum hat er die Frau nicht auf der Stelle erschossen, nachdem sie seinen Kollegen ermordet hatte? Er konnte es nicht, und er hat nie darüber nachgedacht.

Wie um weiteres Besinnen abzuwenden, denkt er an die anstehenden Ermittlungen und Hoffmanns mögliche Verwicklung in den Fall – dieser vage Hinweis wegen dessen an Lüdel ausgeliehenen Kastenwagen. Er presst die Lippen aufeinander. Heute Nacht muss es geschehen! Er wird bei Hoffmann einsteigen.

Jählings erhebt er sich. »Ada, verzeih. Ich bin schon verspätet. Ich muss auf die Dienststelle.« Er wendet sich zur Tür.

Sie bleibt auf ihrem Platz, sieht ihm nach und bemerkt mit bitterer Stimme: »Deine Assistentin wartet wohl schon.«

Aber Kleinfeldt ist bereits hinaus auf dem Weg zu seiner Wohnung. Von der Pfleghofstraße eilt er durch den Hausdurchgang, den Fußweg auf der Stadtmauer entlang und die Schulbergtreppe hinunter. Bei Rot hastet er über die Fußgängerquerung und wäre beinahe mit einem Fahrradfahrer zusammengestoßen, der gerade dabei war, sich die ansteigende Mühlstraße hochzukämpfen. Dann ist er an der Einmündung zur Gartenstraße – bleibt überrascht stehen.

Direkt neben dem Imbiss: Centurio!

Der schwarze Kater erkennt ihn sofort und kommt mauzend auf ihn zu.

»Centu, komm, komm.«

Der Kommissar lockt ihn mit sich, und Centurio folgt ihm mit aufgestelltem Schweif und majestätischem Gang zu seinem Wohnhaus, in den Hausflur und in seine Wohnung. Schnell häufelt er einige Katzen-Leckereien zusammen, die noch von seiner Assistentin stammen. Und während Centurio damit beschäftigt ist, schlüpft er für sein nächtliches Vorhaben in dunkle Kleidung und legt das Schulterhalfter mit der Smith & Wesson an.

Centurio steht bereits würdevoll wartend an der Wohnungstür, als Kleinfeldt schnell noch seine schwarze Sturmhaube einsteckt und dann die Wohnung verlässt. An der Haustür huscht der Kater hinaus und verschwindet im Gebüsch neben der Garage.

Dies und das und ein verdächtiger Briefentwurf

An diesem Mittwoch trifft der Kommissar ungewöhnlich spät auf der Dienststelle ein. Seine Assistentin begrüßt ihn mit einem fragenden Blick, indessen er ihr flüchtig zunickt und zum Garderobenschrank hinübergeht. Als er die schwarze Lederjacke ablegt, bemerkt sie die Smith & Wesson. Sofort bestätigt sich ihr Verdacht wegen des schwarzen Outfits: Er wird in der Nacht ermitteln! Während er an ihr vorbei zu seinem Schreibtisch geht, um die Waffe in der Schublade verschwinden zu lassen, sagt sie hinter ihm her:

»Herr Kommissar, Sie haben mir nichts gesagt.«

Langsam wendet er sich ihr zu, sieht sie nachdenklich an. »Ich muss es alleine machen.«

»Ich war immer dabei. Ich könnte behilflich sein.«

Er zögert … weiß, dass sie untertreibt. Mehrmals war sie ihm gleichberechtigte Partnerin, hat ihn aus heiklen Situationen herausgeholt.

Sie wartet auf seine Antwort, den Blick voller Vorwurf.

»Ich muss es alleine machen«, wiederholt er und setzt sich an seinen Schreibtisch. »Es geht um eine persönliche Abrechnung. Vielleicht hat es mit dem Mordfall zu tun, vielleicht auch nicht.«

Sie bedenkt sich, sagt dann besorgt: »Seien Sie vorsichtig. Sie sind auf sich allein gestellt.«

Er muss sich eingestehen, dass er ihre Bemerkung nicht als ungehörig abtun kann. Die nächtliche Unternehmung bei Marvin und Kutscher, von der er Klett erzählt hat, kommt ihm in den Sinn, bei der sie sich zwar unklug verhalten, ihm jedoch das Leben gerettet hat.

Ihr gemeinsames Schweigen wird durch den Anruf von Hauptkommissar Thompson unterbrochen.

»Werner«, beginnt er wichtigtuerisch, »sei froh, dass ich gute Kontakte zum Lenneberger habe. Ich habe dem Doktor Druck gemacht. Der endgültige Obduktionsbefund liegt nun vor. Das bisherige Ergebnis hat sich als zutreffend erwiesen. Und die Gewebeanalyse hat ergeben, dass die Romano rauschgiftsüchtig war: Morphium!«

»Gut William, die Sache ist nun klar. Aber sage: Wie steht's mit den Presseleuten?«

»Die steigen mir gewaltig aufs Dach mit ihren Anfragen. Ich kann mich kaum erwehren.«

»William, keine weitergehenden Informationen, nur das Allernötigste. Kannst denen ja die Rauschgiftsucht der Ermordeten als Brocken hinwerfen.«

»Freue dich, dass du die Leute nicht am Hals hast. Aber du hast dir ja schon immer nur das Beste ausgesucht.«

»Wie meinst du das?«, fragt Kleinfeldt drohend.

»Na ja, wenn ich an Ada Wagner denke ... und deine Assistentin.«

Bevor Kleinfeldt etwas erwidern kann, sagt der Hauptkommissar schnell: »Ich melde mich, wenn's etwas Neues gibt«, und legt sofort auf.

Kleinfeldt kocht vor Wut, kann einen heftigen Hickser nicht vermeiden.

Wenig später ist Oberkommissar Rauscher am Apparat, berichtet ohne Umschweife:

»Pass auf, Werner, was Interessantes. Unter den Papieren aus dem Geschäftszimmer fand sich ein handschriftlicher Briefentwurf der Romano: Ein Schreiben an Dr. Schmidt, in dem sie ihm mitteilt, aussteigen zu wollen. Sie schreibt wortwörtlich ›aussteigen‹.«

»Ein Briefentwurf ... handschriftlich?«

»Sag ich doch! Und wenn man die Vermutungen des Innenministeriums über die Goldern erwägt, dann erscheint

Dr. Schmidt plötzlich sehr verdächtig. Wir sollten ihn dringend mal in die Mangel nehmen.«

»Zweifellos, aber wir wissen nicht, ob so ein Schreiben tatsächlich an ihn gegangen ist. Ich frage mich auch, ob wir nicht lieber weitere Befunde abwarten sollten. Wir haben ja noch andere Verdächtige. Falls er den Mord begangen oder veranlasst hat, sollten wir ihn vorerst in Sicherheit wiegen, nicht dass er uns durch die Lappen geht. Die nötigen Finanzmittel hätte er.«

»Hm …« Rauscher überlegt kurz. »Okay, du stehst dafür gerade. Aber ziemlich verworren das Ganze, muss ich schon sagen. Jetzt drei Tatverdächtige, illegale Waffengeschäfte, Kleinkaliber, vermeintlicher Profikiller, fehlende Tatwaffe, verschlüsselter Laptop, und dann der glatzköpfige Täter und das schwarze Haar an der Sportkappe, das dir so im Kopf rumgeht. Eine verflixte Angelegenheit. Sieh zu, wie du das alles auf die Reihe kriegst.«

Kleinfeldt lässt sich nicht provozieren, antwortet ruhig: »So geht's doch immer, Heinz. Ich schaue mir heute erst mal den Dr. Zander an. Wir werden sehen.«

Tübingen ist nicht nur idyllisch

Die Befragung Dr. Zanders ist für 16 Uhr in dessen Praxis in der Wöhrdstraße vereinbart. Vom Polizeipräsidium aus nimmt Kleinfeldt den Dienstwagen, will ihn im Parkhaus am Neckar abstellen, dem die Arztpraxis gegenüberliegt.

Der Kommissar hat die Wöhrdstraße immer nur als schmucklose Zufahrt zum Neckarparkhaus gesehen, das mit seinem klotzigen Waschbeton das Straßenbild dominiert. Tatsächlich mangelt es der Straße an jedwedem urbanen Charakter – sie ähnelt eher einem schmuddeligen Hinterhof, der den Verkehr der Parkhausbesucher sowie der Zulieferer der zur Friedrichstraße hingehenden Geschäfte aufnehmen muss. Einzig die Bauten an den beiden Enden der Straße, das hübsche Hotel und das Casino-Restaurant, mildern ein wenig den betrüblichen Eindruck.

Als Kleinfeldt ins Parkhaus einbiegt, gilt seine Aufmerksamkeit dem Haus auf der anderen Straßenseite, der Praxis von Dr. Zander. Er muss bis auf die oberste Parkebene fahren, um einen freien Platz zu finden. Etwas verfrüht, schlendert er zum Rand des Parkdecks.

Trotz des wolkenverhangenen Himmels lädt der windstille Nachmittag zu einer geruhsamen Schau hinüber zur Altstadt ein. Sein Blick geht hin zur mittelalterlichen Stiftskirche oberhalb der Stadt, er sieht die Eberhardsbrücke, auf der anderen Seite des Flusses den Österberg und darunter die Häuser der Gartenstraße, in der seine Wohnung liegt. Eine beschauliche Ansicht Tübingens und des Neckars.

Doch unvermittelt steigt Ärger in ihm auf. Er denkt an die wummernden Bässe der sogenannten Strandbar auf dem obersten Parkdeck, unter deren unerträglichen Lärmbelästigung er und die Anwohner im umliegenden Wohngebiet zu leiden hatten. Selbst Centurio hatte sich des Nachts ängstlich unter der Treppe verkrochen. Mindestens dreißig Tonnen Sand waren hochgeschafft worden, um das lächerliche Zerrbild einer Strandbar zu etablieren – trotz knapper Parkmöglichkeiten in der Innenstadt! Er schüttelt den Kopf. Ob so etwas in Hildesheim möglich gewesen wäre? Zur Sechzigerjahre-Bausünde des Parkhauses eine unbegreifliche Veranstaltungssünde.

Hinunter benutzt er das Treppenhaus, den schmalen, schmutzigen Fahrstuhl meidet er schon seit Langem. Aber auch die enge, schäbige Betontreppe erscheint ihm nicht weniger erbärmlich. Was mögen Tübingen-Besucher denken, die wegen der idyllischen Neckarfront, dem Hölderlinturm und der mittelalterlichen Fachwerkhäuser kommen, aber so empfangen werden.

Beim Verlassen des Parkhauses ist er sogleich konzentriert auf das Gespräch mit dem Arzt. Er überquert gerade die Straße, als Ada unverhofft aus der Haustür der Praxis tritt. Völlig überrascht geht er auf sie zu.

»Ada, du hier?«

Sie nickt verwirrt, blickt zu Boden. Beide fühlen sich unbehaglich … schweigen. Schließlich fragt Kleinfeldt mit harter Stimme: »Du kommst von Dr. Zander?«

Ada bejaht, sagt aber weiter nichts.

»Was soll das!?«, äußert er in harschem Tonfall.

»Hast du etwas dagegen?«

»Natürlich habe ich das!«, herrscht er sie an. »Wir arbeiten an einem Mordfall, in dem Dr. Zander vorerst zu den Tatverdächtigen gehört. Also, was hast du hier zu suchen!?«

»Was denkst du dir! Wie sprichst du mit mir!«

Empört wendet sie sich ab und geht grußlos davon. Befremdet schaut er ihr nach, sieht sie langsam die Straße Richtung Blaue Brücke hinaufgehen, die eine Hand leicht angewinkelt in der Tasche ihrer braunen Jacke, den Kopf wie in Trauer gesenkt.

Dr. Zander und die seltsame Sprechstundenhilfe

Der Kommissar braucht einige Minuten, um sich zu sammeln, muss mehrmals hicksen. Dann betritt er den Treppenflur und steigt hinauf zur Arztpraxis im ersten Stock.

Eine golden glänzende Tafel an einer weißen Schleiflacktür verkündet:

Dr. med. Winfried Zander.
Innere Medizin, Immunologie.

Er schellt, der Türöffner summt. Er betritt einen elegant ausgestatteten hellen Empfangsbereich. Hinter einem in Weiß gehaltenen Tresen mit dezenter Goldleiste tritt eine starkknochige Frau im weißen Praxiskittel hervor. Sie geht auf ihn zu und reicht ihm die Hand.

»Marta Wilbers … Wir haben Sie bereits erwartet, Herr Kommissar. Der Herr Doktor ist heute erst von der Tagung zurück, wird Ihnen aber gleich zur Verfügung stehen.«

Nicht nur, dass er überrascht ist von der Art der Begrüßung durch die Sprechstundenhilfe. Ihm fallen auch ihr grobes Gesicht und die langsträhnigen schwarzen Haare auf, die so gar nicht zu der steril anmutenden modernen Einrichtung passen. Sie verschwindet hinter einer weißen Polstertür, und kurz darauf fordert sie ihn auf einzutreten. Im ersten Moment meint er, sein nervöses Hicksen könnte ihn plagen, aber dann ist er kühl und kontrolliert.

Der Praxisraum ist mondän eingerichtet, erinnert kaum an ein ärztliches Untersuchungszimmer. Hinter einem Schreibtisch aus verchromtem Stahl und Mahagoni erhebt sich ein Herr mit dunkel getönter Brille. Der Kommissar schätzt ihn auf Anfang fünfzig, mittelgroß, kastenförmiges Gesicht, kurzer weißer Bürstenhaarschnitt. Linkshänder, stellt er fest, als er ihn noch einen Gegenstand auf dem Schreibtisch zurechtrücken sieht.

Gemessen tritt der Arzt hinter dem Schreibtisch hervor. Kleinfeldt hat sofort den Eindruck einen Menschen vor sich zu haben, der undurchdringlich wie eine Wand ist. Das beherrschte Verhalten, das starre Gesicht und die dunklen Brillengläser, hinter denen die Augen nur schemenhaft zu erkennen sind, lassen auf eine völlig unzugängliche Person schließen.

Nach der gegenseitigen Vorstellung bittet Dr. Zander den Kommissar zu einer ledernen Sitzgruppe und nimmt ihm gegenüber Platz.

»Ich komme wegen der Ermordung von Frau Romano«, beginnt Kleinfeldt ganz direkt und bemüht sich, sein Unbehagen über die Erscheinung des Arztes zurückzuhalten.

Der Arzt bleibt regungslos und schweigt. Aber nachdem auch der Kommissar kein Wort sagt, räuspert er sich und fragt:

»Sie meinen, ich hätte damit etwas zu tun?«

»Nur einige Routinefragen …« Kleinfeldt gibt sich bescheiden und lächelt freundlich.

»Sie waren am Abend vor der Tat noch bei ihr?«

»Ja, als ich ging, muss es kurz nach acht gewesen sein.«

»Hat Sie jemand weggehen sehen?«

»Ich fürchte nein. Der Nachtdienst hält sich immer im hinteren Bereich bei den Kindern auf.«

»In Ordnung. Aber sagen Sie: Wo waren Sie danach in der Nacht?«

Der Arzt verschränkt die Arme, antwortet dann: »Ich war zu Hause.«

Und auf Kleinfeldts fragenden Blick:

»Frau Wilbers, meine Assistentin, kann das bezeugen.«

Dem Kommissar kommt die elegante Erscheinung der ermordeten Romano in den Sinn, und angesichts der knochigen Sprechstundenhilfe kann er der Erklärung kaum Glauben schenken. Er beschließt, die Befragung zu verschärfen.

»Wie war Ihr Verhältnis zu Frau Romano?«

»Wir waren befreundet, hatten eine Beziehung ...«

»... die mit dem Tod der Frau Romano endete?«

»... die vor einem halben Jahr endete«, korrigiert der Arzt in bestimmtem Ton. »Aber ich will offen reden. Es bestanden auch nach unserer Trennung Unstimmigkeiten, die sogar zu Streitereien führten.«

Kleinfeldt fragt sich, ob diese Aussage nicht eine Art Vorwärtsverteidigung ist.

»Sie stritten auch bei Ihrem letzten Besuch?«

»So deutlich würde ich das nicht sagen. Auf jeden Fall waren wir uneins wie meistens.«

»Worin bestanden die Unstimmigkeiten?«

»Ach, wissen Sie«, der Arzt bemüht sich um einen jovialen Ton, »wenn man sich getrennt und weiter miteinander zu tun hat, dann neigen Frauen zu irrationalem Verhalten. Frau Romano warf mir immer wieder vor, ich würde zu unregelmäßig erscheinen.«

»Sie betreuen die Kinder medizinisch, und da sollten Sie häufiger kommen?«

»Ein vorgeschobener Grund. Immerhin arbeite ich ehrenamtlich.«

»Sie wissen, dass Frau Romano morphiumsüchtig war!?«

Der Arzt zögert, dann sagt er: »Ich habe ihr oft genug Methadon angeboten, aber sie hat abgelehnt.«

Kleinfeldt muss seine Aussage hinnehmen, ist allerdings skeptisch – wie auch gegenüber dem Alibi für die Mordnacht, das ihn nicht überzeugt. Vom Typ her kann er sich den Arzt durchaus als den Täter vorstellen. Ganz kurz kommt ihm in den Sinn, Adas Besuch zu erwähnen. Doch er ist sich sogleich im Klaren darüber, keine Auskunft erwarten zu können. Er entscheidet das Gespräch zu beenden und es einstweilen bei dem ersten Eindruck zu belassen.

»Möglicherweise kommen wir noch einmal auf Sie zurück... alles reine Routine.«

Er erhebt sich und zwingt sich zu einer freundlichen Verabschiedung. Als er durch die Polstertür in den Empfangsbereich tritt, sieht er die Sprechstundenhilfe, als sei sie ertappt, an der Gegensprechanlage hantieren.

Sie hat mitgehört, denkt er, und dabei fallen ihm wieder ihre langen, strähnigen schwarzen Haare auf.

Ob der Arzt sich eine Sportkappe von ihr genommen und den Mord begangen hat? Die Profikiller-Annahme wäre dann wohl unzutreffend.

Mit einem knappen Nicken verabschiedet er sich und fährt ins Präsidium, um die Nacht zu erwarten.

Kleinfeldts Beinahe-Fiasko

Es ist so weit. Die Uhr geht gegen Mitternacht. Der Kommissar hat die letzten Stunden im Polizeipräsidium verbracht, war zwischendurch essen im Chinarestaurant gegenüber und hat dann weiter unerledigte Akten aufgearbeitet. Nun holt er die Smith & Wesson aus der Schublade und richtet den Elektro-Pick her, das elektrische Entriegelungswerkzeug für das zu erwartende Sicherheitsschloss. Eine Stablampe und eine kräftige Drahtzange vervollständigen die Ausrüstung. Der Lift bringt ihn ins Erdgeschoss. Er winkt dem Wachhabenden hinter der Glasscheibe zu und tritt aus dem Eingangsportal.

Die Nacht ist dunkel. Nur manchmal, wenn der Wind die schwere Wolkendecke aufreißt, erhellt bleiches Mondlicht sekundenlang die Düsternis. Nach wenigen Schritten ist er am Regierungspräsidium, nutzt dort den überbauten

Durchgang und nimmt den schwach beleuchteten Weg in Richtung Bahn. Auf der Fußgängerbrücke wechselt er über die Gleise und kommt an der Europastraße heraus. Um diese Zeit ist der Verkehr mäßig, sodass die vierspurige Fahrbahn leicht zu überqueren ist.

Hoffmanns Gebrauchtwagenhandel liegt stadtauswärts an der Straße, einige Hundert Meter entfernt neben der Paul Horn-Arena. Er kennt den Betrieb von einem nächtlichen »Besuch« in der Vergangenheit, will von der Rückseite her kommen und nimmt deshalb den Fußweg Richtung Neckar. Der Weg ist dunkel, von dicht stehenden Bäumen umsäumt. Auf halber Strecke biegt er links ab Richtung Sportplatz und geht am Hotel und am Sportzentrum vorbei. Dann ist es nicht mehr weit.

Am Drahtzaun des Autohandels streift er die Sturmhaube über, verharrt und horcht. Der Wind rauscht in den Bäumen, ab und zu ist von der Straße her ein Auto zu hören. Ansonsten herrscht die Stille der Nacht. Kurz darauf ist der Zaun aufgeschnitten. Der Kommissar schlüpft auf das Gelände.

Unvermittelt bricht der Mond durch die Wolkendecke, taucht die Umgebung in fahlweißes Licht. Ein dichtes Gebüsch bietet Deckung. An einer Holzbaracke vorbei huscht er in den Schatten der Werkstatthalle, erreicht die Seitentür zu dem kleinen Archivraum, auf den er es abgesehen hat. Ein normales Sicherheitsschloss. Als alles still scheint, setzt er den Spanner ins Schloss und führt die Nadel des Elektro-Picks ein. Ein leise schnarrendes Geräusch, dann ist das Schloss entriegelt. Die Tür lässt sich geräuschlos öffnen. Er tritt ein.

Dunkelheit ringsum. Er wartet einige Sekunden, lauscht. Dann wirft die Stablampe helles Licht. Von seinem letzten »Besuch« weiß er, dass das Archiv von einem Kundenraum durch eine dünne Bretterwand mit Holztür abgeteilt ist. An dieser Wand befindet sich der Aktenschrank, an den er heranwill – daneben ein Schreibtisch und gegenüber eine Betonwand mit Feuerschutztür zur Werkstatthalle.

Gerade beginnt er die Aktenordner zu sichten, als von nebenan ein Geräusch zu hören ist. Jemand hat den Kundenraum betreten, einen Stuhl gerückt und sich gesetzt. Sofort will er sich zurückziehen. Doch dann sind weitere Geräusche zu vernehmen. Eine zweite Person ist gekommen. Neugierig tritt er an die Holztür und lauscht.

»Warum bleibst du nicht in der Baracke, statt hier nachts herumzuschleichen?«

»Ich musste mal raus. Um diese Zeit sieht mich hier keiner.«

Kleinfeldt hat den ersten Sprecher sofort erkannt: Hoffmann! Niemals würde er die Stimme vergessen. Könnte der andere Gustav Lüdel sein?

»Du musst vorsichtiger sein, Gustav«, hört er Hoffmann sagen, »hast schon mal ein Versteck verraten. Kloppmann hat mir erzählt, dass die Bullen nicht nur im Flachbau, sondern auch in der alten Fabrik waren … unser letzter Rückzugsort, wenn alles schief gehen sollte.«

»Was hätte ich machen sollen, war 'ne junge Frau … hätte ich sie erschlagen sollen?«

»Was denkst du denn, Dummkopf! Wir hätten sie beiseitegeschafft.«

Kleinfeldt hört undeutliches Grummeln, offenbar von Lüdel, und dann: »Reicht doch, dass wir eine Leiche haben. Die Bullen wuseln so schon überall 'rum.«

Eine Zeit lang herrscht Schweigen.

»Du musst verschwinden, Gustav.«

»Ohne meine Tochter gehe ich nicht. Sie muss raus aus dem Heim! Wenn der Dr. Zander irgendwas mit ihr anstellt … Ich bringe ihn um! Das habe ich der Romano knallhart ins Gesicht gesagt. Ich bringe ihn um!«

»Keine Sorge, Gustav. Der Zander hat Angst vor uns. Und solange die Wilbers mir Koks von ihm abzweigt, sollten wir ihn in Ruhe lassen. Fragt sich nur, wie lange ich sie noch aushalte.«

»Ach lass, Herbert … ich bräuchte Geld, bin im Moment ziemlich knapp. Ich könnte mir was von Dr. Schmidt besorgen, doch der ist derzeit völlig abgebrannt. Und so einfach ist das nicht.«

Kleinfeldt meint, ein fragendes »Mhm?« zu hören.

»Ich hätte so einiges in der Hand gegen ihn.«

»Also, warum zögerst du!?«

»Ich stecke mit drin, habe die Drecksarbeit gemacht, war Geldeintreiber von ihm … damals in Südafrika.«

»Was war? … Erzähle!«

»Ich will darüber nicht reden. Der Doktor ist ein Lump, ein Unmensch!«

Kleinfeldt hat den Eindruck, Lüdel redete sich in Rage. Und tatsächlich fährt er mit erregter Stimme fort: »Ich habe dafür gesorgt, dass sein Geschäftspartner in Haft kommt, für Jahre … und zu spät gemerkt, dass der Doktor nur an dessen kleine Tochter Senna ran wollte. Hat das Sorgerecht übernommen, eine Mutter gab es nicht mehr.«

Kleinfeldt hört Lüdel zischen vor Wut. »Und ich habe auch noch ein Wirtschaftsvergehen auf mich genommen, um die Angelegenheit über die Bühne zu bringen.«

»Du meinst, er hat die Kleine …?«

»Na klar«, fällt ihm Lüdel ins Wort »Du hast doch wohl schon mitgekriegt, was für einer er ist. Die Senna ist jetzt erwachsen, lebt bei ihm. Sie meint, er sei ihr Onkel. Schon lange hat er die Finger von ihr gelassen. Sie scheint das verdrängt zu haben, nachdem ein Medizinmann irgendwelche

Sachen mit ihr angestellt und sie fast zu Tode gequält hat.«

»Lass gut sein, Gustav. Was der mit kleinen Mädchen macht, das soll uns egal sein.« Hoffmann lässt ein hässliches Lachen hören. »Wir besorgen unsere Geschäfte, und er ist eine hilfreiche Nummer dabei. Ich übernehme jetzt die Sache der Romano.«

Darauf eine Äußerung des Erstaunens.

»Das war doch fällig, Gustav. Die Romano musste weg. Wir hatten sie noch an der Leine mit dem Rauschgift von Dr. Zander. Aber wie sie sich davon hat frei machen können, ist mir ein Rätsel.«

Hoffmann lässt wieder ein hässliches Lachen hören.

»Ich habe schon mit Kloppmann gesprochen. Kommenden Montag habe ich einen Termin beim alten Lacroix.«

»Du fliegst nach Abeburg?«

»Na klar, Sonntag nehme ich den Spätflug, schon gebucht. Montagmorgen, Punkt 10 Uhr bin ich beim Lacroix.«

Der Kommissar meint einen Ausruf des Erstaunens zu hören, dann fragt Lüdel: »Herbert, bist du's gewesen? Hast du sie …?«

»Und wenn's der Doktor war?«

»Welchen Doktor meinst du?«

Kleinfeldt, begierig das Weitere zu erfahren, beugt sich vor, stößt eine Lampe vom Schreibtisch. Ein lauter Knall … nebenan Stille. Eine bedrohliche Stille! Dann haben die Männer begriffen.

»Gustav, schnell zur Außentür!«, hört er Hoffmann schreien. »Pack ihn, wenn er rauskommt!«

Geistesgegenwärtig schiebt Kleinfeldt einen Innenriegel an der Holztür zu und wendet sich zur Feuerschutztür, um durch die Werkstatthalle und deren elektrisches

Rolltor zu entkommen. Im gleichen Moment ein dumpfer Schlag gegen die Holztür. Hoffmann war in der Annahme, er könne ungehindert durch die Tür, mit voller Wucht dagegen geprallt.

Kleinfeldt reißt die Feuerschutztür auf, hört hinter sich Holz splittern und stürmt zum Rolltor hin. Die verglasten Torelemente schimmern diffus im einfallenden Mondschein, geben ein wenig Licht. In fliegender Hast zieht er die Kette des elektrischen Toröffners. Dann dauert es ihm eine Ewigkeit, bis der Öffner anspringt.

Doch da ist Hoffmann in der Halle, hört das Rolltor, schlägt auf den Notschalter und macht gleichzeitig das Hallenlicht an. Das Rolltor stoppt, die Halle ist hell erleuchtet.

»Gustav!«, hört Kleinfeldt ihn brüllen, »hierher, er steckt in der Halle!«

Gedankenschnell taucht der Kommissar hinter einen Stahlschrank, sieht sich schon verloren. Doch da! Der Sicherungskasten an der Hallenwand! Eine Eisenstange am Boden! Er greift danach, fährt hoch und schlägt mit voller Wucht zu. Sofort liegt die Halle im Dunkeln. Er springt auf und schnellt hinter einen Reifenstapel. Gleichzeitig ein Scheppern und ein Fluch. Hoffmann ist über ein Blechteil gestolpert. Dann ist Lüdel da. Im diffusen Dunkel huschen die Männer suchend umher.

Kleinfeldt weiß, dass er nur durch die Feuerschutztür entrinnen kann, muss die Männer in den rückwärtigen Teil locken. Mit Bedacht wirft er ein kleines Eisenstück ans Hallenende, verursacht dort ein scheppperndes Geräusch. Darauf stürmen sie mit Gepolter und unter Flüchen in der Dunkelheit nach hinten.

Das ist seine Chance. Er hastet zur Feuerschutztür, durch das Archiv und die zersplitterte Holztür in den Kundenraum und dann über den Vorplatz hin zur Europastraße.

Dort zieht er schnell die Sturmhaube vom Kopf, wendet sich nach links, läuft einige Meter und verbirgt sich im Buschwerk an der Straße.

Kurz darauf erscheinen Hoffmann und Lüdel suchend vor dem Autohandel, geben jedoch wenig später auf. Er wartet noch einige Minuten, läuft dann die Straße entlang, anfangs in großer Hast, dann in gemächlichem Tempo in Richtung Innenstadt.

In dunkler Nacht erreicht er sein Haus. Weit und breit kein Centurio zu sehen. Er tritt in den Hausflur, leuchtet unter der Treppe, doch der Platz ist leer. Seltsam: Wenn Centurio nicht schon auf seinem Ruheplatz war, hat er nachts immer auf ihn gewartet, um eingelassen zu werden. Doch als der Kommissar zu seiner Wohnung hochgeht, ist der Kater vergessen und seine Gedanken kreisen um die bei Hoffmann erlauschten Neuigkeiten.

DONNERSTAG

Grübeleien auf der Platanenallee

Der Donnerstagmorgen kündigt einen sonnigen Herbsttag an. Der Himmel über Tübingen ist wolkenlos. Aber bei Tagesanbruch ist es empfindlich kühl, und der Kommissar schlägt den Mantelkragen hoch, als er sich zu Fuß von seiner Wohnung zur Dienststelle aufmacht. Beim Verlassen des Hauses war von Centurio nichts zu sehen, doch ihn beschäftigen andere Dinge.

Von der Gartenstraße herkommend hat er es eilig, die Stahltreppe zur Platanenallee auf der Neckarinsel hinunterzugelangen, um schnell dem stinkenden Morgenverkehr auf der Eberhardsbrücke zu entkommen. Bereits von seiner Wohnung aus hatte er vergeblich versucht, Oberkommissar Klett telefonisch zu erreichen, um Lüdels Festnahme zu veranlassen. Nun versucht er es erneut, doch ohne Erfolg.

Eigentlich ein nüchterner Charakter, vermitteln ihm die ehrwürdigen Platanen auf der Insel zwischen den Neckararmen und die malerischen Giebelhäuser auf der anderen Seite des Flusses immer wieder ein anheimelndes Stimmungsbild, das ihm Wohltat vor der Hektik des Arbeitstages ist. Doch heute Morgen ist er so sehr in Gedanken vertieft, dass ihm wenig Sinn nach Erbaulichem steht. Ihm gehen die Ereignisse der vergangenen Nacht durch den Kopf.

Es hätte schief gehen können, sagt er sich, doch ich wäre mit beiden fertig geworden. Der Lüdel wird's wohl nicht gewesen sein, seine Flucht könnte mit dem südafrikanischen Auslieferungsersuchen zusammenhängen. Ob Hoffmann der Mörder ist? Auch er wie Lüdel glatzköpfig. Welchen Doktor mag er gemeint haben, der es getan haben könnte? Weiß er etwas oder war das nur so dahingesagt?

Sinnend geht er den idyllischen Weg, ohne einen Blick für die herbstliche Blätterpracht der hohen Platanen. Auf jeden Fall müssen wir den Dr. Schmidt im Auge haben. Vielleicht hat er einen Profikiller beauftragt – oder die Tat selbst begangen. Das Innenministerium liegt wohl richtig, illegale Waffengeschäfte könnten eine Rolle gespielt haben. Die Romano steckte mit drin, war unzuverlässig geworden. Das Kleinkaliber könnte auf einen Auftragsmörder deuten.

Aber wie passt Dr. Zander ins Bild? Könnte er gemordet und dabei eine Sportkappe der Wilbers getragen haben? Das Rätsel des schwarzen Haars wäre gelöst. Doch was hat Ada mit ihm zu tun? Kann sie den Laptop nicht entschlüsseln, oder …? Er wagt nicht, den Gedanken zu Ende zu denken. Wenn's der Hoffmann war: Er beißt grimmig die Zähne zusammen. Ich kriege ihn, und wenn es nur wegen der Waffengeschichte ist … Frau Schröter sollte verdeckt ermitteln, wird sicher Belastendes gegen ihn finden.

Auf der kleinen Brücke über den Seitenarm des Neckars verharrt er, schaut sinnend hinab auf das träge dahinfließende Wasser. Je länger er hinunterstarrt, desto mehr überschwemmen ihn beunruhigende Gedanken. Er denkt an seine verstorbene Frau und an sein Kind, an Ada, die ihm ungewiss geworden ist und an seine Assistentin, die er mit dem riskanten Einsatz betrauen will. Er denkt an Dr. Schmidt und die erlauschten pädophilen Beschuldigungen, an Senna Meertens, die junge Frau, die ihn für ihren Onkel hält und die Dr. Zander in Verdacht gebracht hat, und ihm klingt das hässliche Lachen von Hoffmann im Ohr. Er sieht im Geiste die elegante Romano vor sich, ihre teure Luxusuhr, und die Wilbers, die knochige, schwarzhaarige Sprechstundenhilfe. Und dann rätselt er über den möglichen Profikiller, die aufgefundene Sportkappe und das schwarze Haar daran.

Alles verworren, murmelt er vor sich hin, aber vielleicht bringt uns die Vernehmung von Gustav Lüdel weiter.

Er gibt sich einen Ruck, reißt sich vom Brückengeländer los, nimmt den Weg durch den Anlagenpark, um den hässlichen Europaplatz zu umgehen. Sein Gang gewinnt an Schwung und er beeilt sich, durch die schmutzige Unterführung unter dem Busbahnhof zu kommen.

Als er die Stufen im Eingangsbereich des Hauptbahnhofs emporsteigt, ist er sofort von der eigenartigen Atmosphäre der Bahnhofshalle gefangen. Wenn er guter Dinge ist, erscheint sie ihm altherkömmlich und heimelig. Aber heute, da sich ihm alles unklar und fragwürdig darstellt, empfindet er sie als ungemütlich und dunkel.

Ein Zug ist eingefahren. Menschen, gesichtslos und verschlossen, hasten ihm entgegen. Er drängt durch die Menge und läuft rasch die Treppe hinunter zur Bahnunterführung in die Südstadt. Der Rotz auf dem Boden widert ihn an.

Hoffmann, ich kriege dich ....

Aufatmend tritt er ins Offene am Platz bei der Thiepval-Kaserne. Kurz darauf geht er durch das gewachsene Wohngebiet links der Steinlach, vorbei an den großen Einfamilienhäusern und den französisch anmutenden Wohnbauten, überquert die Derendinger Straße und erreicht wenig später das Polizeipräsidium in der Konrad-Adenauer-Straße. Er ist entschlossen, seine Assistentin in die verdeckte Ermittlung zu schicken.

Reginas Entscheidung

Im Dienstzimmer angekommen trifft er seine Assistentin an. Er bedeutet ihr, sie sprechen zu wollen, hätte vorher aber noch mit Oberkommissar Klett zu telefonieren. Der Oberkommissar ist sofort am Apparat, und Kleinfeldt kommt ohne Umschweife zur Sache.

»Friedel, ich weiß, wo Gustav Lüdel zu finden ist. Ihr solltet schleunigst los, ihn festnehmen.«

Schweigen in der Leitung, offensichtlich ist Klett erstaunt. »Wieso weißt du, wo er sich aufhält?«

»Er steckt beim Gebrauchtwagenhandel Hoffmann an der Europastraße. Du kennst den Laden. Schick deine Leute hin, nimm am besten noch Kollegen von der Streife mit.«

»Woher weißt du das und wieso gleich ein ganzes Rollkommando?«

»Der Tipp ist zuverlässig, kannst drauf vertrauen. Wenn ihr anrückt, passt gut auf. Der Lüdel ist flink, der ist schnell über alle Berge.«

»Werner, ich verlass mich drauf. Wenn's nicht stimmt, sind die Kollegen sauer, und ich erst recht.«

»Die Angelegenheit ist sicher, hundertprozentig.«

»Okay, wird sich zeigen.«

Es ist Klett anzuhören, dass ihm die Sache nicht passt.

»Gut, Friedel. Und noch was. Schaut mal nach dem Kastenwagen, den Lüdel gefahren hat. Der könnte dort zu finden sein. Am besten, ihr nehmt Neumann von der Spurensicherung mit.«

Kleinfeldt hört den Oberkommissar mürrisch brummen und legt schnell auf. Einige Zeit verharrt er gedankenversunken an seinem Schreibtisch, während seine Assistentin auf das angekündigte Gespräch wartet. Er zögert, weiß um die Gefährlichkeit des Auftrags, den er ihr zumuten will. Langsam erhebt er sich und geht zu ihr hinüber, zieht einen Besucherstuhl heran, setzt sich seitwärts an ihren Schreibtisch.

»Frau Schröter, hätten Sie Interesse an einer verdeckten Ermittlung?«

»Wieso Interesse, Herr Kommissar?«, fragt sie erstaunt.

»Sie können ablehnen, die Aufgabe ist nicht ganz ungefährlich.«

Er weiß, dass er untertreibt. Aber es geht ihm um Hoffmann, den er zur Strecke bringen will, koste es, was es wolle.

»Ich möchte Sie in der Mordsache Romano verdeckt ermitteln lassen.«

Und wieder ist er sich klar darüber, dass das nicht unbedingt die Wahrheit ist. Er will Hoffmann in kriminellen Geschäften überführen, auch wenn dieser vielleicht gar nichts mit dem Mord zu tun hat.

Regina sieht ihn ruhig und abwartend an, und unvermittelt kommen ihm Bedenken. Er schaut in ihr wunderbares Gesicht, spürt ihren vertrauensvollen Blick auf sich ruhen. Seine Frau … hätte er ihr das angetan? Er zögert. Am liebsten würde er den Stuttgartern absagen. Doch dann schreit die Rache in ihm: Hoffmann! Er muss ihn haben! Er will Vergeltung!

Er versucht sich zu fangen, beruhigt sich, indem er an ihren Mut denkt, ihre Wildheit, ihr Gespür für Gefahr und ihre Umsicht in gefährlichen Situationen. Aber trotz allem: Hat sie nicht bei Marvin und Kutscher unüberlegt gehandelt? Nun ja, sie war noch nicht lange dabei. Aber in der alten Fabrik: Hat sie sich dort nicht auch unklug verhalten und ist überrascht worden? Ob sie so cool ist, wie es den Anschein hat und alle von ihr denken?

»Frau Schröter, Sie können ablehnen.«

»Herr Kommissar, sagen Sie mir doch erst einmal, worum es geht.«

Verdutzt ruft er sich zur Ordnung, berichtet in knappen Worten den von Stuttgart angetragenen Wunsch, der unbedingt geheim bleiben muss. Ihre Aufgabe bestünde darin, im Mordfall als Undercoveragentin zu ermitteln und gleichzeitig die Beziehungsstrukturen der Goldern in den illegalen Waffengeschäften aufzuklären.

Regina schweigt, überlegt einen Moment.

»Wie soll das gehen, Herr Kommissar?«

»Sie werden als millionenschwere Erbin bei Dr. Schmidt Invest lanciert, geben vor, ihr Geld gewinnbringend anlegen zu wollen. Und Ihre vermeintliche Finanzberatung soll dann aus Gründen der Besicherung Dr. Schmidt veranlassen, seine Geschäftstätigkeit offenzulegen.«

»Das erscheint doch gar nicht so gefährlich, wie Sie anklingen lassen.«

»Ja, das mag stimmen. Aber Sie sollen nähere Kontakte zu den Leuten aufnehmen. Der Mord könnte aus deren Umkreis verübt worden sein und Sie in eine Schlangengrube geraten.«

»Herr Kommissar, haben wir nicht schon in Schlangengruben ermittelt?«

Er lacht, zum ersten Mal seit Längerem sieht sie ihn lachen.

»Wir waren zu zweit, aber diesmal sind Sie alleine.« Er wird sofort wieder ernst. »Unter Umständen haben Sie Hilfe. Die Stuttgarter haben bereits einen Agenten eingeschleust, angeblich ihren besten Mann … oder eine Frau. Wir werden es nicht erfahren, Stuttgart hält es streng geheim. Auch von Ihrem Einsatz dürfte hier niemand wissen. Wir haben im Haus einen Maulwurf.«

Regina fährt erschrocken zurück. »Herr Kommissar!«

»Wir werden ihn schnappen. Keine Sorge, wichtig ist völlige Verschwiegenheit.«

Eine Zeit lang sitzen sie wortlos beieinander, dann sagt Regina entschlossen: »Ich werde es tun.«

Kleinfeldt neigt langsam den Kopf. Statt erleichtert über ihre Zusage, wirkt er nachdenklich und ernst.

»Sie fahren am besten sofort nach Stuttgart. Nehmen Sie den nächsten Zug. Ich werde Sie ankündigen. Für die Kollegen hier sind Sie zu einem Lehrgang abgeordnet.«

Er reicht ihr das Kärtchen mit der Stuttgarter Kontaktadresse, das der Staatssekretär zurückgelassen hat, und wünscht ihr Glück. Sie ist erstaunt, als er sie zur Tür geleitet und ihr zum Abschied die Hand reicht.

Sarkasmus pur

Am späten Mittag greift Kleinfeldt zum Telefon und ruft den Staatsanwalt an. Gar nicht überrascht, begrüßt er Kleinfeldt in wohlwollendem Ton.

»Herr Kommissar, Sie haben mir Wichtiges mitzuteilen?«

»Äh ... ja, Herr Staatsanwalt ... äh ...«

Kleinfeldt weiß nicht wie zu beginnen, und nach einem beschämenden Hickser: »Wir haben neue Erkenntnisse. Es erscheint mir nun angebracht, in dem Mordfall die Waffenangelegenheit zu berücksichtigen. Frau Schröter hat sich bereit erklärt verdeckt zu ermitteln.«

»So? Sie hatten sich doch gesperrt und hätten den illegalen Waffenhandel gerne herausgehalten.« Die Stimme des Staatsanwalts trieft vor Sarkasmus.

»Mir deutet nun einiges darauf hin, dass die ermordete Romano zum Risiko in den Waffengeschäften wurde. Zusätzlich ist ein Dr. Schmidt von den Goldern in Verdacht geraten.«

»Soso, Sie sehen also eine direkte Verbindung zu dem Mordfall?«

»Im Sinne kriminalistischer Sorgfalt... äh... sehe ich mich veranlasst, den Ermittlungshorizont zu erweitern.«

»Sagen Sie mal, Herr Kommissar, hat für Sie anfangs tatsächlich eine persönlich motivierte Tat im Vordergrund gestanden? Haben Sie nicht deshalb auf diesen Aspekt gehofft, um Ihrer Assistentin den verdeckten Einsatz zu ersparen?«

Kleinfeldt fühlt sich peinlich berührt. »Eine Beziehungstat ist nach wie vor nicht auszuschließen, es gibt einige Hinweise«, entgegnet er eigensinnig und denkt an das schwarze Haar an der Kappe. »Aber wie gesagt... äh... die kriminalistische Sorgfalt.«

»Soso, die kriminalistische Sorgfalt. Frau Schröter wird also undercover ermitteln. Ich hoffe, ihr Einsatz lässt sich sofort realisieren.«

»Sie ist schon unterwegs nach Stuttgart, wird sich bei der Kontaktadresse melden.«

»Sehr schön. Wir haben nichts anderes erwartet. Ich werde Stuttgart informieren. Unterrichten Sie mich, wenn sich Neues ergibt!«

Ohne ein weiteres Wort beendet der Staatsanwalt das Gespräch. Der Kommissar fühlt sich wütend und beschämt, muss mehrmals hicksen.

Er will sich beruhigen, läuft im Zimmer auf und ab, bereitet sich einen Kaffee, geht ans Fenster und starrt in die Ferne. Die Schwäbische Alb liegt im milden Licht der herbstlichen Nachmittagssonne. Seine Frau kommt ihm in den Sinn. Wie gerne hätte er ihr das schöne Ländle gezeigt, und seine Meike wäre jetzt zwölf Jahre alt.

Jählings wendet er sich ab, hat Sorge, schicksalsschwere Gedanken könnten sich seiner bemächtigen. Er geht zum Garderobenschrank hinüber, öffnet die Schranktür, schaut in den kleinen Metallspiegel, der innen angebracht ist, will die frisch vernarbte Stelle an der Stirn kontrollieren. Sein leicht verzerrtes Spiegelbild blickt ihm entgegen. Das erschöpft wirkende Gesicht mit den tief eingegrabenen Zügen zwischen Nase und Mundwinkeln, dem energischen Kinn und der hohen, zerfurchten Stirn über den tiefliegenden, von Übermüdung umschatteten Augen: Das Antlitz eines Fünfzigjährigen, der keine Illusionen mehr hat.

Ein enttäuschender Befund

Zwei Stunden später ruft Oberkommissar Klett an. »Werner, wir haben den Lüdel gefasst. Er sitzt unten im Vernehmungsraum.«

»Wie ging's?«

»Wir hatten keine Probleme. Der Kastenwagen war auch da, Neumann hat ihn untersucht. Rate mal, was er gefunden hat.«

»Na?«, fragt Kleinfeldt gespannt.

»Eine Patrone, 9 Millimeter Parabellum, genau wie die aus dem Flachbau. Neumann hat sie zur Untersuchung mitgenommen.«

»Donnerwetter! … Und was sagt Lüdel dazu?«

»Der Kerl hat nichts rausgelassen, überhaupt nichts. Er weigert sich irgendwelche Angaben zu machen. Er will auch keinen Anwalt, sitzt da und starrt schweigend vor sich hin.«

»Gut, ich weiß zwar, wie man ihn drankriegen könnte, seine Tochter ist sein Schwachpunkt. Aber wir sollten das lassen.«

»Was ist los? Du bist doch sonst nicht so.«

»Das Kind, Friedel… es wäre nicht fair. Lüdel ist ein kleiner Fisch, möglicherweise Waffenkurier der Goldern. Wir werden Stuttgart benachrichtigen.«

»Aber was ist mit dem Mordverdacht?«

»Friedel, hör zu. Der Lüdel hat's nicht getan. Dafür leg ich meine Hand ins Feuer.«

»Woher diese Sicherheit? Auf jeden Fall sollten wir einen DNA-Abgleich mit der Sportkappe vornehmen.«

»Meinetwegen, kümmere dich darum. Und dann lass den Lüdel laufen mit der Auflage, sich wöchentlich zu melden.«

Der Oberkommissar zweifelt, scheint eine Weile nachzudenken. »Nun gut, du trägst die Verantwortung. Und wie geht's weiter?«

Kleinfeldt überlegt, hat plötzlich den Einfall, ob nicht eine sofortige Hausdurchsuchung bei Hoffmann dessen Waffengeschäfte aufzudecken vermag. Er könnte dann den Einsatz seiner Assistentin unverzüglich abbrechen. Den Unmut des Innenministeriums würde er riskieren.

»Pass auf, Friedel. Ich denke, dass ich einen Untersuchungsbeschluss gegen Hoffmann durchbekomme. Er hat Lüdel Unterschlupf gewährt, ihm gehört der Kastenwagen und wir haben darin die Patrone gefunden. Das könnte ausreichen… und dann ist da noch das Interesse des Staatsanwalts an der Waffengeschichte. Wir rücken mit großem Kommando bei Hoffmann an und stellen die Bude auf den Kopf.«

»Wir waren doch eben erst da.«

»Friedel, versteh doch. Jetzt geht's um Hoffmann und

die Waffengeschäfte. Mit Sicherheit wird uns das in dem Mordfall weiterbringen.« Er hickst nervös. »Ich bemühe mich um den Durchsuchungsbeschluss. Noch heute muss es losgehen. Ich informiere Thompson und Rauscher.«

Klett erhebt Einwände, sieht keinen unmittelbaren Bezug zu dem Mordfall, hegt hartnäckig Bedenken in seiner zähen, peniblen Art. Eine Zeit lang geht es hin und her, bis er schließlich zustimmt. Daraufhin ruft Kleinfeldt den Staatsanwalt an und erklärt ihm die Angelegenheit. Der verspricht nach kurzer Bedenkzeit den Beschluss zu erwirken. Und tatsächlich: Nach einer Stunde hat Kleinfeldt die Genehmigung. Und wiederum einige Telefonate später rückt ein Kommando aus zur Hausdurchsuchung beim Gebrauchtwagenhandel Hoffmann.

Kleinfeldt bleibt am Platz, will die Sache abwarten. Er fühlt keine Genugtuung, aber eine große Müdigkeit. Sollte er Hoffmann endlich etwas anhängen können?

Er muss Ada anrufen, muss sich entschuldigen. Er zögert, greift schließlich zum Telefon. Von ihrer Dienststelle erfährt er, dass sie sich für einige Tage abgemeldet hat. Der verschlüsselte Laptop sei ans BKA nach Wiesbaden gesandt worden. Darauf versucht er es in ihrer Wohnung, doch auch dort ist sie nicht zu erreichen.

Es geht gegen Abend. Der Kommissar ist noch in seinem Dienstzimmer, als der enttäuschende Anruf eingeht. Oberkommissar Neumann teilt mit, dass bei Hoffmann nicht ein einziger Hinweis auf irgendwelche Waffengeschäfte gefunden worden sei. Kleinfeldt ist ernüchtert. Nun bleibt ihm nur noch die Hoffnung, der verdeckte Einsatz seiner Assistentin könnte zielführend sein.

Als er spät abends nach Hause kommt, ist von Centurio nichts zu sehen. Vor der Haustür hatte der Kater nicht auf Einlass gewartet, und auch sein Platz unter der Treppe ist leer. Er wird schon irgendwann auftauchen, sagt sich der Kommissar zerstreut. Die Sorge um seine Assistentin, der ein riskanter Einsatz bevorsteht, lässt ihm keine Ruhe.

FREITAG

Ein unerfreulicher Vorfall

Der Freitagmorgen beginnt mit einem ärgerlichen Eklat. Als der Kommissar das Polizeipräsidium betritt, hat er den Eindruck, der Wachhabende blickte ihm erstaunt entgegen. Und im Fahrstuhl trifft er auf Oberkommissar Rauscher, der ihm grinsend die Morgenzeitung hinhält. Kleinfeldt sieht ihn verwundert an.

»Heinz, was ist?«

»Lies mal die Presse.«

Mit schadenfroher Miene drückt er ihm das Zeitungsexemplar in die Hand und steigt im nächsten Stockwerk aus. Kleinfeldt fährt hinauf in den zehnten Stock. Im Dienstzimmer nimmt er sich sofort die Zeitung vor. Auf Anhieb springt ihm der Aufmacher auf der ersten Seite ins Auge.

Mord im Waffenmilieu!

Seit Tagen erschüttert ein mysteriöser Mordfall Tübingen. Wie wir berichteten, wurde die Leiterin des Mädchenheims in der Katharinenstraße Sonntagnacht ermordet. Bisher hat die Polizei kaum Informationen bekannt gegeben. Doch nun liegen uns neue Erkenntnisse vor. Bei der Mordwaffe handelt es sich um ein Kleinkaliber, wie es von Profikillern benutzt wird. Wie Hauptkommissar Thompson, ein leitender Ermittler der Tübinger Polizei unserer Zeitung mitteilte, besteht der Verdacht, dass der Mord im illegalen Waffenmilieu verübt wurde. Zwar gibt sich die Polizei bedeckt, jedoch könnten …

Empört knallt Kleinfeldt die Zeitung auf den Schreibtisch, versucht sich zu beruhigen, greift dann zum Telefon. Als er Thompson am anderen Ende hat, wird er sofort heftig.

»William, was fällt dir ein! Aus ermittlungstaktischen Gründen hatte ich angewiesen, außer einer allgemeinen Pressemeldung zum Mordfall keine weiteren Informationen herauszulassen. Lediglich über die Morphiumsucht der Ermordeten hättest du noch informieren können.«

»Ich mache die Pressearbeit«, gibt Thompson aufbrausend zurück, »und die mache ich nach meinem Gutdünken. Du spielst dich als Chef auf! Aber eigentlich hätte ich die Stelle, wenn es damals fair zugegangen wäre.«

Kleinfeldt schäumt vor Wut, muss heftig hicksen, sagt aber kein Wort.

»Ich kenne halt den Redakteur«, äußert Thompson, auf Kleinfeldts Schweigen hin kleinlauter geworden.

Der Kommissar ist nun ganz beherrscht, sagt mit schneidender Stimme:

»Du hast vertrauliche Informationen herausgegeben. Überlege dir, wie du das dem Stuttgarter Innenministerium erklärst. Ab jetzt kein weiteres Wort an die Presse. Hast du mich verstanden!?«

Grußlos knallt er den Hörer auf.

Nachdem er ruhiger geworden ist, ruft er Oberkommissar Rauscher an, um sich nach neuen Befunden der Spurensicherung zu erkundigen. Rauscher will sogleich über den Zeitungsartikel sprechen, doch Kleinfeldt lenkt das Gespräch mit Nachdruck auf die Mordermittlungen.

»Heinz, sag mir, ob ihr etwas Neues habt.«

»Nun … wir sichten immer noch die Geschäftsunterlagen«, erklärt Rauscher missmutig, »ein diverses Durcheinander von Briefen, Rechnungen und Zetteln. Bisher nichts Entscheidendes außer dem Briefentwurf, der den Dr. Schmidt in ein äußerst ungünstiges Licht rückt. Und der Datenbankabgleich der Fingerabdrücke hat nichts erbracht.«

»Habe ich schon befürchtet. Doch wie steht's mit der Sportkappe und dem schwarzen Haar?«

»Nun geduldige dich mal. Die Ergebnisse der DNA-Analyse erwarten wir erst in der nächsten Woche. Aber dann solltest du uns Vergleichspersonen liefern.«

»Das ist das Problem, Heinz. Ich denke nicht, dass Gustav Lüdel der Täter ist, habe aber mit Friedel einen DNA-Abgleich vereinbart.«

»Was du denkst, spielt keine Rolle. Natürlich dürfen wir den Lüdel nicht übergehen. Allerdings tippe ich auf Dr. Schmidt, ich hab es dir schon gesagt. Mach da mal ein bisschen Tempo!«

»Okay Heinz, mal ruhig. Wir haben noch Dr. Zander, und vielleicht taucht plötzlich jemand anderer auf oder irgendein Hinweis auf einen Profikiller … Aber bei Dr. Zander ist es schwierig, gegen ihn haben wir nichts Konkretes in der Hand.«

»Klar, wir brauchen unbedingt die E-Mail-Korrespondenz auf dem Laptop. Mach den IT-Leuten Beine!«

»Der Laptop ist ans BKA.«

»Na, was haben wir denn hier für einen IT-Laden!«

Kleinfeldt sagt nichts dazu, lässt sich von Rauschers provokanter Art nicht aus der Reserve locken. Ruhig bespricht er mit ihm noch eine Weile die verworrene Lage und kann ihm die Zusage abnehmen, über neue Befunde sofort Bescheid zu erhalten.

Freitagstreffen mit Klett

Am späten Vormittag ruft Oberkommissar Klett an. Er hätte einige Neuigkeiten im Mordfall und schlägt vor, sich in seinem Dienstzimmer zu treffen. Sie könnten auch ihren freitäglichen Gedankenaustausch wieder aufnehmen. Kleinfeldt stimmt zu und will in einer halben Stunde bei ihm sein.

Kurz vor zwölf Uhr ist er da. Überraschend steht ein kleiner Imbiss bereit. Klett hat sich doch tatsächlich in Unkosten gestürzt: Einige Sandwiches vom Bistro in der Nähe und eine Kanne mit heißem Kaffee. Während Klett am gedeckten Besuchertisch einschenkt, bemerkt er:

»Wir haben unsere Freitagstreffen ziemlich vernachlässigt.«

»Ja, danke dass du die Initiative ergriffen hast. Du sagtest, du hättest Neuigkeiten?«

»Es betrifft den Schrottplatzbesitzer Kloppmann, und Neues gibt es auch zur Romano und zu Dr. Schmidt.«

»Da bin ich gespannt«, bekundet Kleinfeldt, nimmt sich ein Sandwich und greift gelassen zur Kaffeetasse.

»Ich habe Kloppmann gestern auf seinem zweiten Schrottplatz in Reutlingen besucht«, beginnt Klett. »Er hat mir eine unschöne Szene gemacht, hat sich furchtbar darüber aufgeregt, dass die Polizei auf seinem Tübinger Platz ohne Durchsuchungsbeschluss war.« Und belustigt ergänzt er: »Er hat eher gestikuliert, als dass er gesprochen hat.«

»Was war los?«

»Der Kerl konnte den Mund kaum aufkriegen, sah furchtbar aus, hatte ein riesiges Pflaster im Gesicht. Ihm schien der Kiefer gebrochen.«

Kleinfeldt ist sofort im Bilde, denkt an die Schlägerei in der Tatnacht auf dem Schrottplatz und muss sich das Lachen verkneifen.

»Hast du etwas aus ihm herausbringen können?«

»Nicht viel, möglicherweise hat er seine lädierte Fresse vorgeschützt, um meinen Fragen auszuweichen. Angeblich war er seit mehreren Wochen nicht mehr auf seinem Tübinger Platz.«

»Was hat er zu Gustav Lüdel gesagt?«

»Er hat behauptet, mit Lüdel kaum Kontakt zu haben. Lüdels Wohnwagen würde er nur dulden, weil ihn Dr. Schmidt, dem er einen Gefallen schuldete, darum gebeten hätte.«

»Dr. Schmidt?«, bemerkt Kleinfeldt erstaunt. »Der taucht ja in den verschiedensten Zusammenhängen auf.«

»Ja, pass auf, was ich dir gleich noch über ihn erzähle … äußerst verdächtig, der Kerl. Heinz hat mich über den Briefentwurf der Romano informiert. Aber nun kommt's. Wir haben die Kontobewegungen der Romano überprüft. Dabei hat sich gezeigt, dass Dr. Schmidts Firma außer den monatlichen Gehaltszahlungen von Zeit zu Zeit namhafte Geldbeträge an sie überwiesen hat. Könnte das nicht mit den vermuteten Waffenschiebungen zusammenhängen?«

Kleinfeldt nickt bedächtig, schlürft seinen Kaffee und schweigt.

»Sag was dazu, Werner!« Klett schaut ihn herausfordernd an. »Hätten wir ihn nicht schon längst in die Mangel nehmen sollen?«

»Mhm … das ist nun ein ganz neuer Befund«, meint Kleinfeldt nachdenklich. »Aber überlege mal. Was hatte denn bisher gegen ihn gesprochen? Dass er Finanzier des Mädchenheims ist, dessen Leiterin umgebracht wurde? Dass sein als gestohlen gemeldeter Firmen-Passat nachts am Schrottplatz gesehen wurde? Dass er Kloppmann und Lüdel kennt? Dass ein Briefentwurf der Ermordeten vorliegt, der ihn belasten könnte … wenn ein entsprechender

Brief ihn überhaupt erreicht hat... Ja, er ist Mitglied der Goldern, die Stuttgart für eine Tarnorganisation hält. Aber hatte das bisher für uns ausgereicht, um schweres Geschütz gegen ihn aufzufahren?«

»Okay, aber nun der neue Befund.«

»Gut, wir werden ihn natürlich fragen, welchen Grund die fallweisen Überweisungen an die Romano hatten. Aber ich bin sicher, dass er dafür eine plausible Erklärung präsentieren wird. Er ist Investmentbanker, bestimmt mit allen Wassern gewaschen.«

»Du zögerst?«

»Du meinst, er hat den Mord begangen?«

»Möglich wäre es, um eine Mitwisserin auszuschalten«, meint Klett. »Doch eher wahrscheinlich erscheint mir, dass er dafür einen Profikiller engagiert hat. Die finanziellen Mittel hat er mit Sicherheit.«

Kleinfeldt streicht sich versonnen durchs Haar. »Ob es ein Profikiller war, frage ich mich von Anfang an. Da besteht nämlich meiner Ansicht nach eine gewisse Ungereimtheit.«

»Wie meinst du das?«

»Diese Leute sind hochprofessionell, ich habe mit ihnen in meiner Geheimdienstzeit zu tun gehabt. Sie reisen leise an, erledigen ihren Auftrag und verschwinden ebenso geräuschlos wie sie gekommen sind, treffen die aufwendigsten Vorkehrungen, um keine Spuren zu hinterlassen. Was mich umtreibt, ist die Frage, ob ein Profikiller eine Sportkappe am Tatort zurücklassen könnte. Wäre natürlich möglich, erscheint mir aber wenig wahrscheinlich.«

»Du schließt einen Profikiller aus?«

»Nicht unbedingt, das ist mein Problem. Allenfalls könnte der Typ den Tatort vorher ausgekundschaftet haben und wir müssten in der Anwohnerschaft nachfragen, ob am Tag vorher oder sonst wann jemand eine verdächtige Person oder ein Fahrzeug bemerkt hat.«

»Dir ist doch wohl klar, dass wir das getan haben – hat nichts erbracht.«

»Sorry, Friedel.« Kleinfeldt nickt zerknirscht, sagt dann nachdenklich: »Eine weitere Ungereimtheit ist das schwarze Haar an der Kappe. Und die professionelle Verschlüsselung des Laptops geht mir auch im Kopf herum.«

»Vielleicht sollten wir uns Dr. Schmidt mal ordentlich vornehmen«, beharrt Klett.

»Stuttgart würde sich bestimmt darüber freuen. Aber wir könnten uns in die Nesseln setzen. Ich habe mich kundig gemacht. Dr. Schmidt hat gute Kontakte zu einflussreichen Leuten in der Stadt. Wir sollten vorsichtig sein und auf Nummer sicher gehen, wenn wir etwas gegen ihn unternehmen. Und in erster Linie machen wir unser Ding. Stuttgart soll gefälligst die Waffengeschäfte aufklären.«

Während Kleinfeldt das sagt, denkt er an seine Assistentin, über deren verdeckten Einsatz er schweigen muss. Durchaus soll sie in der Waffenangelegenheit ermitteln. Aber Interesse hat er daran vor allem, soweit es um Beweismaterial gegen Hoffmann geht. Auch aus diesem Grund erscheint es ihm günstiger, die Ermittlungen vorerst offenzuhalten und nicht sofort loszuschlagen.

»Für die Mordaufklärung«, fährt er fort, »erwarte ich in den nächsten Tagen weitere Erkenntnisse von Heinz und seinen Leuten.«

»Du meinst, wir sollten abwarten?«

»Es besteht kein Grund zu überstürztem Vorgehen. Wir haben auch Dr. Zander im Visier, und vielleicht taucht sonst irgendwer noch auf.«

Klett hat Einwände, zögert dem geduldigen Vorgehen Kleinfeldts zuzustimmen, gibt zu guter Letzt aber nach.

Kleinfeldt gibt Vertrauliches preis

Längere Zeit herrscht Schweigen, sie beschäftigen sich mit dem Imbiss. Schließlich greift Klett das Gespräch wieder auf.

»Werner, du wolltest noch erzählen, wie du den Fall des ermordeten Privatdetektivs gelöst hast.«

Kleinfeldt stellt die Kaffeetasse ab, bedenkt sich und sagt nach einer Weile: »Eigentlich war es meine Assistentin. Aber wenn ich's ausplaudere, muss ich mich auf dein Stillschweigen verlassen.«

Klett versichert ihm Vertraulichkeit, und der Kommissar entschließt sich zu erzählen.

»Ich habe dir ja bereits von der nächtlichen Unternehmung bei Marvin und Kutscher berichtet, durch die wir Erkenntnisse in dem Mordfall gewinnen wollten, und die zu dem Verfahren gegen mich geführt hat. Doch ich muss mal von vorn beginnen. Also … Frau Schröter war neu bei mir, und ganz klar, dass mich ihre Art und ihre Erscheinung anfangs irritiert haben. Es wird dir sicher nicht anders ergangen sein.«

»Dir kann ich's ja sagen. Es geht mir immer noch so, wenn ich mit ihr zu tun habe«, gibt Klett verlegen lächelnd zu.

»Nun gut«, Kleinfeldt lacht. »Meine anfängliche Einstellung, ihr wegen ihres Aussehens nichts zuzutrauen, habe ich ganz schnell bereuen müssen, war männlicher Chauvinismus, einfach dumm von mir … Aber nun höre:

Wir hatten von einer Außenkamera am Büro des ermordeten Detektivs zeitdatierte digitale Überwachungsfotos, und die habe ich Frau Schröter gleich an ihrem ersten Tag gegeben … wollte sie irgendwie beschäftigen … dachte, dass dabei sowieso nichts rauskommt. Daraufhin saß sie einige Stunden vor dem Bildschirm, und da hat sie erkannt, was Heinz und seine Leute übersehen hatten.

Einer der Besucher kam immer in der Mittagszeit, und nur dann war im Bildhintergrund auf dem Parkplatz stets dasselbe Fahrzeug zu sehen: Ein Firmenwagen mit einer kaum erkennbaren Aufschrift, in einem Fall jedoch als Marvin und Kutscher identifizierbar. Der Besucher muss den Firmenwagen gefahren haben. Er selbst war immer unkenntlich durch eine ins Gesicht gezogene Golfkappe. Wegen der Übereinstimmung des Todeszeitpunkts mit dem per Foto dokumentierten Besuch erschien uns seine Täterschaft erwiesen.«

»Und? Wer war der ominöse Typ?«

»Tja, Friedel… wer war es… das haben wir uns auch gefragt. Unerwarteterweise leitete unsere nächtliche Unternehmung die Lösung ein. Als Frau Schröter sich in der Firmenhalle mit der Nagelpistole gegen den Unbekannten wehrte und ihm in höchster Not einen Nagel in die Seite schoss, wusste sie nicht, dass sie dem Mörder gegenüberstand. Aber dann ergab sich der entscheidende Hinweis.«

Kleinfeldt unterbricht sich und nimmt bedächtig einem Schluck Kaffee, so als kostete er seine Erzählung aus.

»Der Schmerzensschrei des Angreifers machte meine Assistentin stutzig. Sie war sich sicher, dass es der Schrei einer Frau war. Und dann wurde ihr schlagartig klar, was sie unterschwellig schon vorher gewusst hatte: Der verdächtige Besucher auf den Überwachungsfotos war eine Frau! Auf den Fotos war die Knopfleiste der Lederjacke gut zu erkennen. Die Knöpfe befanden sich auf der linken Seite, die rechte Seite war darüber geknöpft. Das ist nur bei Frauen der Fall, bei Männern ist es umgekehrt. Ich wollte es nicht glauben, doch sie zog mich vor den Bildschirm und hat's mir klar gezeigt.«

»Ach ja, ich erinnere mich«, wirft Klett ein, »der Täter war eine Frau. Ich war damals wochenlang in Kur, hatte den Fall nicht ganz mitbekommen.«

»Dann wird das Folgende neu für dich sein. Die Sache hat sich nämlich ganz anders entwickelt als von uns erwartet. Wir tippten auf die Sekretärin, die den Firmenwagen fuhr und von der Figur her auf die Unbekannte passte. Sie war uns schon in den Vernehmungen wegen einiger widersprüchlicher Angaben aufgefallen. Aber es kam anders.

Am fraglichen Tag waren die Kollegen und der Zoll vor Ort, und ich hatte mir ausbedungen, vor deren Eingreifen die Festnahme zu erwirken. Frau Schröter und ich kommen also in das Firmenbüro und erfahren, dass die verdächtige Sekretärin sich krankgemeldet hat. Nun gut, eine Kettenraucherin, sagten wir uns. Über deren ununterbrochenes Rauchen hatte nämlich Frau Marvin halb entschuldigend, halb scherzhaft geklagt, als wir einige Tage vorher in der Firma waren.

Gerade wollen wir die Sache abblasen, als Herr Marvin in der Verbindungstür zu seinem Büro erscheint. Ich ergreife die Gelegenheit und will ihn sprechen. Er akzeptiert unwillig und kommt nicht umhin, uns zu sich hereinzubitten. In einer Sesselgruppe sitzt Frau Marvin, eingesunken und bleich im Gesicht. Spontan kommt mir die Idee zu fragen, wo er zum Tatzeitpunkt war. Darauf gibt er an, zusammen mit seiner Frau die Sportwagen-Messe in Darmstadt besucht zu haben. Zum Beweis deutet er auf ein aktuelles Messe-Foto, das bei Frau Marvin auf dem Rauchtisch der Sesselgruppe liegt. Es zeigt ihn von vorne, und mit dem Rücken zur Kamera angeblich seine Frau.

Frau Marvin will uns das Foto reichen, erhebt sich auffallend langsam und gibt es an meine Assistentin. Doch bevor diese es an mich weiterreicht, schaut sie darauf und fragt irritiert: ›Oh, Frau Marvin, seit wann rauchen Sie?‹. Die Frau auf dem Foto hatte eine Zigarette in der Hand.

Daraufhin scheint Frau Marvin zu erschrecken … taumelt. Frau Schröter springt hinzu, schlingt den Arm um sie, sie vor dem Fallen zu bewahren. Doch entsetzt weicht sie zurück. … ihre Hand voller Blut.«

»Frau Marvin war es, der deine Assistentin den Nagel in die Seite geschossen hat!?«

»Ja, Friedel. Sie hat dann den Mord an dem Privatdetektiv gestanden. Sie war seine Geliebte, wollte sich von ihm trennen. Doch er wollte nicht, hat sie mit seinem Wissen über die Autoschiebereien der Firma erpresst. Ihre Lage wurde immer auswegloser, zu guter Letzt hat sie ihn erschossen.«

Sie schweigen eine Zeit lang, Klett verteilt den restlichen Kaffee, und schließlich meint er: »Ich wollt, unser derzeitiger Fall ließe sich auch so schnell lösen.«

»Friedel, wart's ab, wir werden sehen. In nächster Zeit erwarte ich große Entwicklungen.«

Als Klett ihn daraufhin erstaunt ansieht, sagt Kleinfeldt schnell: »Ich hab's im Gefühl, weiter nichts.«

Er bedankt sich für die Kaffee-Einladung, und nachdem sie abgemacht haben, ihren persönlichen Austausch am nächsten Freitag fortzusetzen, kehrt er auf seine Etage zurück.

Trübe Abendgedanken

Am Nachmittag ruft seine Assistentin aus Stuttgart an. Sie scheint wenig Zeit zu haben, fragt sofort, ob sie ihn am nächsten Tag auf der Dienststelle antreffen könnte. Sie komme vormittags, könne aber keine genaue Uhrzeit angeben. Sie habe bereits gegen Mittag ihren ersten Einsatz bei Dr. Schmidt Invest. Kleinfeldt sagt zu, wundert sich über die Eile.

Gegen 18 Uhr macht er Dienstschluss, nimmt den Wagen, quält sich durch den Tübinger Feierabendverkehr. In der Hanggarage am Wohnhaus stellt er das Auto ab. Aber statt hinauf in seine Wohnung zu gehen, macht er sich auf den Weg in die Altstadt. Er hat Appetit auf einen Hamburger im Tübinger X. Und zugleich hegt er die Hoffnung, Ada in der Stadt zu treffen.

Er überquert die Mühlstraße, ersteigt die Schulbergtreppe und hält urplötzlich inne.

Centu!

Centurio auf dem begrünten Abschnitt oberhalb des Stadtmauer-Fußwegs.

Kleinfeldt ruft, will ihn locken, doch Centurio nimmt keine Notiz. Ein anderer großer Kater umschleicht ihn. Und in der Nähe wälzt sich eine graue Katzendame, die Kontrahenten zu reizen.

Centurio in seinem lebensprallen, stürmischen Katzendasein, in gefährlichen Verhältnissen.

Urplötzlich kommen dem Kommissar seine oftmals eintönigen, reizlosen Ermittlungsmühen in den Kopf, die vor allem von mühsamer Kleinarbeit leben und große Würfe und geniestreichartige Lösungen nur selten zulassen. Zwar gab es auch beim Geheimdienst langweilige Schreibtischphasen, doch dienten sie immer sorgfältiger Vorbereitung gefährlicher Einsätze.

Geht er für seine polizeilichen Ermittlungen deshalb manchmal auf waghalsige nächtliche Unternehmungen, um zumindest gelegentlich Adrenalin geladene Hochspannung zu spüren?… Als würde es direkt zu diesem

Gedanken passen, kommt ihm unvermittelt die verwegene Idee, am Sonntag nach Abeburg zu fliegen und Hoffmann dort zu stellen. Er könnte heimlich Fotos von ihm schießen und ihn des kriminellen Waffenhandels überführen. Er wäre nur kurz abwesend, spinnt er den Einfall weiter, am Montagmittag könnte er zurück sein. Seine Abwesenheit wäre unbemerkt, vorausgesetzt besondere Umstände blieben aus.

In Gedanken vertieft durchschreitet er den Durchgang zur Pfleghofgasse, verharrt am Ende. Adas Wohnung liegt schräg gegenüber, die Fenster dunkel, kein Lichtschimmer dahinter. Er wagt nicht hinüberzugehen und zu schellen. Trifft er sie vielleicht in der Altstadt?

Durch die alten Pflastergassen mit den beeindruckenden hohen Fachwerkhäusern kommt er am ehrwürdigen Wilhelmstift vorbei, geht die Hirschgasse hinunter in die Unterstadt und ist dann sogleich beim X, der kleinen Gaststätte in der Kornhausstraße. Die Hoffnung, Ada zu treffen, hat sich nicht erfüllt.

Als er eintritt, ist sein Lieblingsplatz unter der Treppe frei. Er bestellt einen Hamburger, eine Portion Pommes frites und ein alkoholfreies Bier. Der Hamburger ist vortrefflich, knistert ganz leicht beim Hineinbeißen und bezaubert aufreizend die Geschmacksnerven. Er kennt keinen besseren.

Kurz ist er abgelenkt, voll auf den Genuss konzentriert. Doch dann dreht sich ihm wieder das Gedankenkarussell. Der Mordfall steht ihm vor Augen und der böse Gedanke, Hoffmann in Abeburg zu stellen. Aber wird nicht seine Assistentin Material gegen Hoffmann liefern? Ihre verdeckten Ermittlungen werden riskant sein. Sollte er sie nicht lieber abziehen aus der gefährlichen Mission?

Worum geht es ihm eigentlich? Will er Hoffmann überführen oder einen Mord aufklären? … Er will beides!

Er schiebt das alkoholfreie Bier beiseite, bestellt sich ein alkoholisches, brütet vor sich hin, denkt an Ada, an seine Assistentin, an die bisher erfolglosen Ermittlungen. Und dann hofft er in trüben Gedankenwirren auf den Geniestreich, der den verwickelten Fall mit einem Schlag lösen und den Mörder überführen könnte. Die Deutung des schwarzen Haars an der Kappe, er ahnt es: Das ist der Schlüssel zur Lösung des merkwürdigen Puzzles! Aber die geniale Eingebung will ihm nicht kommen.

SAMSTAG

Regina undercover

Am Samstagmorgen ist der Kommissar missgelaunt und gereizt. Seine Assistentin soll heute aus Stuttgart zurückkommen, und die unsichere Zeit ihres Eintreffens macht ihn umso nervöser. Er nimmt den Wagen zur Dienststelle, schaltet das Autoradio ein, versucht sich abzulenken.

Im Dienstzimmer an seinem Schreibtisch kann er keinen klaren Gedanken fassen. Zerstreut blickt er umher. Erst jetzt fällt ihm auf, wie nüchtern und ungemütlich der Raum ist: Der abgenutzte Schreibtisch vor der Fensterwand, an dem er mit dem Rücken zu der schönen Aussicht zu sitzen pflegt, die alten Aktenschränke und das Durcheinander in den Büroregalen, der Besucherplatz mit dem schäbigen Tisch und den wackeligen Stühlen.

Allein der Arbeitsplatz seiner Assistentin an der Längswand zaubert ein wenig Farbe in das eintönige Zimmer: Eine blühende Orchidee auf dem Schreibtisch, ein farbenfrohes Plakat darüber und einige poppige Schreibtischutensilien. Das Bild von Trostlosigkeit wäre andernfalls vollkommen gewesen.

Am späten Vormittag springt die Tür auf: seine Assistentin, ein übermütiges Lächeln im bezaubernden Gesicht.

»Herr Kommissar, wie finden Sie mich!?«

Sie tritt auf ihn zu, stützt die Hände in die Hüften, schiebt die graue Kostümjacke ein wenig zurück und dreht sich hin und her. Ungewollt zeigt sich ihre attraktive Figur unter der straff spannenden weißen Bluse. Dazu der enge, kniefreie Rock, lang über die Schultern herabfallende goldblonde Haare und eine Ray-Ban Sonnenbrille hochgeschoben auf dem Kopf: Eine bildschöne junge Frau in Luxus und Wohlstand.

»Sagen Sie etwas, Herr Kommissar!«, begehrt sie temperamentvoll.

Vor Überraschung hat es Kleinfeldt die Sprache verschlagen, lediglich zu einem nervösen Hickser kann er es bringen.

»Schauen Sie hier, die kleine Springfield.«

Sie schiebt die linke Seite der Kostümjacke weiter zurück, um die ultrakompakte Springfield Armory 911 im Achselholster vorzuweisen, und unversehens offenbaren sich wieder ihre vollendeten Proportionen.

»Schon gut, schon gut.« Kleinfeldt hat die Sprache wiedergefunden, kann die Situation kaum ertragen. »Lassen Sie uns drüben Platz nehmen.«

Mit einer Handbewegung weist er zur Besucherecke, und auf einmal schämt er sich des schäbigen Mobiliars. Regina nimmt auf einem der Besucherstühle Platz, schlägt apart die Beine übereinander. Als ihr der Rock hochrutscht, bemüht er sich vergebens wegzusehen.

»Ist Ihnen jemand im Haus begegnet?«, fragt er, bestrebt um einen sachlichen Ton.

»Nein, niemand. Den Porsche habe ich weiter hinten geparkt, und dann bin ich durch den Hintereingang und das hintere Treppenhaus heraufgekommen.« Sie ist noch ein wenig außer Atem.

»Soso, ein Porsche. Und wie war es in Stuttgart?«

Sie zeigt ihm ein offenherziges Lachen. »Es war sehr interessant, aber auch anstrengend. Ich bin ausführlich in meine Rolle eingewiesen worden.«

»Berichten Sie.«

»Ich bin nun Multimillionärin, wurde bei der Firma Dr. Schmidt Invest angekündigt und werde dort noch heute einen Besuch machen müssen.«

Sie ist plötzlich ernst geworden.

»Es soll sofort losgehen?«

»Ja, gleich um 13 Uhr. Ich bin übrigens im New Southern an der Blauen Brücke einquartiert. Die Stuttgarter haben für mich eine Legende gestrickt. Ich stamme aus Essen und habe von meinem Onkel 25 Millionen Dollar geerbt. Das Geld liegt auf den Kaimaninseln. Ich möchte den Großteil, etwa 20 Millionen Dollar anlegen und interessiere mich für die Firma Dr. Schmidt Invest, weil sie neben ihrer Geschäftstätigkeit ein karitatives Anliegen verfolgt.«

Kleinfeldt schaut erstaunt auf. »Da scheint alles schon vorbereitet gewesen zu sein?«

»Ich habe mich auch gewundert. In Essen, meiner vorgeblichen Heimatstadt, wurde ein Rechtsanwaltsbüro engagiert, das auf Wirtschaftsberatung spezialisiert ist. Das Büro ist eingeweiht und soll die finanziellen Angelegenheiten mit Dr. Schmidt Invest verhandeln. Um die Sicherheit der Geldanlage beurteilen zu können, soll Dr. Schmidt seine Geschäftsunterlagen und Geschäftsbeziehungen herausrücken. Alles natürlich gefakt.«

»Hm«, Kleinfeldt wiegt zweifelnd den Kopf. »Und da hoffen die Stuttgarter, dass die Investmentfirma ihre Geschäftskontakte offenlegt und sie an die möglichen Waffenlieferanten und Abnehmer herankommen?«

»Genau, die Verhandlungen macht das Essener Büro. Ich diene sozusagen als Gallionsfigur, soll der Sache einen glaubhaften Anstrich verleihen. Und dabei soll ich versuchen, näheren Kontakt zu den Leuten aufzunehmen.«

»Und wie steht's mit den Mordermittlungen?«

»Dazu haben die Stuttgarter immer wieder betont, dass sich auf jeden Fall Erkenntnisse zur Aufklärung des Mordfalls ergeben werden. Ich hatte den Eindruck, dass sie mir diese Ansicht geradezu aufzudrängen suchten.«

»Wir werden sehen«, bemerkt der Kommissar nachdenklich.

Beide schweigen für einen Moment, dann fährt Regina fort: »Sogar ein Psychologe war da. Er hat mir gezeigt, wie man Lügner erkennt – so eine wie mich –, hat mir Körperhaltung und Blickkontakt demonstriert.«

Sie lacht, und voller Anmut streicht sie sich eine Haarsträhne zurück. Der Kommissar schaut schnell zur Seite.

»Ich solle nicht zu sehr auf mich achten«, hat der Psychologe gemeint, »mich so geben, wie ich bin. Angesichts des Anlagevolumens würden die Leute wahrscheinlich versuchen, mich für sich einzunehmen. Ich solle darauf eingehen.«

Kleinfeldt atmet tief durch, sieht sie besorgt an. »Sie wissen, dass die Sache nicht ungefährlich ist. Wenn Sie auffliegen …«

Regina senkt den Kopf, schaut ausdruckslos auf ihre gefalteten Hände. »Der Psychologe hat mir geraten, mich im Falle der Enttarnung sofort als Polizistin zu erkennen zu geben. Ein Risiko ließe sich nie ausschließen. Ein verdeckter Agent sei aber bereits eingeschleust, der mir im Ernstfall beistehen könne.«

»Wir wollen hoffen«, bemerkt Kleinfeldt leise und starrt unbewegt vor sich hin.

»Herr Kommissar, muss ich mir Sorgen machen?«

Hierauf wendet er sich ihr freundlich zu, sagt mit milder Stimme: »Seien Sie unbesorgt. Jederzeit bin ich da, und jederzeit können Sie die Mission abbrechen. Hier im Hause ist Ihr Einsatz absolut geheim.«

Dann sitzen sie sich schweigend gegenüber, vermeiden sich anzublicken. Es scheint alles gesagt.

»Herr Kommissar«, äußert Regina schließlich, »wird alles gut gehen?«

»Genießen Sie Ihre Rolle als Hochstaplerin.« Kleinfeldt lacht und Regina, die ihn selten so erlebt, fragt sich, ob er ihr damit nicht die Besorgnis nehmen möchte.

Sie erheben sich und Kleinfeldt tritt auf sie zu. Wie am Donnerstag, als er sie nach Stuttgart verabschiedete, reicht er ihr die Hand und wünscht ihr Glück.

»Benutzen Sie den Hinterausgang«, ruft er ihr nach und weiß im selben Moment, wie überflüssig das ist.

In Gedanken versunken geht er ans Fenster. Ich hätte sie nicht in diese Schlangengrube schicken sollen, sagt er sich und starrt lange Zeit bewegungslos in die Ferne.

Reginas erster Auftritt

Um 13 Uhr fährt Regina im schwarzen Porsche die Doblerstraße hoch. Vor einem mehrstöckigen Geschäftshaus stellt sie den Wagen ab. Als sie aussteigt, prangt ihr ein nobel glänzendes Firmenschild entgegen:

Dr. Schmidt Invest – Finanz Consulting – 3. Etage

Plötzlich hat sie ein ungutes Gefühl. Ein Risiko bestünde immer, hat der Psychologe gesagt, aber denken Sie daran, dass jemand da ist, der Sie beschützen kann. Entschlossen drückt sie den Klingelknopf.

Ein lautes Knacken der Sprechanlage, eine verzerrte Stimme: Der Türöffner schnarrt. Sie tritt ein. Der Eingangsbereich ist weiß gefliest, wirkt abweisend und kalt, der Fahrstuhl schmutzig und eng. Es fröstelt sie. Sie wählt die dritte Etage, schiebt die goldgefasste Sonnenbrille aufs Haar, wischt die feuchten Hände am Rock ab. Die erste Begegnung ist immer am schwersten, aber das – so hat der Psychologe gemeint – könne ihr niemand abnehmen.

Der Fahrstuhl ist angekommen. Sie strafft sich und tritt durch die sich öffnende Tür. Unvermittelt steht ihr ein Herr gegenüber. Er verbeugt sich liebenswürdig.

»Guten Tag, ich bin Herr Petersen.«

»Schröter«, sagt Regina kurz und reicht ihm die Hand.

Der Herr ist groß und schlank, sie schätzt ihn auf Anfang vierzig. Seine zurückgekämmten, glatt anliegenden dunklen Haare betonen die vorspringende, hakenförmige Nase im mageren Habichtgesicht.

»Ihre Essener Kanzlei hat Sie für heute Mittag avisiert. Herr Dr. Schmidt erwartet Sie.«

Er weist gewandt zum Ende des Korridors.

»Wir hatten mit einer etwas älteren Dame gerechnet … wenn ich das erwähnen darf.«

Dabei schaut er Regina mit einem entschuldigenden Lächeln an, als würde er um Nachsicht für eine unangemessene Bemerkung bitten. Doch das geschliffene Gehabe erscheint ihr aufgesetzt. Instinktiv spürt sie die Rücksichtslosigkeit dieses Mannes. Als er sie neben ihr her schreitend zu den Geschäftsräumen führt, fällt ihr sein jugendlicher, federnder Gang auf.

»Es ist am Ende des Korridors«, äußert er, um das Schweigen zu überbrücken. Regina reagiert mit einem stummen Nicken.

Eine Tür mit der Aufschrift *Direktion*. Er klopft, öffnet unaufgefordert, weicht einen Schritt zurück und bittet Regina einzutreten.

Das Geschäftszimmer erscheint dürftig angesichts der Hochglanzprospekte des Unternehmens: Eine schlichte Büroausstattung mit Schreibtisch, Telefon und Computer, einige alte Büroschränke, eine billige Sitzgruppe. Ein dicklicher älterer Herr erhebt sich hinter dem Schreibtisch, offensichtlich Dr. Schmidt, der Direktor der Investmentgesellschaft. Sein eleganter Anzug ist reichlich zerknittert und kaschiert nur ungenügend den sich abzeichnenden Bauchansatz. Seinen Glatzkopf überspielt er durch einige lange, blonde Haarsträhnen, die von der Seite her darüber gekämmt sind.

Mit einem verkniffenen Lächeln im aufgedunsenen Gesicht kommt er ihr entgegen, taxiert sie aus verquollenen, kalten Schweinsaugen.

»Frau Schröter, wie schön, Sie bei uns begrüßen zu dürfen. Ich bin Dr. Schmidt – na ja, der Kopf der Firma.«

Er reibt die Hände ineinander als sei er verlegen, macht eine gezierte Verbeugung. Regina lächelt ein wenig unsicher, reicht ihm die Hand.

»Unseren Herrn Petersen haben Sie ja bereits kennengelernt«, fährt er eloquent fort, »mein Geschäftsführer mit Vertretungsvollmacht. Aber nun sagen Sie erst mal: Haben Sie gut hergefunden?«

Während Regina mit einem Nicken antwortet, führt Dr. Schmidt sie gewandt zu der Sitzgruppe. Übertrieben höflich ersucht er sie Platz zu nehmen und bittet Herrn Petersen, nachdem er ihre Wünsche erfragt hat, im Sekretariat Kaffee und Gebäck zu bestellen. Als er Regina gegenübersitzt, bemerkt sie den kleinen Schweißfilm über seiner Oberlippe. Angestrengt lächelnd beginnt er einen Small Talk.

»Ich muss gestehen, dass wir mit einer solch charmanten Dame nicht gerechnet haben«, säuselt er, indem er seinen Oberkörper zu ihr hinneigt.

Widerwillig beugt sie sich zurück, lächelt bemüht und versucht ihr ungutes Gefühl zu verbergen. Hinter der Fassade überzogener Zuvorkommenheit meint sie einen kühl berechnenden Mann zu erkennen. Während er weiter auf sie einredet, fragt sie sich, ob er in der Lage wäre, einen Mord zu begehen. Es überläuft sie eiskalt, als ihr das möglich erscheint. Sein nur ungenügend kaschierter Glatzkopf könnte auf die Zeugenaussagen passen.

Mit einem Hüsteln versucht sie ihre Unkonzentriertheit zu überspielen, derweil Dr. Schmidt sich nach ihrem Quartier in Tübingen erkundigt.

»Ich habe im New Southern gebucht«, sagt sie mit einem kühlen Lächeln. »Von dort ging es einigermaßen schnell hierher.«

»Da hatten Sie aber Glück. Häufig ist der Verkehr in Tübingen am Samstagmittag ganz schrecklich.«

Regina nickt und schweigt. Sie fragt sich, ob sie nicht zu distanziert auftritt. Doch dann kommt ihr der Rat des Psychologen in den Sinn, sich nicht zu sehr um die eigene Wirkung zu kümmern und den Investment-Leuten den Fortgang des Kontakts zu überlassen. Tatsächlich scheint Dr. Schmidt nun auf seine Absichten hinzusteuern, denn unvermittelt verfällt er in einen sachlichen Tonfall.

»Sie stammen aus Essen? Eine dortige Kanzlei hat Sie telefonisch angekündigt.« Er räuspert sich. »Wie sind Sie gerade auf uns gekommen?«

»Mich hat das karitative Anliegen Ihres Unternehmens beeindruckt, und natürlich auch Ihr Renditeversprechen.«

Dr. Schmidt will gerade zu einer Antwort ansetzen, als Herr Petersen aus dem Nebenzimmer zurückkommt und sich zu ihnen setzt. Hinter ihm erscheint eine gut aussehende schwarzhaarige Dame, deren blau gemustertes Hemdblusenkleid ihre sportliche Figur erahnen lässt. Als sie Kaffee und Gebäck auf den Besuchertisch stellt, bemerkt Dr. Schmidt zu Regina hin: »Frau Scarraci, unsere neue Sekretärin«, und zu der Angestellten: »Frau Schröter aus Essen, eine … äh … Anlageinteressentin.«

Frau Scarraci schenkt Regina ein kühles Lächeln. Als sie geht, nimmt Dr. Schmidt den Gesprächsfaden wieder auf.

»Wie Sie richtig sehen: Wir garantieren eine profitable Kapitalanlage und engagieren uns in wohltätigen Projekten«, erklärt er salbungsvoll. »In Tübingen unterstützen wir ein Mädchenheim und holen Kinder aus widrigen Verhältnissen.«

Herr Petersen schaltet sich ein: »Ihr Essener Anwaltsbüro hat uns mitgeteilt, dass das Nachlassverfahren derzeit bei einer Rechtsanwaltskanzlei in New York liegt. Sie wissen nicht zufällig deren Namen?«

»Ich kann Ihnen die Kontaktdaten in den nächsten Tagen verfügbar machen, allerdings wird der gesamte Vorgang über die Essener Wirtschaftsberatung abgewickelt.«

Während sie spricht, bemerkt sie die prüfenden Blicke des Herrn Petersen, und für einen kurzen Moment wird ihr heiß.

»Uns wurde erklärt«, fährt er fort, »dass das Vermögen auf den Kaimaninseln geparkt sei und nach Europa transferiert werden müsse.«

»25 Millionen Dollar?«, ergänzt Dr. Schmidt in lauerndem Ton.

»So viel werden es wohl nicht«, antwortet sie lächelnd, und angesichts der vermeintlichen Gefahr steigt heimlicher Trotz in ihr auf. »Es wird wohl deutlich weniger sein. Die Angelegenheit ist wegen der steuerrechtlichen Aspekte ziemlich kompliziert. Soweit ich weiß, bereitet die Essener Kanzlei derzeit die Verhandlungen mit den deutschen Finanzbehörden vor. Mir wurden bereits einige Mittel zur

Verfügung gestellt. Meine Wirtschaftsberatung meint, dass möglicherweise ein anlagefähiges Vermögen von 20 Millionen Dollar verfügbar sein wird.«

Regina wundert sich, wie flüssig ihr die Sätze über die Lippen kommen. Insgeheim empfindet sie sogar Vergnügen an der Hochstapelei. Doch dann ermahnt sie sich achtsam zu bleiben. Sie gewahrt die scharfen, beinahe misstrauischen Blicke, die Herr Petersen trotz freundlichem Gehabe nicht verbergen kann. Und Dr. Schmidt, der scheinbar in Wohlwollen schwelgt und leutselig lächelt, hat für sie etwas Lauerndes.

Die Tür zum Sekretariat wird halb geöffnet.

»Herr Petersen, Telefon für Sie«, hört sie Frau Scarraci sagen.

Mit einer gemurmelten Entschuldigung erhebt sich Herr Petersen, und als er durch die Tür tritt, meint sie den Namen »Hoffmann« zu hören.

Hoffmann, fragt sie sich, der Gebrauchtwagenhändler, der Gustav Lüdel ein Auto überlassen hat?

Plötzlich geht die Bürotür auf. Eine junge Frau betritt den Raum. Sie trägt enge Jeans, eine kurze Jacke, darunter einen verwaschenen Pullover. Ihr Gesicht ist zart und schmal, die Augen tiefbraun und das schwarze Haar fällt ihr lang über die Schultern. Als sie Regina erblickt, hält sie inne.

»Oh, Onkel, ich wusste nicht, dass du Besuch hast.«

Gönnerhaft winkt Dr. Schmidt ihr näherzutreten. »Frau Schröter, darf ich Ihnen meine Nichte Senna vorstellen?«

Und zu Senna gewandt: »Frau Schröter aus Essen. Sie interessiert sich für unsere karitativen Projekte.«

Regina ist sofort im Bilde, dass es sich um die junge Frau handelt, die den Verdacht auf Dr. Zander gelenkt hat. Sie behält Platz, während Senna auf sie zugeht und ihr eine feuchte, kalte Hand reicht. Als Regina den Kopf hebt und in ihre dunklen Augen schaut, gewahrt sie darin einen abgründigen Ausdruck, der so gar nicht zu der zarten Erscheinung passt. Irritiert greift sie zur Kaffeetasse, um ihr Befremden zu verbergen.

Es tritt ein kurzes Schweigen ein, das durch Herrn Petersens Rückkehr unterbrochen wird. Er nickt Senna zu und nimmt wieder Platz. Dr. Schmidt, bemüht die Unterhaltung in Gang zu halten, bemerkt zu Senna gewandt:

»Wir hoffen auf gute Geschäftsbeziehungen zu Frau Schröter.«

»Oh, Frau Schröter ist Geschäftspartnerin?«, sprudelt Senna hervor. Sie erscheint Regina irgendwie aufgekratzt.

Dr. Schmidt will erklären, aber Senna lässt ihn nicht zu Wort kommen. »Dann wird sie bei uns zu Gast sein?«

»Senna, Frau Schröter hat im New Southern gebucht. Unsere kleine Bleibe wird ihr sicher nicht zusagen. Und überhaupt …«

»Aber Onkel«, unterbricht Senna ihn heftig, »wir haben den Gästetrakt! Deine Geschäftspartner wohnen doch alle bei uns. Und der neue Koch ist auch ganz hervorragend.«

Regina beobachtet interessiert den kurzen Dialog. Ihr kommt der Psychologe in den Sinn, der gemeint hat, die Investment-Leute würden versuchen, näheren Kontakt zu ihr aufzubauen. Sie fragt sich, ob die Nichte Teil eines abgekarteten Spiels ist. Dr. Schmidt räuspert sich und schaut wie ratlos zu seinem Geschäftsführer hin.

Er ziert sich, denkt Regina, während Herr Petersen sagt: »Wir haben doch an diesem Wochenende ein Treffen der Goldern. Frau Schröter könnte dort mehr über unser karitatives Engagement erfahren.«

Dr. Schmidt nimmt sofort den Ball auf. »Eine gute Idee. Wir haben ein Treffen unseres karitativen Vereins. Wenn Frau Schröter möchte …?«

»Bitte, tun Sie uns den Gefallen, werden Sie unser Gast«, drängt Senna.

Regina zögert. »Nun gut, ja… ich würde mich freuen.«

Elektronische Vorsichtsmaßnahmen

Nachdem Regina zurück im Hotel ist, ruft sie unverzüglich den Kommissar an.

»Herr Kommissar, ich bin jetzt im New Southern. Den ersten Besuch bei der Investment-Firma habe ich überstanden.« Sie lacht.

»Und? Wie ist es gelaufen?«

»Ich denke, dass ich glaubwürdig war. Die Firma scheint interessiert zu sein und wird meiner Ansicht nach alles tun, um das angebliche Investment zu bekommen.«

»Die Stuttgarter werden sich freuen. Und wie steht's mit den Mordermittlungen?«

»Das muss sich noch zeigen. Ich weiß nicht. Auf jeden Fall werde ich mir die Leute näher ansehen können. Ich bin als Wochenendgast in Dr. Schmidts Haus eingeladen. Er scheint Gästezimmer für seine Geschäftspartner zu haben. Es wird ein Treffen der Goldern stattfinden, und bei der Gelegenheit soll ich wohl von dem karitativen Engagement der Firma überzeugt werden.«

»Das läuft ja wie nach Plan, könnte aber für Sie gefährlich werden.«

»Ja, mir ist ein bisschen unbehaglich zumute, nachdem ich Dr. Schmidt kennengelernt habe. Dem traue ich so einiges zu. Er könnte auch auf die Täterbeschreibung passen.«

»Seien Sie vorsichtig. Mittlerweile spricht einiges gegen ihn.«

»Unter Umständen hätte ich Schutz durch den verdeckten Agenten.«

»Ja, aber verlassen Sie sich unbedingt auf sich selbst. Die Einladung gilt ab heute?«

»Ich soll schon heute zum Abendessen da sein.«

»Dann kommen wir vielleicht in Zeitdruck, aber es dürfte klappen.«

»Herr Kommissar?«

»Sie sollten ein paar spezielle elektronische Geräte mitnehmen, die wir noch aus Stuttgart beschaffen müssen. Ich werde das sofort in die Wege leiten.«

»Worum geht es, Herr Kommissar?«

»Sie sollten feststellen können, ob Sie in Ihrem Quartier abgehört oder sonst wie ausspioniert werden. Wäre das der Fall, dürften Sie keinesfalls telefonieren, um Ihr Inkognito nicht zu gefährden. Falls Sie aber eine Überwachungskamera entdecken, müssen wir Ihren Einsatz sofort abbrechen. Sie packen dann einfach Ihre Sachen und gehen.«

»Sie denken, man hätte mich dann bei der Untersuchung des Zimmers beobachtet?«

»Ganz recht. Außerdem wollen wir natürlich nicht die Verletzung Ihrer Privatsphäre in Kauf nehmen. Aber wichtig ist: Sie können aussteigen, wann immer Sie das für geboten halten. Zur Not rufen Sie mich an. Ich bin … äh … jederzeit für Sie da.«

»Danke, Herr Kommissar. Und was ist mit dem Hotelzimmer?«

»Sie behalten es erst mal. Die Einladung bezieht sich ja vorerst aufs Wochenende. Und noch etwas: Suchen Sie auf keinen Fall ihre Wohnung auf. Sie könnten beschattet werden.«

Kleinfeldt überlegt einen Moment. »Es ist jetzt Viertel nach zwei. Ich werde sofort im Innenministerium anrufen, um die Elektronik zu beschaffen. Ich denke, dass Sie in zwei Stunden mit einem Kurier aus Stuttgart rechnen können. Halten Sie sich bereit. Bestimmt wird er Sie auch einweisen.«

Bevor er auflegt, sagt er noch: »Machen Sie's gut. Melden Sie sich bei mir, wann immer sie wollen.«

Regina fühlt sich plötzlich allein, ganz auf sich gestellt. Minutenlang sitzt sie in der ledernen Sitzgruppe, starrt vor sich hin. Dann atmet sie tief durch, rafft sich auf und kleidet sich um. Sie wählt einen eleganten Hosenanzug, unter dessen Jacke sich die kleine Springfield Armory gut verbergen lässt. Allerdings lässt sie die Waffe vorerst in einem Geheimfach ihres Koffers.

Kurz nach vier geht ihr Zimmertelefon. Die Hotelrezeption meldet einen Herrn, der sie sprechen möchte. Wenig später ist der IT-Mann aus dem Innenministerium bei ihr, sie hatte ihn bereits in Stuttgart kennengelernt. Nach der Begrüßung und einigen freundlichen Worten öffnet er den mitgebrachten Samsonite-Koffer mit der Sicherheitselektronik und weist sie sorgfältig ein. Eine Stunde später ist es geschafft. Er überlässt ihr den Koffer, verabschiedet sich und wünscht ihr viel Glück.

Ankunft in der Villa

Regina ist in gespannter Erwartung, als sie in der Hotelgarage den Porsche besteigt und zu Dr. Schmidts Domizil in Pfrondorf aufbricht. Nachdem sie am Schimpfeck vorbei ist, geht es flott die Wilhelmstraße entlang, die Pfrondorfer Straße hinauf und auf der Lustnauer Straße in den Ort hinein. Dann weist das Navigationsgerät den Weg zu dem Ziel in der Blaihofstraße.

Schon von Weitem ist das große, dreistöckige Haus im Stil einer Gründerzeitvilla zu erkennen, ein imposantes Gebäude auf einem weiträumigen, von einer mannshohen Mauer umgebenen Grundstück. Ein säulenflankiertes Eingangsportal ziert die wuchtige Vorderfront mit den hohen Sprossenfenstern und breiten Simsen, oben ein schindelgedecktes schwarzes Dach mit ovalen Fenstergauben. Welch ein Kontrast zu dem einfach möblierten Büro in der Doblerstraße. Ob das Investment-Geschäft profitabel genug ist, ein solches Gebäude zu unterhalten? Oder sollte es noch andere Quellen geben?

Sie nimmt die Zufahrt, die rechts um eine ausgedehnte Rasenrabatte herum zur Villa führt. Ein Mann in grüner Arbeitskleidung lehnt neben einem Geräteschuppen an der Grundstücksmauer und bedenkt sie mit einem wachsamen Blick. Mehrere schwere Limousinen sind rechter Hand geparkt.

Sie fährt am Eingangsportal vor. Ein kleiner, gedrungen wirkender Mann im schwarzen Anzug tritt an das Auto heran. Er öffnet die Wagentür und verbeugt sich.

»Gnädige Frau! Willkommen bei Dr. Schmidt.«

Als sie zu ihm aufschaut, kann sie nur mit Mühe die Fassung wahren. Sie blickt in durchdringende dunkle Augen in einem pockennarbigen Gesicht, das von einer breiten, gebrochenen Nase dominiert wird. Die niedrige Stirn und die zurückgekämmten, gegelten schwarzen Haare verstärken das abstoßende Äußere seiner Erscheinung. Der Mann hat ein schiefes Lächeln aufgesetzt.

»Ich bin bei Herrn Doktor für die Hausangelegenheiten zuständig. Nennen Sie mich einfach Max.« Er spricht in einem nasalen, schleppenden Tonfall.

Regina nickt irritiert und steigt aus dem Auto.

»Unsere Frau Meertens wartet bereits auf Sie.«

»Frau Meertens?«

»Herrn Doktors Nichte Senna.«

»Ach ja, danke«, antwortet Regina verwirrt und sieht sich hilfesuchend um.

»Ich kümmere mich um Ihr Gepäck.«

Augenblicklich kommt ihr der Samsonite-Koffer mit den elektronischen Spürgeräten in den Sinn, doch Max gibt ihr keine Gelegenheit zu reagieren.

»Sie können den Wagenschlüssel stecken lassen, gnädige Frau.«

Gewandt springt er den Treppenaufgang hoch, hält ihr die schwere Eingangstür auf. »Bitte, hier entlang.«

Der muffige Hauch einer dämmerigen Halle, durchdrungen von süßlichem Zigarrengeruch, schlägt ihr entgegen. Der hohe, fast schwarz getäfelte Raum ist auf halber Höhe von einer dunklen Galerie umgeben, zu der eine massive, geschwungene Holztreppe hinaufführt. Im Hintergrund mehrere ältere Herren rauchend in wuchtigen Polstersesseln. Unter der Galerie an der Rückwand ein mannshoher Spiegel, von dunklen, halbhohen Schränken flankiert. Breite Durchgänge rechts und links der Halle führen zu weiteren Räumlichkeiten. Irgendwo dorthin war Max entschwunden, nachdem er sie gebeten hatte zu warten.

Plötzlich Stimmen vom linken Durchgang her, und dann erscheinen Dr. Schmidt und Senna in aufgeräumter Stimmung. Senna strahlt übers ganze Gesicht, während Dr. Schmidt mit ausgestreckten Armen auf sie zugeht und ihr beide Hände schüttelt.

»Frau Schröter, ich freue mich, Sie als Gast willkommen heißen zu dürfen.«

»Hallo«, grüßt Senna und schiebt ihren Onkel beiseite. »Schön, dass Sie da sind.« Sie deutet eine Umarmung an.

»Max bringt Ihre Koffer aufs Zimmer und stellt Ihr Auto ab.«

Regina weiß nicht recht, wie sie reagieren soll. Ihr ist unbehaglich zumute. Die Atmosphäre des Hauses erscheint ihr befremdlich, und die Sorge erkannt zu werden lastet auf ihr und hemmt sie.

»Danke für Ihre Einladung«, sagt sie ein wenig befangen. »Ich freue mich, Ihr Gast zu sein.«

Dr. Schmidt räuspert sich. »Wie Sie bereits wissen, haben wir ein Treffen der Goldern, das Ihnen Gelegenheit geben wird, unser karitatives Anliegen kennenzulernen.«

Er weist hinüber zu den rauchenden Herren in den Fauteuils. »Einige Gäste sind bereits eingetroffen, andere werden bis zum Abendessen da sein. Am besten, wir machen uns später miteinander bekannt.«

Er scheint Reginas Verlegenheit bemerkt zu haben. »Richten Sie sich bei uns ein«, sagt er freundlich, doch sein zuvorkommendes Benehmen erscheint ihr irgendwie gekünstelt. »Senna wird Sie unter ihre Fittiche nehmen. Und selbstverständlich werden Sie an unseren gemeinsamen Mahlzeiten teilnehmen.«

Mit einem verkniffenen Lächeln will er sich zurückziehen, als Max auf ihn zutritt. »Herr Doktor, ich möchte nicht stören, aber Herr Dr. Zander und Herr Kloppmann sind eingetroffen.«

Mit einer angedeuteten Verbeugung wendet er sich zu zwei Herren um, die nicht unterschiedlicher sein könnten. Der eine mittelgroß, mit weißem Bürstenhaarschnitt und dunkel getönter Brille, der andere ein bulliger Glatzkopf, den ein großes Verbandspflaster in der linken Gesichtshälfte ziert.

Die beiden Herren treten heran und Dr. Schmidt begrüßt sie beflissen. »Schön, dass Sie gekommen sind. Da kann ich gleich die Gelegenheit nutzen und Sie einer gerade eingetroffenen Geschäftsinteressentin vorstellen, die bei uns zu Gast sein wird.«

Regina registriert den kalten Händedruck des Dr. Zander und die trockene Pranke des Herrn Kloppmann, der allerdings wegen seiner lädierten Gesichtshälfte den Mund nicht aufzubekommen scheint. Währenddessen versucht Senna, sich der Begrüßung zu entziehen, indem sie den Herren kurz zunickt und sich schnell entfernt. Mit einem Wink bedeutet sie Regina, ihr zu folgen.

In diesem Augenblick trifft eine Besucherin ein, eine grauhaarige, ältliche Frau, die einen aufgeregten und unsicheren Eindruck macht. In devoter Haltung nähert sie sich den Herren.

»Die Zerbski aus dem Kinderheim, das mein Onkel finanziert«, raunt Senna. »Kommen Sie, schnell weg. Ich zeige Ihnen mein Zimmer.«

Sie zieht Regina auf die Treppe zur Galerie. Als sie oben sind, blickt Regina zurück und sieht einen finster dreinblickenden, kahlköpfigen Herrn eintreten, der mit einer Handbewegung Max beiseiteschiebt und direkt auf Dr. Schmidt zugeht. Ihr fällt seine zerfetzte linke Ohrmuschel auf.

Senna bemerkt Reginas Zögern, flüstert aufgeregt: »Herr Hoffmann, ein unangenehmer Typ. Kommen Sie.«

Sie treten durch den Durchgang in den linken Gebäudetrakt.

»Sie scheinen die Leute nicht zu mögen«, bemerkt Regina, als sie den dunkel getäfelten Korridor entlanggehen.

»Ich hasse sie«, antwortet Senna mit verzerrtem Gesicht, das so gar nicht zu ihrer zarten Erscheinung passt.

»Warum denken Sie schlecht über die Leute?«

Senna übergeht die Frage, öffnet wortlos eine Tür und lässt ihre Besucherin eintreten.

Regina betritt einen modern eingerichteten hellen Raum, angenehm überrascht angesichts der als düster empfundenen Atmosphäre des Hauses. Als sie sich anerkennend äußert, sieht Senna sich aufgefordert, ihr Zimmer eingehend zu präsentieren. Doch Regina ist nur scheinbar interessiert. Es kommt ihr allein darauf an, das Gespräch behutsam auf das Mädchenheim zu lenken, ohne sich durch Insiderwissen verdächtig zu machen. Schließlich stehen beide am Fenster und Senna weist auf die mit Bäumen und Sträuchern bestandene Grünfläche hinter der Villa.

»Onkel hat neuerdings einen Gärtner eingestellt. Er wurde uns über die Behörde vermittelt, muss Sozialstunden ableisten. Onkel kümmert sich gern um solche Leute.«

Sie deutet nach rechts zu einem einstöckigen Anbau an der Rückfront, der im rechten Winkel in das parkähnliche Gelände hineinragt.

»Dort drüben unser Gästetrakt über der Garagenzeile. Ich habe für Sie das Zimmer am Ende vorgesehen. Sie werden von dort zu mir herüberschauen können.« Sie lacht verlegen.

Regina erkennt eine Fensterreihe mit vorgelagerten Balkonen über einer fensterlosen Betonwand, offensichtlich die Rückseite der Garagen.

Unvermittelt tritt Senna eng an sie heran und fragt zögernd: »Sollten wir uns nicht duzen?«

Regina weicht schnell einen Schritt zurück, tut als würde sie sich interessiert dem Zimmer zuwenden. Sie möchte nicht zu engen Kontakt zu dieser jungen Frau, die sie vielleicht mögen könnte, wenn sie nicht in einem Mordfall ermittelte.

»Gerne, ich heiße Regina«, sagt sie, während Senna ihrerseits erfreut ihren Vornamen nennt. Doch der abgründige Ausdruck in ihrem Blick, den Regina bereits beim ersten Zusammentreffen bemerkt hat, irritiert sie erneut. Sollte die Nichte gar nicht so harmlos sein, wie sie aufgrund ihres zarten Aussehens erscheint? Sollte sie mit ihrem Onkel gemeinsame Sache machen?

Sie nehmen in einer gemütlichen Sitzecke Platz.

»Mein Onkel hat erwähnt, dass du etwas Geld anlegen möchtest«, beginnt Senna das Gespräch und fingert nervös in ihrem schwarzen Haar.

Regina lacht. »Für mich ist es eigentlich sehr viel Geld. Ich habe überraschend geerbt. Mir imponiert das karitative Anliegen eurer Firma.«

»Vorhin habe ich deinen Porsche mit dem Essener Kennzeichen gesehen. Du bist von dort?«

»Ja, und du stammst doch sicher aus Tübingen?«

Reginas Versuch, von sich abzulenken gelingt, denn sogleich erzählt Senna: »Nein, ich bin in Südafrika, in Pretoria geboren. Als Vierzehnjährige kam ich mit meinem Onkel nach Deutschland. Sein damaliger Kompagnon, Herr Lüdel, ist mit uns gegangen.«

»Herr Lüdel?«, fragt Regina, und um mehr zu erfahren: »Ein seltsamer Name.«

»Das mag stimmen, wenn man ihn zum ersten Mal hört. Aber mir ist er vertraut. Herr Lüdel ist öfters bei uns.«

Regina hätte gerne mehr über ihn erfahren, doch Senna fährt augenblicklich fort: »Mein Onkel hat damals in Tübingen die Firma gegründet.«

»Und zu der Firma gehören die Leute, die heute bei euch zu Gast sind?«

»Nein, nein, sie gehören den Goldern an. Das ist ein gemeinnütziger Verein, dem mein Onkel vorsteht.«

»Ich habe gehört, dass die Goldern ein Mädchenheim in Tübingen finanzieren.«

»Ja, ja, die Goldern … fast alles nur Männer.«

»Das Mädchenheim ist eine gute Sache.«

»Ja, ja …« Senna schweigt, blickt mit starrer Miene vor sich hin, wirkt plötzlich wie geistesabwesend.

Ein zerstörtes, unglückliches Gesicht, kommt es Regina in den Sinn.

»Du scheinst den Leuten aus dem Weg zu gehen?«

»Ich mag sie nicht«, stößt Senna hervor.

Die erneute Stille wird unvermutet durch einen Gongschlag unterbrochen.

»Oh, in einer Viertelstunde wird das Abendessen serviert, und du hast dich noch nicht eingerichtet!«

Sie springt auf. »Ich zeige dir das Gästezimmer.«

Während sie hinüber zum Gästetrakt eilen, erklärt Senna: »Wenn der nächste Gong ertönt, komm hinunter in die Halle. Ich führe dich zum Speiseraum.«

Achtung: Abhöranlage!

Ein sympathisches Gästezimmer: Das ist Reginas erster Eindruck, nachdem sie den Raum betreten hat. Die Einrichtung ist modern, und wie in einem guten Hotel ist alles Erforderliche vorhanden. Obwohl es bereits dunkelt, lassen Fenster und Balkontür noch Helligkeit herein. Doch es ist an der Zeit, Licht zu machen.

Mitten im Zimmer steht das Gepäck, von Max abgestellt. Besorgt inspiziert sie das Zahlenschloss des Samsonite-Koffers, es erscheint unberührt. Sofort holt sie den Kameradetektor hervor und leuchtet den Raum mit der starken Infrarotstrahlung aus. Als sie dabei durch das Objektiv des Geräts schaut, kann sie keine Lichtreflexe entdecken, die auf versteckte Minikameras hindeuteten. Dann scannt sie den Raum mit dem Detektor für Abhörgeräte und hat augenblicklich ein Signal im 2,4-GHz-Band. Eine WLAN-gestützte Übertragungsquelle! Nach kurzer Suche offenbart sich der Ursprung: Ein kleines Mikrofon, versteckt in der Schreibtischlampe.

Irritiert nimmt sie in einem Sessel in Fensternähe Platz, ermahnt sich einen kühlen Kopf zu behalten. Sie stellt ihr Smartphone auf Vibrationsalarm und sendet dem Kommissar eine Textnachricht.

Abhörvorrichtung im Gästezimmer.
Setze Einsatz fort. Kann Textnachrichten
empfangen.

Kurze Zeit sitzt sie grübelnd da, überdenkt ihre Situation. Hat Dr. Schmidts Nichte das Zimmer für sie bestimmt, weil es eine Abhöranlage hat? Könnte Dr. Schmidt auf unlautere Weise versuchen, ihre Vermögensverhältnisse auszuspionieren? Am ganzen Körper heiß wird ihr als sie daran denkt, dass womöglich ihr Inkognito erkannt wurde und sie deshalb überwacht werden soll. Sie kommt zu keiner klaren Einschätzung, will auf jeden Fall auf der Hut sein.

Die Zeit läuft! Sie meint, jeden Augenblick mit dem Gong zum Abendessen rechnen zu müssen. Eilig entnimmt sie dem geheimen Kofferfach die flache Springfield Armory, legt das Schulterholster an und verbirgt die Waffe unter der Jacke ihres Hosenanzugs. Schnell will sie noch vom Balkon aus Umschau halten, löscht rasch das Licht und tritt hinaus.

Linker Hand das Hauptgebäude wie ein dunkler, massiger Klotz in der beginnenden Abenddämmerung, die Fenster vereinzelt erleuchtet, Sennas Zimmerfenster ganz außen im ersten Stock. Der Balkon links ist durch eine dünne, zur Brüstung hin abgeschrägte Trennwand abgegrenzt, ähnliche Trennwände zwischen den beiden weiteren Balkonen. Ihre Balkontür sollte also unbedingt geschlossen gehalten werden. Als sie sich nach rechts wendet, bemerkt sie das Regenrohr an der Außenseite. Sie rüttelt daran, prüft die Festigkeit: Eine geeignete Kletterhilfe.

Gerade im Zimmer zurück, ertönt der Gong zum Abendessen. Voller Unruhe fragt sie sich, auf welche Gesellschaft sie treffen wird. Wird jemand anwesend sein, der sie erkennen könnte?

Sitzt der Mörder mit am Tisch?

Als sie auf die Galerie tritt, um in die Halle hinunterzugehen, hält sie überrascht inne. Unten hört sie Senna mit erregter Stimme sagen:

»Man hat Sie in Verdacht. Sie alle werden büßen.«

Daraufhin ein zischendes Flüstern: »Schweigen Sie! Sie haben nichts in der Hand gegen mich.«

Das Gespräch bricht schlagartig ab, als Max die Halle betritt, den die Belauschten trotz seines schleichenden Schritts wahrgenommen haben. Für einen Moment blickt Regina hinunter und erkennt den weißen Bürstenhaarschnitt des Dr. Zander, der sich eilig entfernt. Sie ist sich sicher, dass Max sie oben auf der Galerie gesehen hat. Doch er zeigt keine Regung und durchquert mit undurchsichtiger Miene die Halle.

Er hat seine Augen und Ohren überall, ermahnt sie sich. Ich muss mich vor ihm in Acht nehmen.

In Gedanken darüber, worum es sich bei dem belauschten Wortwechsel gehandelt haben könnte, geht sie die Treppe hinunter. Als sei nichts gewesen, empfängt Senna sie mit strahlendem Lächeln, hakt sich bei ihr ein und führt sie in den rechten Seitentrakt. Im schwach beleuchteten, holzgetäfelten Korridor gehen sie zum Speiseraum.

Senna öffnet eine schwere Kassettentür aus dunklem Mahagoni und lässt sie eintreten. Blendende Helligkeit, für einen kurzen Moment muss Regina blinzeln. Über einer weit ausladenden Tafel ein riesiger Kronleuchter, welcher den dunkel getäfelten Raum beherrscht. Einige Gäste sind bereits anwesend, andere drängen noch herein. Dr. Schmidt, der am Kopfende der Tafel sitzt, springt sofort auf und bittet sie, neben sich Platz zu nehmen. Alle sehen zu ihr herüber.

Sie fühlt sich unbehaglich. Ihre innere Stimme signalisiert Gefahr. Ruhe, nur Ruhe, ermahnt sie sich, kann sich jedoch nicht freimachen von der Befürchtung, ihr Inkognito könnte durchschaut werden. Aber nichts Bedenkliches geschieht. Hat man sie bereits erkannt und verhält sich abwartend? Sie fühlt die Springfield Armory unter der Achsel und ermutigt sich mit dem Gedanken, ihren Einsatz sofort abbrechen zu können.

»Liebe Freunde«, wendet sich Dr. Schmidt an die Anwesenden, »zwar sind wir heute nicht vollzählig, aber das tut unserer Freude keinen Abbruch, einen lieben Gast bei uns begrüßen zu dürfen: Frau Schröter aus Essen. Frau Schröter ist an einem größeren Investment interessiert, und wir hoffen, sie für uns gewinnen zu können. Gleichzeitig ist ihr an der karitativen Verpflichtung unserer Vereinigung gelegen.«

Mit einem verkniffenen Lächeln richtet er sich an Regina. »Einige der Damen und Herren haben Sie bereits kennengelernt, aber vorstellen möchte ich noch vom Vorstand der Goldern Herrn Direktor Fischer, Prof. Fleischer und Senator Dr. Braun.« Er weist auf drei feiste, ältere Herren im Hintergrund, die ihr desinteressiert zunicken. »Außerdem Ihnen noch nicht bekannt sind Frau Zerbski aus unserem Mädchenheim und unser lieber Tübinger Geschäftsfreund Herr Hoffmann. Seit einigen Tagen haben wir auch unseren holländischen Geschäftspartner Herrn Kees Dewahl zu Gast.«

Regina hat Platz behalten und den Genannten knapp zugenickt. Mit salbungsvollen Worten beginnt Dr. Schmidt nun eine Rede über die Wohltaten der Goldern. Regina tut interessiert, doch seine Worte plätschern unbeachtet an ihr vorüber.

Verstohlen sieht sie sich um. Auf der linken Seite, neben Dr. Schmidt, sitzt Herr Petersen, der sie von Zeit zu Zeit mit hintergründiger Miene beäugt. Hat er Verdacht geschöpft? Der Holländer daneben, den eine blonde Löwenmähne ziert, wirft ihr anzügliche Blicke zu. Ganz hinten sitzt Frau Zerbski, an ihrer Seite Dr. Zander, zu dem Senna ab und zu triumphierend hinüberschaut. Warum droht sie dem Arzt und welche Rolle mag sie in dieser illustren Gesellschaft spielen?

Zur Rechten sitzt Herr Hoffmann, der ständig sein zerfetztes linkes Ohr befühlt, während Herr Kloppmann daneben dumpf brütend vor sich hinstarrt. Die älteren Herren weiter hinten scheinen völlig unbeteiligt. Frau Scarraci am Ende macht einen wachsamen Eindruck. Einmal meint Regina, eine Ausbuchtung ihrer Kostümjacke zu erkennen, so als trüge sie eine Waffe im Achselholster. Als sie Frau Scarracis eisgraue Augen auf sich gerichtet fühlt, lächelt sie leicht zurück, doch deren Blick schweift ausdruckslos über sie hinweg. Ist sie die geheime Agentin?

Einer der Anwesenden könnte der Mörder sein, sagt sich Regina und erschaudert bei dem Gedanken.

Endlich hat Dr. Schmidt seine Rede beendet und erntet verhaltenen Applaus. Er gibt Max, der im Hintergrund gestanden hat, einen Wink, worauf dieser durch eine Seitentür verschwindet. In dem Moment erhebt sich Herr Kloppmann, und mit einem Nicken hin zu Dr. Schmidt verlässt er die Gesellschaft.

Ein großer, weiß gekleideter Mann mit Kochmütze schiebt einen Servierwagen herein, der mit Platten und silbernen Speiseglocken beladen ist. Zwei junge Frauen in weißen Servierschürzen und Häubchen begleiten ihn.

»Herr Abuse, unser neuer Koch«, stellt Dr. Schmidt ihn stolz vor. »Wir freuen uns, ihn für unsere Küche gewonnen zu haben. Herr Abuse hat unter anderem in Pariser Hotels gearbeitet.«

»Damen und Herren«, bemerkt Herr Abuse mit kleiner Verbeugung, »wir servieren Schwäbische Küche.«

Nun wird ein Gericht mit mehreren Gängen aufgetragen. Als Vorspeise gibt es Schwäbische Festtagssuppe mit Grießklößchen, Eierstich und Flädle, als Hauptgericht Filderrostbraten auf Sauerkraut mit Röstzwiebeln und Spätzle und zum Dessert Schokoladenmousse auf Vanilleschaum. Dazu wird Tafelwasser sowie ein Oberlin Noir von Tübinger Weinbergen gereicht.

Das Essen ist vorzüglich, es wird größtenteils schweigend eingenommen. Regina fragt sich, ob der Aufwand ihretwegen zelebriert wird. Dr. Schmidt bemüht sich zeitweise erfolglos, ein Tischgespräch in Gang zu bringen. Regina bleibt einsilbig. Zu gegebener Zeit beschließt er die Tafel.

Als die Anwesenden sich erheben, fällt ihr auf, dass sie sich in zwei Gruppen teilen. Frau Scarraci und die Herren Petersen und Hoffmann verschwinden zielstrebig in Richtung Eingangshalle, während die drei älteren Herren, Frau Zerbski, Dr. Zander, Herr Dewahl und Dr. Schmidt nach gegenüber in ein Bibliothekszimmer gehen. Was sie wohl in getrennten Treffen zu besprechen haben, fragt sie sich.

Sie hat den unauffälligen Wink Dr. Schmidts an seine Nichte bemerkt, die nun auf sie zutritt und ihr vorschlägt, den restlichen Abend gemeinsam zu verbringen. Doch sie lehnt dankend ab, schützt Kopfschmerzen vor, möchte alleine nach draußen an die frische Luft. Tatsächlich will sie den Kommissar anrufen, ohne zu riskieren, abgehört zu werden. Schnell geht sie den Korridor entlang, durchquert die Halle und tritt hinaus in den späten Abend.

Schreck in der Dunkelheit

Als sie die Eingangstreppe hinuntergeht, erscheint ihr die Umgebung seltsam verfremdet: Im kalten Mondlicht die Rasenrabatte fast schwarz, die Kieszufahrt im grau-silbernen Schimmer, an der Grundstücksmauer bedrohlich wirkende Schatten. Immer wieder wechselt ein heller Mond mit diffuser Dunkelheit. Sie wendet sich nach rechts und geht am Gebäude entlang, will in das parkähnliche Gelände dahinter. An der Gebäudeseite ist es dunkel, Büsche und Sträucher nur schemenhaft erkennbar.

Auf einmal spürt sie: Es ist jemand in der Nähe! Sie hält inne, lauscht. Am Geräteschuppen eine schattenhafte Gestalt, die ins Dunkel verschwindet. Der Gärtner, der nicht gesehen werden will? Oder Max, der ihr ohnedies nicht geheuer?

Erschrocken über das Vorkommnis erreicht sie die Rückseite des Gebäudes. Helles Licht scheint aus Fenstern im Erdgeschoss. Sie vermeidet den Lichtschein, geht tiefer in den Park hinein, will beim Telefonieren nicht bemerkt werden.

Zwischen den Bäumen beinahe Finsternis. Alles ist still, bis auf den Wind, der in den Wipfeln rauscht. Am Stamm einer massigen Eiche hält sie inne, horcht, blickt sich um, und dann ruft sie den Kommissar an.

»Herr Kommissar«, grüßt sie mit halblautem Flüstern, »ich war auf dem Treffen der Goldern und kann kurz berichten.«

»Gut. Sind Sie sicher, nicht abgehört zu werden?«

»Alles in Ordnung. Ich bin außerhalb des Hauses.«

»Okay, schießen Sie los.«

Während Regina sich erneut vorsorglich umsieht, informiert sie eingehend über die Personen, die beim Abendessen anwesend waren. Dann berichtet sie über Dr. Schmidts Tischrede.

»Mich hat erstaunt, dass Dr. Schmidt den Mordfall überhaupt nicht erwähnte. Die Goldern scheinen den Mord völlig ausgeblendet zu haben. Auch die Nichte Senna, die ich vorher sprechen konnte, ist mit keinem Wort darauf eingegangen.«

»Interessant. Ihre falsche Identität wird anscheinend nicht in Zweifel gezogen. Man geht davon aus, dass Sie erst kürzlich angereist und noch nicht informiert sind. Man will Sie nicht verunsichern.«

»Ja, das wäre möglich. Doch es könnte auch ein Anzeichen dafür sein, dass ein Profikiller beauftragt wurde und die Leute meinen, überhaupt nichts mit dem Mord zu tun zu haben. Aber wenn es einer aus ihren Reihen war, dann hat der Mörder mit am Tisch gesessen.«

»Sie könnten recht haben. Seien Sie vorsichtig. Aber Sie haben den Stuttgarter Agenten auf Ihrer Seite.«

»Ich glaube, es ist eine Frau, die Sekretärin der Firma.«

»Mhm … Sagen Sie, könnten Sie es ermöglichen, mich morgen Vormittag zu treffen? Ich hätte Ihnen etwas zu übergeben.«

»Ein Treffen kann ich bestimmt einrichten«, antwortet sie und fragt nicht weiter, worum es geht.

Daraufhin schlägt er zehn Uhr vor, in der Fürststraße Ecke Ebertstraße, an der Fußgängerbrücke über die Steinlach. Er rät ihr, bei der Anfahrt auf eventuelle Verfolger zu achten. Er würde auf sie warten. Gegebenenfalls solle sie ihn anrufen.

Nach dem Telefonat steht sie eine Zeit lang abwartend im Dunkel und horcht. Doch außer dem Rauschen der Wipfel ist kein Geräusch zu vernehmen. Zwischen den Bäumen und durch Buschwerk hindurch scheint Licht aus den Fenstern der Rückfront. Es reizt sie, einen Blick hineinzuwerfen. Vorsichtig nähert sie sich, umgeht den hellen Lichtkreis, verharrt in der Nähe des Geräteschuppens. Sollte jemand dort drinnen stecken? Sie nimmt einen kleinen Stein und wirft ihn gegen die Bretterwand. Ein Klack: Nichts rührt sich. Ein weiterer Stein, doch alles bleibt ruhig.

Darauf schleicht sie zu dem erleuchteten Fenster an der rückseitigen Gebäudeecke: Ein Bürozimmer, Dr. Schmidt und Herr Dewahl in lebhaftem Gespräch. Wortfetzen dringen durch das gekippte Fenster. Sie will leise nähertreten, als sie aufs Heftigste erschrickt.

»Gnädige Frau noch auf einem Abendspaziergang?«

Aus dem Dunkel eine schleppende Stimme in lauerndem Ton. Max tritt lautlos zwischen den Büschen hervor.

Das kalte Mondlicht verzerrt sein Gesicht zu einer bleichen Maske.

»Ja, ja«, antwortet sie, versucht sich zu fangen, indem sie anfügt: »Der Abend ist zwar windig, aber mild.«

»Geben Sie gut auf sich Acht, gnädige Frau. Es ist gefährlich hier.« Und als sie erschrocken aufschaut, ergänzt er: »Am Waldrand gibt es Wildschweine.«

Sie weiß nicht zu antworten, ist völlig verwirrt, will schnell davoneilen, doch Max macht Anstalten sie zu begleiten. Daraufhin mäßigt sie ihren Schritt, und als beide an der dunklen Gebäudeseite zurückgehen, summen die Limousinen der abfahrenden Gäste.

Er bedeutet ihr, das Haus durch den Nebeneingang an der Vorderfront zu betreten, den sie bisher übersehen hatte. Sie gehen einen schwach beleuchteten Korridor entlang, der nach einigen Metern nach rechts zur Eingangshalle hin abbiegt. Linker Hand eine schwere, mit Sicherheitsschloss geschützte Tür. Regina folgert, dass hier Dr. Schmidts Büroräume liegen.

Mit einem Dank löst sie sich aus der Begleitung und eilt, bemüht keinen Verdacht zu erregen, so schnell wie möglich zu ihrem Gästezimmer. Sie will über den Balkon wieder zurück, das Gespräch zwischen Dr. Schmidt und Herrn Dewahl belauschen.

Neuigkeiten und eine aufregende Nacht

Noch bevor sie ihr Zimmer erreicht, reißt sie ein Stück von einem Papiertaschentuch ab und klemmt es von innen in den Türspalt. Das Licht lässt sie aus, schließt die Tür ab und eilt hinaus auf den Balkon.

Durch wechselnde Wolkenlücken erhellt ein kalter Mond sporadisch die Dunkelheit. Soeben schafft eine Wolke diffuses Dämmerlicht. Rasch steigt sie auf die Brüstung und hangelt sich am Regenrohr hinunter. Am Boden gibt ein Gebüsch Deckung, bevor Mondlicht die Umgebung wieder hell erleuchtet.

Zwischen den Büschen schleicht sie entlang der Rückfront bis auf Höhe des Bürofensters an der Gebäudeecke, dort den Lichtkreis meidend hinüber in den Schatten der Hauswand. Mit dem Rücken eng dagegen gepresst schiebt sie sich zum aufgekippten Fenster hin.

»Warum hältst du das Geld zurück?«, hört sie Dr. Schmidt lamentieren. »Du weißt genau, dass ich derzeit nicht liefern kann. Wir müssen vorsichtig sein. Seit dem Mord haben sie uns im Visier.«

»Eine dumme Sache. Wäre die Angelegenheit nicht anders zu lösen gewesen?«

»Nimm's, wie es ist. Sie war unbequem geworden. Irgendwann hätte sie uns auffliegen lassen.«

Und dann in vorwurfsvollem Ton: »Ich muss nun alles neu organisieren. Zum Glück hat Hoffmann sich bereit erklärt zu übernehmen. Morgen Abend fliegt er nach Abeburg.«

»Na also, warum regst du dich auf?«

»Ich brauche Geld. Zum Monatsende muss ich die Dividenden auszahlen, sonst fliegt der Laden auf. Kannst du nicht in Vorleistung gehen? Gegen Ende der Woche könnte eine neue Lieferung kommen.«

»Immer wieder verlangst du Vorleistung. Ich kann überhaupt nichts, nur meine Organisation kann… Wie oft muss ich's dir noch sagen. Du hast doch jetzt einen millionenschweren Goldfisch an der Angel.« Herr Dewahl schnalzt genüsslich mit der Zunge. »Die Kleine bringt doch so einiges rein. Reicht erst mal wieder für dein Schneeballsystem.«

»Ja, aber so schnell geht das nicht. Sie muss die Mittel flüssig bekommen, das kann dauern. Und dann hat auch noch ihre Essener Wirtschaftsberatung angerufen und will mir in die Bücher schauen. Da hat Petersen so einiges zu frisieren. Ich kann nur hoffen, dass Kloppmann schnell einige Mittel rüberschafft.«

»Kloppmann? Der mit der lädierten Schnauze?«

»Unterschätze ihn nicht. Er ist so was wie der Finanzmanager der Autonen, hat finanzstarke Kreise hinter sich, unter anderem die Balder Bank. Petersen hat ihm heute klargemacht, in welcher Lage wir stecken.«

»Hör mal, wir sind jetzt seit Jahren zusammen in dem Geschäft. Und immer bist du klargekommen, egal mit welchem Problem. Das wird auch diesmal so sein. In Amsterdam verlassen wir uns darauf.«

Regina meint, genug gehört zu haben. Vorsichtig nimmt sie den Weg zurück und ist kurz darauf wieder auf dem Balkon. Nachdem sie das Zimmer betreten und Licht gemacht hat, stellt sie zu ihrem Schrecken fest, dass der eingeklemmte Schnipsel auf dem Boden liegt. War jemand da und hat bemerkt, dass sie über den Balkon hinaus ist? Den Samsonite-Koffer findet sie unberührt, fühlt sich aber durchaus nicht beruhigt.

In der Nacht kann sie nicht schlafen, lauscht auf jeden Laut. Schließlich steht sie auf und tritt hinaus auf den Balkon – das nachtschwarze Parkgelände unter sternenklarem Himmel, die Luft stark abgekühlt, beinahe frostig. Zitternd vor Kälte umschlingt sie sich mit den Armen. Plötzlich von links her ein Geräusch. Eine dunkle Gestalt, die unter Sennas Fenster ein Spalier erklettert. Dann leises Klopfen, das Fenster wird geöffnet und die Gestalt verschwindet ins Zimmer.

In Gedanken über den Vorfall legt sie sich wieder hin, fällt schließlich in einen unruhigen Schlaf. Es ist noch Nacht, als sie plötzlich erwacht. Hat jemand an der Balkontür gerüttelt? Oder hat sie es nur geträumt? Schlaftrunken kommt sie hoch, halb gestützt auf die Ellbogen, lauscht. Doch alles ist still.

Aber dann gegen Morgen! Sie schreckt auf, alarmiert und hellwach. Ein Geräusch an der Zimmertür! Ein leise kratzendes Geräusch. Das Türschloss! Sie springt aus dem Bett, macht Licht und nähert sich der Tür. Der Türgriff! Das Blut erstarrt ihr in den Adern. Der Griff senkt sich langsam ab. Aber nur ein klein wenig, bevor er einen Widerstand findet und sich allmählich wieder nach oben bewegt. Wie gut, dass sie vor dem Schlafengehen den Türgriff mit einer Stuhllehne blockiert hat. Lautlos schleicht sie zur Tür, lehnt das Ohr dagegen und horcht. Auf dem Gang leise sich entfernende Schritte.

Schnell wirft sie sich eine Jacke über und öffnet behutsam die Tür. Barfuß, wie sie ist, huscht sie hin zur Galerie. Im Zwielicht der Halle unten eine Gestalt, die im Seitengang verschwindet. Ist es Max? Sie ist sich nicht sicher.

SONNTAG

Ein ekliger Morgen und eine überraschende Entdeckung

Am Morgen schwirrt Regina der Kopf. Ihre Gedanken kreisen um die Ereignisse der Nacht. Sie steht um Viertel vor acht Uhr auf, kleidet sich an und setzt sich in den Sessel am Fenster. Sie will bereit sein, wenn der Gong zum Frühstück ruft. Aber vor allem will sie in Ruhe nachdenken.

Wer könnte in der Nacht versucht haben, in ihr Zimmer zu dringen? Und war jemand da, während sie Dr. Schmidt und den Holländer belauschte? Wer war der nächtliche Besucher bei Senna?... Da scheint eine Lieferkette von Abeburg über Tübingen nach Amsterdam zu bestehen. Aber es geht doch um Waffen für die Autonen in Deutschland. Nun gut, das werden die Stuttgarter klären müssen. Und der Anlagebetrug ist Sache des Wirtschaftsdezernats. Wir suchen einen Mörder!

Um Viertel nach acht schlägt der Gong einmal. Regina erhebt sich und tritt auf den Balkon. Ein ekliger grauer Morgen, feucht und kalt. Rasch kehrt sie ins Zimmer zurück, nimmt erneut Platz, steht unruhig wieder auf – entscheidet, das Holster mit der Springfield Armory anzulegen. Nervös erwartet sie den doppelten Gongschlag, das Signal zum Frühstück.

Endlich! Um halb neun ertönt der Gong zweimal. Regina geht zur Tür, schaut noch einmal prüfend zurück und begibt sich zur Galerie. Am oberen Durchgang zur Halle trifft sie auf Senna, die übernächtigt scheint, sie aber freundlich begrüßt. Zusammen gehen sie die gewundene Holztreppe hinunter. Als sie an dem großen Spiegel an der Hallenrückwand vorbeikommen, tut Regina, als würde sie stolpern. Wie aus Versehen klopft sie mit dem Finger gegen das Glas. Ein hohler Klang! Ein venezianischer Spiegel! Was wohl dahinter ist? Sie wird vorsichtig sein müssen.

Sie betreten den rechten Gebäudetrakt. Aber statt den Korridor bis zum Speiseraum durchzugehen, öffnet Senna gleich vorne rechts eine Tür.

»Frühstück im kleinen Salon«, bemerkt sie und schiebt Regina in einen hell erleuchteten, stilvoll eingerichteten Raum. Trotz dunkler Holztäfelung schafft das elegante, helle Mobiliar eine freundliche Atmosphäre: Ein wohltuender Kontrast zu der muffigen Eingangshalle, den düsteren Korridoren und der dunklen, schweren Galerie.

Max steht an einer Frühstückstheke, sein fettglänzendes, pockennarbiges Gesicht zu einem begrüßenden Grinsen verzerrt. An einer kleinen Tafel sitzen Dr. Schmidt, Herr Petersen und Herr Dewahl. Dr. Schmidt erhebt sich sofort in der Absicht, Regina einen Platz neben dem Holländer anzubieten, doch Senna drängt sie weiter an das Ende des Tisches.

Das Frühstück wird größtenteils schweigend eingenommen. Manchmal versucht Dr. Schmidt eine spaßhafte Bemerkung. Doch die lauernde Atmosphäre, die Regina zu fühlen meint, empfindet sie im darauffolgenden Schweigen umso stärker. Der Holländer blickt verlangend zu ihr herüber, Herr Petersen abschätzend und kühl – beide sind ihr unangenehm. Max serviert beflissen und wie unbeteiligt, aber sie bemerkt seine heimliche Aufmerksamkeit und fragt sich, wie wichtig er für die Goldern ist. Nach einiger Zeit wendet sich Dr. Schmidt an sie.

»Frau Schröter, wir würden uns glücklich schätzen, Sie

weiterhin als Gast in unserem Hause zu sehen. Könnten Sie noch einige Tage für uns erübrigen?«

»Sehr gern, ich würde mich freuen. Doch kann ich derzeit keine festen Dispositionen treffen. Ich muss heute Vormittag ins Hotel, Korrespondenz erledigen und einige Gespräche nach Essen führen. Ich denke, auf jeden Fall bis morgen in Tübingen bleiben zu können.«

»Dann sollten wir doch morgen noch einmal Ihr mögliches finanzielles Engagement besprechen«, hakt Dr. Schmidt sofort ein. »Wir können Ihnen detaillierte Vorschläge zu Ihrer Investitionsplanung machen.«

»Ja, gerne. Wir könnten das bis mittags besprochen haben, falls ich noch am selben Tag abreisen muss. Sie sind einverstanden?«

Dr. Schmidt nickt lebhaft und Regina wundert sich, wie leicht ihr das Hochstapeln fällt.

»Ich muss gestehen, von Ihrem sozialen Engagement beeindruckt zu sein und sehe ein Investment bei Ihnen durchaus positiv. Doch muss ich die Angelegenheit meiner Essener Wirtschaftsberatung anheimgeben, die auch entsprechende Unterlagen zur Besicherung der Kapitalanlage anfordern wird. Sie werden verstehen, dass ich das den Fachleuten überlassen muss.«

Von Neuem nickt Dr. Schmidt eifrig, während Herr Petersen verdrießlich dreinblickt.

Kurz darauf löst sich die Frühstücksrunde auf. Senna bedauert, wegen ihres Trainings am Vormittag keine Zeit zu haben, doch Regina gibt an, ohnehin erst zum späten Nachmittag frei zu sein. Von Dr. Schmidt lässt sie sich die Zusage abringen, auf jeden Fall zum Abendessen in die Villa zurückzukehren. Mit begehrlichen Blicken verabschiedet sich Herr Dewahl von ihr, verärgert noch am selben Tag nach Amsterdam zurückreisen zu müssen.

Wieder in ihrem Zimmer hat Regina es eilig. Die Uhr geht gegen halb zehn. Noch eine halbe Stunde bis zum verabredeten Treffen mit dem Kommissar. Sie packt einige Utensilien in ihre italienische Reisetasche, nimmt auch den Samsonite-Koffer mit. Die Waffe hat sie ohnehin angelegt.

In der Halle schaut sie nach Max, der am Vortag ihren Porsche geparkt hat. Wie auf Zuruf erscheint er im Durchgang zum rechten Korridor, ihren Autoschlüssel in der Hand. Als er anbietet den Wagen vorzufahren, lehnt sie dankend ab und lässt sich zu den Garagen führen.

In der Garagenzeile unter dem Gästetrakt öffnet er ein Tor. Sofort erkennt sie, dass die einzelnen Stellplätze nicht durch Zwischenwände abgeteilt sind. Darauf bittet sie Max, ihren Porsche herauszufahren, um so für einen Moment Gelegenheit zu haben, sich näher umzusehen. Vier Fahrzeuge stehen nebeneinander, zu ihrer Überraschung eines davon der als gestohlen gemeldete dunkle Passat. Und gänzlich erstaunt ist sie, als ein daneben geparkter VW-Bus sich mit holländischem Kennzeichen ausgestattet erweist. Sicher ist der Holländer damit unterwegs.

Als sie im Porsche die Zufahrt hinunterfährt, sieht sie Senna und Herrn Petersen mit Sporttaschen in Richtung Garagenzeile gehen. Sie betreiben zusammen Sport, stellt sie verwundert fest.

Ein letzter riskanter Auftrag

Regina bleiben knapp fünfzehn Minuten, um den Kommissar am vereinbarten Treffpunkt nicht warten zu lassen. Von Pfrondorf kommend fährt sie auf der Wilhelmstraße nach Tübingen hinein, biegt nach der Tankstelle rechts ab in den

Nordring und umfährt die Stadt auf der breiten Ringstraße. Nun hat sie gute Sicht auf den nachfolgenden Verkehr und stellt beruhigt fest, dass sie nicht beschattet wird. Kurz vor zehn lenkt sie in die Hechinger Straße ein, fährt vorbei an den studentischen Wohnungen mit den vielen abgestellten Fahrrädern und biegt in die Ebertstraße. Dort, bei der erstbesten Gelegenheit, parkt sie und geht die letzte Strecke bis zur Steinlach zu Fuß.

Der beginnende Vormittag ist kalt und feucht, der Himmel diesig und fahl und der Wind zeitweise unangenehm böig. Die langen blonden Haare zerzaust, rafft sie fröstelnd den modischen Kurzmantel über der Kostümjacke zusammen.

Im Näherkommen erkennt sie eine graue Gestalt auf der Fußgängerbrücke über dem Fluss, trostlos und gebeugt wie der unwirtliche Tag. Ist das der Kommissar, den sie nur in aufrechter, energischer Haltung kennt? Als er sie bemerkt, strafft er sich und tritt ihr langsam entgegen, die Sorgenfalten tief eingegraben im erschöpft wirkenden Gesicht. Erfolglos versucht er zu lächeln. Die letzten Schritte läuft sie freudig auf ihn zu.

»Herr Kommissar, guten Tag!«

»Frau Schröter, schön dass Sie gekommen sind.«

Er scheint erleichtert, seine Mimik hellt sich auf. Sie reichen sich die Hand, und nun gelingt ihm ein Lächeln.

»Wie ist es gegangen? Erzählen Sie.«

Eng nebeneinander, als suchten sie Schutz vor dem böigen Wind, schlendern sie den Fußweg an der Steinlach entlang. Bleigrau der Fluss, der durch die Südstadt zum Neckar hinströmt. Als sie einmal stehen bleiben und sich einander zuwenden, sind ihre Gesichter so traut beieinander, dass nur der heftige Wind diese Nähe zu entschuldigen vermag.

Regina berichtet von der befremdlichen Atmosphäre der Villa, dem erlauschten Gespräch zwischen Dr. Schmidt und dem Holländer, dem in der Garage entdeckten holländischen Kleinbus und dem dunklen Passat. Die nächtliche Bedrohung lässt sie unerwähnt.

»Das alles sind Erkenntnisse, die für die Stuttgarter und unser Wirtschaftsdezernat von Interesse sind. Es fragt sich, ob uns das in den Mordermittlungen weiterbringt.«

»Sie denken, mein Einsatz bei Dr. Schmidt Invest ist vergebens?«

»Für die Stuttgarter keinesfalls. Der Staatssekretär hat mich angerufen, war offensichtlich durch den Geheimagenten informiert. Er äußerte sich sehr zufrieden über Ihren Einsatz und lässt nun über die Essener Kanzlei die Geschäftsunterlagen von Dr. Schmidt Invest anfordern.«

»Und wie soll es weitergehen?«

»Wir beenden Ihre Mission bis auf Weiteres. Sie sollten sich allerdings weiterhin bereithalten.«

»Ich hatte bereits angedeutet, dass ich morgen wahrscheinlich wieder nach Essen zurückfahren muss. Vormittags werde ich noch ein abschließendes Gespräch haben.«

»Sehr klug. Wir wollen hoffen, dass nicht noch im letzten Moment irgendetwas schiefgeht. Aber Sie sollten noch etwas erledigen, das uns vielleicht auch in den Mordermittlungen weiterbringen könnte.«

»Herr Kommissar?«

Er bleibt stehen, tritt einen Schritt zurück. »Es erscheint äußerst riskant, wäre aber eine Möglichkeit.«

Sie schaut ihn abwartend an, während er fragt: »Könnten Sie sich Zugang zu Dr. Schmidts Computer verschaffen?«

»Ich glaube, es wäre möglich«, antwortet sie zögernd. »Auf jeden Fall weiß ich, wo sich sein Büro befindet. Warum fragen Sie?«

»Ich habe einen USB-Stick, der einen Trojaner enthält und sich nach Einschalten eines Rechners sofort installiert. Danach ist ein Zugriff von außen möglich.«

»Ein Stick von Frau Wagner?«

»Frau Wagner?«, fragt er überrascht. »Ada ... äh ... Frau Wagner ist derzeit nicht erreichbar.« Er scheint kurz wie geistesabwesend. »Nein, nein, die Stuttgarter sind an mich herangetreten.«

Sie überlegt einen Moment. »Ich will es versuchen. Vielleicht gelingt es in der Nacht. Nur muss ich mich vor dem Bediensteten in der Villa vorsehen. Und ich brauche einen Dietrich.«

Als hätte der Kommissar das vorausgesehen, überreicht er ihr nicht nur den USB-Stick, sondern auch ein Mäppchen mit einem Lock-Pick-Set.

»Sie wissen mit dem Werkzeug umzugehen. Und den USB-Stick einfach einstecken und dann den Rechner starten. Anschließend natürlich wieder alles so richten, wie es vorher war. Ich denke, dass wir über den Computer von Dr. Schmidt auch in unseren Mordermittlungen weiterkommen.«

»Gut, es wird schon klappen«, sagt sie entschlossen, fühlt sich jedoch überhaupt nicht so sicher, wie ihre Stimme glauben machen soll.

Kleinfeldt wird plötzlich sehr ernst. »Ich muss Ihnen noch etwas mitteilen. Sie werden bis morgen Nachmittag auf sich allein gestellt sein. Ich werde heute Nachmittag die Maschine von Stuttgart nach Zürich nehmen und dann nach Kastell weiterfliegen.«

Regina hält verwundert inne. »Hat das mit Herrn Hoffmann zu tun, der heute den Abendflug ins Herzogtum Keuppen nimmt? So habe ich es bei Dr. Schmidt erlauscht.«

»Ja, richtig. Aber die Angelegenheit erfordert kaum Aufwand. Ich werde Hoffmann morgen früh in Abeburg bei

Lacroix et Fils abpassen und verdeckt einige Fotos von ihm schießen, wenn er das Werksgelände betritt. Am Mittag werde ich sofort zurückfliegen und am Nachmittag auf der Dienststelle zurück sein. Und wir können ihm dann die Verbindung zu den Waffenschiebern nachweisen.«

Sie sieht ihn verwundert an. »Aber Herr Kommissar, bringt uns das im Mordfall weiter?«

Kleinfeldt hickst nervös, weiß nicht, was er sagen soll … schließlich: »Ich werde morgen schnell zurück sein, überhaupt kein Aufwand. Hauptkommissar Thompson ist über meine Reise informiert. Er weiß, dass ich morgen Nachmittag wieder da sein werde und wird mich nötigenfalls vertreten. Doch Ihre Mission bleibt ihm unbedingt verborgen. Im Notfall wenden Sie sich an Oberkommissar Klett.«

Dann ist alles gesagt, Zeit sich zu verabschieden. Sie zögern, stehen sich wortlos gegenüber. Und plötzlich hat Regina das untrügliche Gefühl, dass Gefahr droht – aber nicht ihr, sondern dem Kommissar. Sie weiß: Es wird Schreckliches passieren. Sie spürt es!

»Herr Kommissar«, ruft sie verzweifelt, »werden wir uns wiedersehen!?«

Er sieht sie lange schweigend an … »Passen Sie auf sich auf.«

Dann dreht er sich um und geht davon, langsam und gebeugt.

Flug ins Ungewisse

Um 15.25 Uhr hebt Swissair Nummer 8356 vom Stuttgarter Flughafen ab mit Ziel Zürich-Kloten. Kleinfeldt sitzt am Fenster über der Tragfläche, im Handgepäck seine alte

Canon mit dem leistungsstarken Teleobjektiv. Er blättert unruhig in einer Zeitschrift, kann sich nicht aufs Lesen konzentrieren. Ständig geht ihm sein Vorhaben durch den Kopf.

Entscheidend ist es, so sagt er sich, den Staatsanwalt dazu zu bringen, die Verhaftung von Hoffmann zu befürworten. Beim Untersuchungsrichter, da ist er sich sicher, könnte der Staatsanwalt mit Leichtigkeit einen Haftbefehl erwirken. Aber ob ihn ein paar Fotos überzeugen können? Doch da ist noch Lüdels Unterschlupf bei Hoffmann und dessen Kastenwagen mit dem Patronenfund. Und die erfolglose Durchsuchung danach geht sicher auf den Maulwurf im Präsidium zurück, darauf könnte er verweisen. Ohnehin ist der Staatsanwalt ihm verpflichtet, zumal er seine Assistentin verdeckt ermitteln lässt.

Hat er Hoffmann erst mal in der Vernehmung, dann gnade ihm Gott. Er weiß zu verhören. Er ist schon mit ganz anderen Typen fertig geworden. Er wird ihn in die Mangel nehmen, stundenlang, tagelang. Er ist stark! Er braucht keinen Schlaf! Hoffmann wird betteln, um einen Kaffee, eine Zigarette, um Ruhe… nur Ruhe. Aber er wird nicht nachlassen. Und Hoffmann wird die Waffengeschäfte gestehen. Er wird ihn zerbrechen!

Hass überwältigt ihn. Er denkt an seine Frau und an sein Kind, die Hoffmann auf dem Gewissen hat. Mehrmals muss er hicksen, knirscht mit den Zähnen, das Gesicht bleich und verkniffen. Der erstaunte Blick der Stewardess bringt ihn zur Räson. Verliert er die Kontrolle? Wozu diese lächerliche Fotoaktion? Er untersucht einen Mordfall! Und warum hat er sich darauf eingelassen, Frau Schröter in gefährliche Ermittlungen zu schicken?

Langsam beruhigt er sich. Er hätte mit Ada sprechen sollen, sie hätte ihn verstanden. Doch kann er ihr noch trauen, da sie irgendwie mit Dr. Zander zu tun hat?... Dieses merkwürdige Problem: Das schwarze Haar an der Sportkappe. Aber es wurde ein Glatzkopf oder Weißhaariger gesehen. Er spürt, dass dieses Rätsel der Schlüssel zum Mordfall ist. Er wird morgen zurück sein, die Lösung finden. Jedoch ahnt er nicht, was ihn im Herzogtum Furchtbares erwartet.

Vierzig Minuten später, um 16.05 Uhr setzt die Maschine in Kloten zur Landung an. Kleinfeldt ist erleichtert, der engen Touristenklasse zu entrinnen. Von der Gangway kommend bleibt er im Transitbereich und begibt sich zum Gate der Keuppen Airlines, um auf den Weiterflug in dreißig Minuten zu warten.

Um 16 Uhr 40 sitzt er in dem zweimotorigen Turboprop nach Kastell, der Hauptstadt des Herzogtums. Der Flug ist unruhig und laut, die Flughöhe beträgt nur wenige Tausend Meter. Doch er hat einen fantastischen Blick auf das Alpenpanorama und die schneebedeckten Gipfel, welche die tief stehende Sonne in bizarre Schattenmuster taucht. Schon nach fünfzehn Minuten geht die Maschine in den Sinkflug über. Die Lichterketten der Einflugschneise werden sichtbar und gleich darauf die bereits erleuchteten Flughafengebäude. Kurz vor 17 Uhr setzt die Maschine auf. Seit dem Abflug aus Stuttgart sind kaum eineinhalb Stunden vergangen.

Über die Passagiertreppe tritt er hinaus auf den grauen Beton des Vorfeldes, geht zum nahe gelegenen Ankunftsbereich. In der kleinen Halle großformatige Bilder des Autokraten. Überall Polizisten und Zöllner in fantasiereichen Uniformen, unwirsch und ruppig.

Nachdem er die Pass- und Zollkontrolle durchlaufen hat, verlässt er aufatmend das Flughafengebäude. Auf dem Vorplatz eine Reihe Taxis. Er besteigt den ersten Wagen, nennt als Ziel das City-Hotel in Kastell. Er hat eine Übernachtung gebucht.

Auf holprigen Straßen geht die Fahrt durch öde Vorstadtbezirke. Allerorts große Plakatwände mit dem Bild des Autokraten. Dann wird es schlagartig dunkel, die Sonne ist hinter einer Bergkette verschwunden. Sie fahren durch hell erleuchtete Geschäftsstraßen der Innenstadt, und bald darauf stoppt der Wagen in einer schummerigen Seitenstraße. Der Fahrer gibt zu verstehen, dass sie am Ziel sind. In einer Häuserzeile ein schmales Gebäude mit prunkvoller Eingangstür, darüber in schwach leuchtenden Lettern *Hotel Amiri*.

»Ich wollte zum City-Hotel«, sagt Kleinfeldt irritiert.

»Ganz recht, wir sind da«, erwidert der Fahrer, der bisher geschwiegen hat, in der rätoromanischen Landessprache.

»City-Hotel«, wiederholt Kleinfeld.

»City-Hotel besetzt. Wir fahren dann immer zum Amiri.«

Kleinfeldt zögert verwundert, dann zahlt er und steigt aus.

Ein dubioses Hotel

Der marode Zustand des Hotels ist ungeachtet der protzigen, golden gefassten Eingangstür unverkennbar. Die Fassade verwittert und grau, schräg hinunter zum Keller ein dunkles Loch, offensichtlich die offene Zufahrt zur Tiefgarage. Kein Licht hinter den schmalen Fenstern zur Straße.

Die Reisetasche in der Hand steigt er brüchige Stufen empor. Die Tür springt auf. Ein Page in rot-grüner Livree stürzt heraus, entreißt ihm die Tasche, eilt voraus und weist ihn in eine kleine Rezeption.

Der Raum ist düster und vermieft, der Bodenbelag fleckig, großformatige Bilder des Autokraten an den Wänden. Hinter dem dürftigen Empfangstresen grüßt ein blassgesichtiger Portier unter mehrfachem Kopfnicken in deutscher Sprache. Kleinfeldt meint, in dem beflissenen Benehmen etwas Hinterhältiges zu spüren.

»Ich habe City-Hotel gebucht«, beanstandet er sogleich.

»Ja, mein Herr, sehr wohl. City-Hotel ist ausgebucht, wir übernehmen die Gäste.« Und ohne Kleinfeldts mögliche Einwände abzuwarten fragt er sofort hinterher: »Sie sind der angekündigte Gast aus Deutschland … für eine Übernachtung?«

Kleinfeldt bestätigt und fügt sich ins Unvermeidliche. Darauf überreicht ihm der Portier den Zimmerschlüssel.

»Zimmer 105, erster Stock. Die Anmeldung können Sie nachholen.«

Der Kommissar bemerkt, dass es der einzige Schlüssel ist, der nun am Schlüsselbrett fehlt.

»Ich bin der einzige Gast?«

»Derzeit keine Saison, mein Herr.«

»Und trotzdem ist das City-Hotel ausgebucht?«

»… ist immer ausgebucht«, erwidert der Portier, beordert im selben Atemzug den Pagen mit dem Gepäck die Treppe hinauf und verschwindet in einem Raum hinter der Rezeption.

Dem Kommissar bleibt keine Möglichkeit zu weiteren Fragen. Er folgt dem Pagen, kann dabei vom oberen Treppenabsatz hinunterschauen. Da sieht er den Portier zurück am Empfangstresen leise telefonieren.

Zimmer 105 liegt zur Straße hin in der Mitte eines dunklen Korridors. Nachdem er den Pagen entlassen hat, öffnet er das Fenster und lüftet den muffigen Raum. Die Straße ist dunkel, die Häuser gegenüber ohne Licht. Die Zimmereinrichtung entspricht dem schäbigen, unechten Stil des Hauses: Billig imitierte Biedermeiermöbel, verstaubte Vorhänge, Fliegendreck auf den Lampenschirmen. Er inspiziert das Telefon und die Lampen, dann die übrige Zimmereinrichtung, kann jedoch keine versteckten Abhör- oder Beobachtungsgeräte finden. Daraufhin richtet er sich ein, duscht und legt sich eine Zeit lang aufs Bett.

Gegen Abend geht er hinunter und erkundigt sich an der Rezeption nach einem Restaurant in der Nähe. Der Portier nennt ihm ein Speiselokal am Ende der Straße. Als Kleinfeldt sich aufmacht und an der Tür zurückschaut, sieht er ihn wieder am Telefon.

Nach kurzem Weg in der dunklen Straße erreicht er das Restaurant: Ein hoher Speisesaal, dessen Prunk im ersten Moment beeindruckt, den heruntergekommenen, erbärmlichen Zustand aber nicht verbergen kann. Blinde Spiegel in vergoldeten, blättrigen Fassungen zieren die Wände. Die dunkelrot ornamentierten Tapeten sind verblasst, die schweren Samtvorhänge vor den hohen Fenstern verstaubt. Mächtige Kronleuchter hängen von der Decke, spenden nur schwaches Licht. Überall große Bilder des Autokraten. Das Restaurant wirkt wie ausgestorben, nicht eine einzige Person ist zu erblicken. Der Kommissar kommt sich vor wie in einem surrealen Film.

Er setzt sich an einen Tisch und studiert die Speisekarte, kann aber die in Rätoromanisch bezeichneten Menüs nicht verstehen. Wie aus dem Nichts steht ein Ober neben ihm, berät mit professioneller Höflichkeit bei der Auswahl der Speisen. Dann verschwindet er irgendwo im Hintergrund. Schon wenig später wird ein üppiges Gericht aufgetischt. Kleinfeldt fühlt sich unwohl, alles erscheint eigenartig, das

Essen schmeckt ihm nicht. Schnell bringt er die Mahlzeit zu Ende. Als er bezahlen will, wehrt der Ober ab.

»Sie haben Halbpension gebucht, mein Herr. Das City-Hotel bedankt sich und lässt grüßen.«

Dann ist der Ober verschwunden. Kleinfeldt ist verblüfft. Eine Henkersmahlzeit? Ihm kommt die düstere Ahnung seiner Assistentin in den Sinn. Er wird achtsam sein müssen!

Unheilvolle Befürchtungen

Gegen halb sechs Uhr abends im Hotel packt Regina ihre Reisetasche. Nur noch diese eine Nacht in der Villa. Es wird riskant sein, doch sie muss es wagen, den Trojaner auf Dr. Schmidts Rechner zu platzieren. Max wird Gefahr bedeuten, bestimmt wird er im Gebäude umherschleichen.

Sie verstaut einige Utensilien und den Lock-Pick-Set in der Reisetasche, den Computerstick steckt sie in die Tasche ihres Hosenanzugs. Schließlich legt sie das Schulterholster mit der Springfield Armory an, zieht die Jacke darüber und überzeugt sich vor dem Spiegel, dass die Waffe verborgen ist. Doch ihrer Unruhe kann sie dadurch nicht Herr werden.

Kurz vor sechs steigt sie in den Porsche. Als sie Pfrondorf erreicht und die Auffahrt zur Villa hinauffährt, dunkelt es bereits. Das mächtige Gebäude wirkt trotz der hell erleuchteten Fenster düster und unheildrohend. Diese eine Nacht noch! Sie wird es versuchen! Linker Hand eine Gestalt am Geräteschuppen, die rasch nach hinten in der Dunkelheit verschwindet. Der Gärtner?

Sie parkt das Auto auf den Stellplätzen gegenüber der Garagenzeile und geht an der Gebäudefront entlang zum Eingangsportal. Durch die Fenster des kleinen Salons sind Dr. Schmidt, Herr Petersen und ein Unbekannter zu sehen. Sie scheinen in heftigem Streit. Der Unbekannte droht mit erhobener Faust. Vorsichtig nähert sie sich, will erlauschen, worum es geht, vermeidet den hellen Lichtschein und schiebt sich seitwärts leise zum Fenster hin.

Auf einmal Schritte auf dem Kies.

»Gnädige Frau, guten Abend. Darf ich Ihnen die Tasche abnehmen?« Max ist aus dem Halbdunkel getreten.

Sie erstarrt. Er hat mich gesehen, hat erkannt, dass ich horchen wollte! Nun gut, es lässt sich nicht mehr ändern. Mit einem unwilligen Gruß, sein Angebot ablehnend, geht sie an ihm vorbei.

Ich muss vorsichtig sein, sagt sie sich, muss mich vor ihm in Acht nehmen, wenn es heute Nacht gelingen soll.

Als sie die Halle betritt, erblickt sie den Unbekannten, den sie eben noch mit wutverzerrtem Gesicht gesehen hat, im freundlichen Gespräch mit Senna.

»Hallo Regina«, grüßt Senna, »darf ich dir Onkel Lüdel vorstellen?«

Regina erschrickt. Sie gewahrt einen schlanken, drahtigen Mann mit einer verkrüppelten Rechten, der sie mit kaltem Blick fixiert. Doch als er sich von Senna verabschiedet, steht ein Lächeln in seinen harten Zügen. Hat er sie erkannt? In der alten Fabrik war sie ganz anders gekleidet, trug Jeans und Lederjacke und eine Kappe tief im Gesicht.

»Onkel Lüdel war überraschend da«, meint Senna erklären zu müssen. »Ich hatte ihn länger nicht gesehen.«

Unterdessen gehen sie zum kleinen Salon, wo Max bereits an der Tür wartet, um sie höflich einzulassen. Regina kann sich des Gefühls nicht erwehren, dass er sie belauert. Dr. Schmidt und Herr Petersen erheben sich und grüßen mit finsteren Gesichtern. Angesichts der bisher gezeigten Freundlichkeit fragt sie sich besorgt, ob ihre Hochstapelei durchschaut worden sei. Sie beruhigt sich mit dem Gedanken, die Herren könnten noch unter dem Eindruck der Auseinandersetzung mit Gustav Lüdel stehen. Solange sie an meine Legende glauben, sagt sie sich, bin ich sicher. Aber wehe mir, wenn sie Erkundigungen eingezogen und sich informiert haben.

Max serviert eine üppige Abendmahlzeit, doch den Herren scheint es nicht zu schmecken. Sie bleiben wortkarg und in düsterer Stimmung. Auch Senna stochert lustlos im Essen herum. Regina wird langsam nervös. Ihre Besorgnis wächst von Minute zu Minute. Sie spürt die Springfield Armory im Holster, doch was nützt die Waffe, wenn Max ihr etwas ins Essen gemischt hat und sie plötzlich das Bewusstsein verliert.

Würden die Männer es wagen, ihr in Sennas Gegenwart etwas anzutun? Macht Senna womöglich gemeinsame Sache mit ihnen? Wer könnte ihr beistehen? Ist Frau Scarraci die Agentin, die helfen könnte? Oder ist es der Gärtner? Sie muss sich zwingen, nach außen hin gelassen zu erscheinen.

Ein bisschen beruhigt es sie, dass die Herren im Verlauf der Mahlzeit gesprächiger werden und versuchen, sie über ihre persönlichen Umstände auszuhorchen. Sie gewinnt den Eindruck, dass man ihren Schwindeleien wohl doch glaubt. Als sie ihre morgige Abreise zur Sprache bringt, drückt Senna ihr Bedauern aus, während die Herren sich wenig beeindruckt zeigen. Jedoch versichert sich Dr. Schmidt des verabredeten Treffens am nächsten Vormittag in der Doblerstraße.

Nachdem das Essen beendet ist, entschuldigen sich die Herren mit dringenden Geschäften in Tübingen und fahren unverzüglich ab.

Regina atmet auf.

Ein Schützenpokal!

Die Gelegenheit erscheint ihr günstig, Senna über das Mädchenheim auszuforschen. Sie schlägt vor, noch ein wenig zu plaudern, worauf Senna sie erfreut in ihr Zimmer einlädt. Als sie sich aufmachen, bietet Max an, die Reisetasche ins Gästezimmer zu bringen. Doch Regina argwöhnt, er wollte spionieren und könnte den Lock-Pick-Set entdecken. Dankend lehnt sie ab, behält die Tasche bei sich. Senna beauftragt ihn, Getränke und Gebäck auf ihr Zimmer zu bringen.

Auf dem Weg durch das düstere Gebäude ist Senna aufgeregt und schwatzhaft, Regina dagegen nachdenklich und ruhig. Sie steht unter dem Eindruck des Abendessens und der Anspannung, die noch nicht von ihr gewichen ist. Zudem beunruhigt sie der Gedanke, in der Nacht den Einbruch in Dr. Schmidts Büro wagen zu müssen.

In Sennas Zimmer angekommen, nehmen sie in einer gemütlichen Sitzecke Platz. Einen Moment lang herrscht Schweigen, keiner weiß wie zu beginnen. Sie sehen sich an, doch Senna schlägt sofort die Augen nieder und vermeidet weiteren Blickkontakt. Sie plappert unruhig los.

»Es muss wunderbar sein, so schön und so reich zu sein wie du.« Sie gestikuliert fahrig mit den Händen und blickt nervös im Raum umher.

Regina nickt ihr automatisch zu, in Gedanken mit der

Frage beschäftigt, wie sie das Gespräch auf das Mädchenheim lenken könnte.

»Wegen der Erbschaft habe ich meinen Job in einem Reisebüro aufgegeben. Vielleicht fange ich ein Studium an.« Und dann schnell hinterher: »Du studierst sicher noch, oder …?«

»Ja, ich studiere Sozialpädagogik.«

»Oh, das könnte auch für mich in Frage kommen. Bestimmt muss man dann verschiedene Praktika machen?«

Senna zögert. »Ja, die werde ich noch machen müssen.«

»Dann hast du sicher eine Möglichkeit in dem Mädchenheim, das dein Onkel unterstützt«, riskiert Regina zu bemerken.

»Kann schon sein.« Senna rutscht unruhig in ihrem Sessel herum.

Regina fragt sich, warum Senna über das Mädchenheim nicht reden möchte. Hat Dr. Schmidt sie angewiesen? Gerade überlegt sie, wie sie auf Dr. Zander zu sprechen kommen könnte, als sie sich wie magisch angezogen fühlt von einer kleinen, silbernen Figur in der Glasvitrine gegenüber.

In dem Moment bringt Max ein Tablett mit Getränken und Gebäck. Regina nutzt das Hin und Her mit Gläsern und Schälchen, um sich zu erheben und zu der Glasvitrine zu treten. Sie erblickt einen Kelch, dessen Deckel die silberne Figur ziert – ein Schütze, der mit einem Gewehr ein imaginäres Ziel anvisiert: Ein Schützenpokal. Als sie die Gravur am Fuß des Pokals liest, schrillen ihr sämtliche Alarmglocken: *Zweiter Preis – Kleinkaliberpistole.*

Ihre Gedanken überstürzen sich. Könnte hier ein Hinweis auf den Mord vorliegen, eine entscheidende Spur? Sie zwingt sich zur Ruhe. Nachdem Max gegangen ist und sie wieder Platz genommen hat, bemerkt sie so gelassen wie möglich:

»Du hast einen interessanten Pokal.«

»Ach, den habe ich vor zwei Jahren gewonnen.« Senna winkt mit einer fahrigen Handbewegung ab. »Jetzt bin ich nicht mehr gut.« Sie lacht nervös.

»Du betreibst Schießsport?«

»Kleinkaliberschießen mit Pistole. Herr Petersen ist auch dabei.«

»Oh ja? Kann es sein, dass ich euch heute Morgen mit Sporttaschen gesehen habe?«

»Es waren Pistolentaschen«, erwidert Senna unlustig und erweckt den Eindruck, als wollte sie nicht weiter darüber reden. Doch Regina hakt nach.

»Wie kommst du zum Schießsport?«

»Das ist ganz einfach«, erklärt Senna zögernd. »Mein Onkel war früher aktiv, hat mir seine Waffe vermacht, eine alte Walther SP22, eine leichte Sportpistole.«

Unvermutet wird sie gesprächiger. »Er ist seit Jahren im Verein, sitzt zusammen mit Dr. Zander im Vorstand der Steinslinger Schützen. Beide sind nicht mehr aktiv, leihen sich aber ab und zu Pistolen aus den freien Beständen. Das machen wir alle so … wird kaum kontrolliert.«

In Reginas Kopf wirbeln die Gedanken: Petersen, Dr. Zander, Dr. Schmidt? Außer dem dunkelhaarigen Petersen könnten die anderen beiden auf die Zeugenaussagen passen, wonach der helle oder kahle Kopf einer davonlaufenden Gestalt gesehen wurde. Aber wie passt dazu das schwarze Haar an der Sportkappe? Ob Senna etwas damit zu tun hat? Kaum vorstellbar. Regina ermahnt sich zur Ruhe, nippt an dem bereitgestellten Getränk.

»Der Dr. Zander ist auch dabei?«, fragt sie, um den Arzt ins Gespräch zu bringen. »Irgendwie ist er mir nicht ganz geheuer.«

Senna war schon vorher ruhelos und fahrig, aber nun

scheint sich ihre Unruhe zu steigern. Sie bewegt sich nervös in ihrem Sessel, blickt ziellos im Zimmer umher. Und plötzlich bricht sie in Tränen aus. Regina ist überrascht und betroffen, weiß im ersten Moment nicht, wie zu reagieren. Ist Dr. Zander der Grund für diese Gemütsbewegung? Sie erhebt sich, geht zu Senna hin, will sie trösten. Doch Senna wehrt ab.

»Lass mich allein«, schluchzt sie und schlägt die Hände vors Gesicht. »Wir sehen uns morgen früh. Lass mich allein.«

Leise verlässt Regina das Zimmer. Sie ist sich sicher, dass Senna etwas weiß. Wenn nur der Kommissar da wäre. Er wüsste Rat. Plötzlich spürt sie Sorge um ihn und hofft, er möge morgen unbeschadet zurück sein. Und als sie durch den düsteren Korridor ihr Zimmer aufsucht, denkt sie beklommen an den bevorstehenden Einbruch in Dr. Schmidts Büro und fragt sich, ob alles gut gehen wird.

Ein nächtliches Einbruchsdrama

Nun gilt es! Es ist kurz vor Mitternacht. Regina ermahnt sich zur Ruhe. Noch einmal geht sie in Gedanken ihr Vorhaben durch. Mit Max war sie am Vorabend an Dr. Schmidts Büro vorbeigekommen, hatte das Sicherheitsschloss gesehen. Der Gebäudezuschnitt legt nahe, dass hinter der Tür zwei Räume liegen: Ein fensterloser, vielleicht ein Archiv, und der Büroraum mit dem Fenster zur Gebäuderückseite. Den Computer meint sie in Fensternähe auf dem Schreibtisch gesehen zu haben.

Als sie den Lock-Pick-Set aus der Reisetasche nimmt, kommt ihr der Kommissar in den Sinn. Bei aller Anspannung muss sie lächeln. Er weiß, dass sie statt des Elektro-

Picks sich lieber auf ihre Hände und ihr Gehör verlässt, um das leise Klicken der gesetzten Zylinderstifte zu erspüren. Sie steckt Spanner und Haken-Picks ein und legt die Springfield Armory an. Dann zieht sie die Kostümjacke über und vergewissert sich des USB-Sticks. Zuletzt nimmt sie noch eine flache Taschenlampe mit. Sie ist bereit.

Auf dem Gang im Gästetrakt spendet eine Sicherheitsleuchte schwaches Licht. Am Durchgang zur Galerie herrscht Düsternis. Etwa zehn Minuten steht sie dort bewegungslos und lauscht. Die Halle unten liegt im schummrigen Halbdunkel eines Notlichts. Könnte Max da verborgen sein? Oder steckt er im Dunkel des gegenüberliegenden Korridors?

Als alles ruhig scheint, tritt sie leise auf die Galerie, schleicht vor bis zur Treppe und geht behutsam hinunter. Im Zwielicht der Halle wirkt die Täfelung schwarz, halbdunkel der Durchgang zum linken Gebäudetrakt. Den schwach beleuchteten Korridor entlang huscht sie bis zu Dr. Schmidts Bürotür. Er ist noch nicht zurück, in den letzten Stunden war kein Auto zu hören gewesen.

Die Tür ist verschlossen, dahinter kein Laut. Nur kurz blitzt die Taschenlampe auf: Ein normales Sicherheitsschloss. Dann wieder der matte Schein der nahen Sicherheitsleuchte. Jederzeit könnte Max auftauchen! Nur schnell vom Korridor herunter, schnell in den Raum hinein!

Ruhe, nur Ruhe, ermahnt sie sich.

Dann ist der Spanner im Schloss, der Zylinderkern auf Spannung und der Haken-Pick eingetastet. Leise klicken die einrastenden Zylinderstifte. Nach einer Minute ist es geschafft. Erleichtert schlüpft sie durch die Tür.

Was sie nicht weiß: Sie hat einen stillen Alarm ausgelöst und eine Nachricht auf Dr. Schmidts Smartphone abgesetzt!

Der Raum ist stockdunkel, ein fensterloses Archiv. Im Licht der Taschenlampe weiter hinten eine Tür, das eigentliche Büro. Sie tritt ein, leuchtet den Raum aus. Dort drüben der Computer, das Fenster nicht verdunkelt. Siedend heiß fällt ihr der nächtliche Besucher bei Senna ein. Oder könnte Max an der Gebäuderückseite herumschleichen? Schnell schaltet sie die Taschenlampe aus, entscheidet die Vorhänge nicht zu verändern.

Schwaches Mondlicht fällt in den Raum. Es bleibt nicht viel Zeit sich an die Dunkelheit zu gewöhnen. Dr. Schmidt könnte unverhofft auftauchen. Gegen das matt erhellte Fenster ist der Desktop-Rechner schemenhaft erkennbar. Sie stößt sich schmerzhaft am Schreibtisch, ist dann am Gerät. Nur keine Hektik! Zuerst den USB-Schacht finden.

Ganz kurz muss sie leuchten, kann dann den Stick einschieben. An der Rückseite des Rechners der Ein-Aus-Schalter. Sie startet das Gerät. Der Bildschirm leuchtet in schwachem Licht. Ein Fortschrittsbalken: die Restdauer des Ladevorgangs.

20 Sekunden, 19, 18, 17 … Jede Sekunde wie eine Ewigkeit, ihre Sinne aufs Äußerste gespannt. Unter Aufbietung allen Willens zwingt sie sich zur Ruhe. Sie horcht, hört aber nur das leise Summen des Rechners.

Dann ist die Anzeige bei 12, 11, 10 … Da vernimmt sie plötzlich, obwohl das Fenster zur Gebäuderückseite, in beinahe hellsichtiger Bewusstheit einen Wagen auf der Grundstückszufahrt.

9, 8, 7 … Sie hört scharf bremsende Räder auf knirschendem Kies.

6, 5, 4 … Sie muss raus aus dem Büro, nur raus! Doch noch ist es nicht vollbracht. Soll sie abbrechen, in den letzten Sekunden? Sie bezwingt sich mit äußerster Energie.

3, 2, 1 … Geschafft! In fliegender Hast reißt sie den Stick

heraus, schaltet den Rechner ab. Dann hetzt sie aus dem Büro und durch den Archiv-Raum, noch umsichtig genug, sich mit der Taschenlampe zu leuchten.

Sie hat gerade die Tür hinter sich geschlossen, als Dr. Schmidt durch den Nebeneingang ins Gebäude stürmt, die hellen Haarsträhnen zur Seite geweht, die Glatze unbedeckt. Über der Bürotür leuchtet ein rotes Licht, das den Einbruch signalisiert. Sie strafft sich, versucht den Atem zu kontrollieren. Dann ist er heran. Mit böse funkelnden Schweinsaugen, das Gesicht vor Wut verzerrt, herrscht er sie an:

»Frau Schröter, waren Sie in meinem Büro!?«

Regina erstarrt. Ihre Gedanken überstürzen sich. Kann sie eine Ausrede finden? Soll sie sich als Polizistin zu erkennen geben? Ihre Mission wäre gescheitert, die Goldern gewarnt, die Mordermittlungen erschwert.

Da tritt, wie aus dem Nichts, Max aus einer Nische hervor.

»Herr Doktor, ich war in Ihrem Büro. Ich habe ein Geräusch gehört, meinte die Katze sei wieder eingeschlossen gewesen.«

Dr. Schmidt hält irritiert inne, entschuldigt sich wortreich bei Regina, die mit unbewegtem Gesicht und aufrechter Haltung davongeht.

MONTAG

Nervige Beschattung und ein schlimmes Ende

Der Kommissar hat in der Nacht auf Montag unruhig geschlafen, war mehrmals aufgestanden und ruhelos im Hotelzimmer umhergegangen. Am Morgen klingelt der Reisewecker zeitig. Unausgeschlafen und matt, wie er sich fühlt, schafft auch die lauwarme Dusche kaum Abhilfe.

Beim Frühstück in einem kleinen Raum neben der Rezeption bedient ihn der Portier – schmuddelig und ungewaschen, als käme er direkt aus dem Bett. Als der Kommissar sich bei ihm erkundigt, wo ein Leihwagen zu mieten sei, zeigt er sich erstaunt. Ein Leihwagen sei in der Zimmerbuchung enthalten. Kleinfeldt wundert sich, nimmt das Angebot aber gerne an. Nun bleibt ihm noch sehr viel Zeit.

Der Portier schlägt vor, das Auto am Flughafenschalter des City-Hotels zurückzugeben und dort die Hotelbuchung zu begleichen. Er selbst sei leider nicht inkassoberechtigt. Kleinfeldt sieht sich gezwungen, die Maßgabe zu akzeptieren, hegt aber ein heimliches Misstrauen wegen all der ihm aufgenötigten Praktiken.

Das Auto steht in der schmalen Tiefgarage unter dem Haus, ein alter Peugeot 306 ohne Navigationsgerät, aber mit ausreichendem Kartenmaterial. Nachdem die Reisetasche samt Fotoausrüstung verstaut ist, beginnt die Fahrt im Gewirr kleiner Nebenstraßen. Es geht in östliche Richtung. Laut Straßenkarte verläuft die Nationalstraße N3 nach Abeburg im Osten von Kastell. Wie erwartet taucht schon bald eine Auffahrt auf mit dem Hinweis *Abeburg 25 km*. Es ist Viertel vor acht.

Jetzt kann alles wie geplant verlaufen. Auf den Satellitenaufnahmen im Internet war der Standort von Lacroix et Fils gut auszumachen gewesen und ein versteckter Abstellplatz, über die N3 leicht anfahrbar, zu bestimmen. Es bleibt ausreichend Zeit bis um zehn Uhr, dem erwarteten Eintreffen von Hoffmann beim Waffenhändler. Das Ticket für den Rückflug um 13 Uhr ist bereits gebucht.

Im Gegensatz zu gestern ist der Himmel verhangen, die Sicht diesig und es weht ein kalter, böiger Wind. Die Straße verläuft durch ein weites, von schneebedeckten Gipfeln gesäumtes Tal. Der Kommissar fährt mit mäßiger Geschwindigkeit und beobachtet routinemäßig den rückwärtigen Verkehr. Nach einiger Zeit kommt es ihm vor, als würde er beschattet: drei Observationsfahrzeuge in wechselnder Folge. Schon bald ist er sich dessen gewiss. Er kennt die Methoden der Observation aus seiner Zeit beim Geheimdienst.

Woher diese Aufmerksamkeit für ihn? Doch dann konzentriert er sich auf die Verfolger. Sein Ehrgeiz ist erwacht. Er wird jetzt schütteln, sagt er sich breit grinsend in seinem alten Geheimdienstjargon: Die Typen ganz einfach abschütteln.

An der nächsten Raststelle fährt er abrupt ab und stoppt gegenüber einer schäbigen Kaffeebar. Das erste Observationsfahrzeug fährt weiter; er hat damit gerechnet. Das zweite Fahrzeug trifft kurz darauf ein und hält in der Nähe. Das dritte Fahrzeug ist etwas später da und parkt weiter entfernt.

Er steigt aus, geht die morschen Holzstufen zur Kaffeebar hoch und tritt ein. Ein lang gezogener, kahler Raum, an einer Seite ein durchgehender Tresen, gegenüber unter der

Fensterzeile abgeteilte Sitzecken: Bänke und speckige Holztische. In der Luft der dumpfe Geruch von abgestandenem Kaffee und Zigarettenrauch.

Eine schlampige Bedienung schaut ihm gelangweilt entgegen. Er bestellt einen Kaffee und bezahlt. Aus dem Fenster sieht er die beiden Männer aus dem zweiten Auto herankommen. Ziemlich unprofessionell, sagt er sich, obwohl sie mit drei Observationsfahrzeugen arbeiten. Zumindest ansatzweise hätten sie eine Glocke aufbauen können. Außerdem – denkt er nach alter Geheimdienstart – haben sie die mögliche Hintertür nicht unter Wind genommen. Oder überlassen sie deren Observation dem weiter entfernten Team im dritten Auto?

Die Männer platzieren sich ans Ende des Tresens, tun so, als sei er Luft. Er trinkt seinen Kaffee aus, fragt die Bedienung nach der Toilette und geht den gewiesenen Weg nach hinten. Wie erwartet ein Hinterausgang. Vorsichtig schaut er hinaus – und plötzlich erkennt er seine Chance.

Aber es muss schnell gehen, und ein Quäntchen Glück gehört dazu. Ein Truck nähert sich langsam der Ausfahrt, um auf die Nationalstraße hinauszufahren. Als der riesige Lastwagen den Observanten im dritten Auto die Sicht versperrt, sprintet er los, springt in seinen Peugeot und schafft es gerade noch, sich vor den Truck zu setzen. Mit Vollgas jagt er die Ausfahrt hoch, die der langsame Truck nun kurzzeitig blockiert. Er weiß, dass das erste Observationsfahrzeug an der nächsten Abfahrt wartet. Es bleibt nur ein Fluchtweg: Die Gegenfahrbahn!

Bei der erstbesten Gelegenheit bremst er scharf ab und reißt den Peugeot nach links. Über den Grünstreifen und zwischen Buschwerk rumpelt der Wagen unbeschadet in die Gegenrichtung. Dann geht es davon, mit der höchstmöglichen Geschwindigkeit, die das alte Auto hergibt. Das

Vorhaben, den vorgesehenen Platz über die Nationalstraße zu erreichen, ist gescheitert.

An der nächsten Abfahrt verlässt er die N3 und fährt Richtung Sauvenne. Die Straße ist schmal und verläuft in immer steileren Abschnitten. Bei der ersten Gabelung hält er sich rechts und beschließt, Abeburg parallel zur N3 über Nebenstraßen zu erreichen. Immer wieder muss er anhalten, die Karte studieren. Die kleinen Straßen sind buckelig, verwinkelt und führen durch höher gelegene Dörfer. Zu allem Unglück setzt Schneefall ein und macht den Fahrweg rutschig. Und die Uhr läuft!

Nördlich von Abeburg geht es talwärts in die Randbezirke des Städtchens. Noch einmal muss die Karte helfen. Dann passiert er, aus östlicher Richtung kommend, das Firmengelände von Lacroix et Fils. Etwas weiter zweigt der Weg ab zu dem vorgesehenen Abstellplatz. Kurz darauf steht der Peugeot versteckt zwischen dichtem Buschwerk.

Die verwinkelte Fahrt hat eiserne Beherrschung erfordert. Seit Kastell ist mehr als eine Stunde vergangen. Der Kommissar entspannt sich, lauscht dem Ticken des abkühlenden Motors, hört den Wind in den Baumwipfeln, der leichten Schnee verwirbelt. Die seltsamen Geschehnisse gehen ihm durch den Kopf. Warum das eigenartige Hotel, das Abendessen, das Auto? Warum die Observation? Hat es mit dem Tübinger Mordfall zu tun? Sind die Waffenhändler gewarnt?

Doch es bleibt keine Zeit. Die Uhr zeigt auf neun. Schnell nimmt er den Fotoapparat zur Hand und setzt das starke Teleobjektiv auf. Dann steigt er aus und dringt in den Wald. Bis zur Firma ist eine Strecke von fünfzig Metern zwischen den Bäumen zurückzulegen. Doch das Unterholz ist dicht und widerständig, erfordert brachiale Gewalt. Um Viertel nach neun ist er angekommen, versteckt hinter einem Baum etwa zwanzig Meter gegenüber der Firmeneinfahrt.

Hoffmann ist für zehn Uhr beim alten Lacroix angesagt – so hat er es erlauscht, und auch bei möglichen Abweichungen meint er richtig in der Zeit zu sein. Die Fotoausrüstung geschützt unter der Jacke, stellt er sich auf längeres Warten ein.

Das gegenüberliegende Firmengelände ist umgeben von einem mannshohen Drahtzaun mit Stacheldrahtaufsatz. Ein breites Schiebetor aus dicken Gitterstäben und eine Stahltür daneben werden von mächtigen, rechteckigen Betonpfosten flankiert. Dahinter erstreckt sich das flache, weit ausladende graue Firmengebäude, und knapp darüber ragt ein weiterer Bau, offensichtlich eine Halle. Rechts davon befinden sich einige bunkerartige Betonbauten und eine Garagenzeile, vor der mehrere schwarze Limousinen parken. Kein Mensch ist zu sehen. Das Gelände wirkt wie ausgestorben.

Die Minuten verrinnen, ihm wird kalt, der Schneefall verstärkt sich, heftige Windböen peitschen ihm Nässe ins Gesicht. Unter dem Rauschen der Bäume und Sträucher im böigen Wind hört er plötzlich ein ihm bekanntes Geräusch, das ihn erstarren lässt: Das Knacken eines Gewehrschlosses. Er spürt noch den sausenden Hieb auf den Hinterkopf, dann wird es schwarz um ihn.

Thompsons Anmaßung

Am selben Morgen nimmt Regina das Frühstück im kleinen Salon der Villa ein. Sie hat eine schlechte Nacht gehabt, hatte noch lange unter dem Eindruck ihrer um ein

Haar erfolgten Enttarnung gestanden und nicht einschlafen können. Nun stellt sie verwundert fest, die Einzige am Frühstückstisch zu sein. Von Max, den sie gerne gesprochen hätte, ist nichts zu sehen. Stattdessen serviert eine junge Frau Kaffee und Toast. Von ihr erfährt sie, dass Dr. Schmidt schon früh gegangen sei und Senna ausrichten ließe, ihr sei unwohl, sie wünsche gute Heimreise und würde in den nächsten Tagen anrufen. Regina bedauert, sich nicht von ihr verabschieden zu können.

Nach dem Frühstück packt sie ihre Sachen und verlässt das Haus. Mit Spannung sieht sie dem für zehn Uhr vereinbarten Gespräch in der Investmentfirma entgegen, ihr vorläufig letzter Einsatz. Als sie in ihrem Porsche langsam die Auffahrt hinunterfährt, geht ihr Blick zur Villa zurück. Da meint sie, für einen Moment Sennas schwarzen Haarschopf an einem der Fenster zu sehen.

Dr. Schmidt empfängt sie überaus freundlich und entschuldigt sich noch einmal für sein Missverständnis von vergangener Nacht. Herr Petersen wird hinzugezogen, und dann erläutern die Herren in nicht enden wollenden Ausführungen die Vorzüge ihrer Investment-Modelle samt Besonderheiten zur Steuerersparnis. Schließlich ist Regina froh, sich nach wiederholten beiderseitigen Höflichkeitsbekundungen verabschieden zu können. Sie hat das Gefühl, ihre Rolle überzeugend gespielt zu haben.

Über die Besprechung ist es Mittag geworden. Im Hotel zurück bereitet sie sich darauf vor, zur Dienststelle zurückzukehren. Das elegante Business-Kostüm tauscht sie gegen Jeans und Lederjacke und bindet das Haar zum Pferdeschwanz. In einen verschließbaren Schrank kommen der Samsonite-Koffer, die kleine Waffe und ihre sonstigen Sachen. Das Zimmer will sie erst in Absprache mit dem Kommissar aufgeben.

Um das Hotelportal zu vermeiden, nimmt sie den Lift in die Tiefgarage, wo sie den Porsche geparkt hat. Sie will nach einem Hinterausgang sehen. Eine Stahltür mit Sicherheitsschloss, laut Aufschrift für Unbefugte verboten, erscheint den Versuch wert. Und tatsächlich erfüllt der Lock-Pick-Set mühelos seine Aufgabe. Hinter der Tür ein schwach beleuchteter Technikraum, dort eine weitere Stahltür, auch diese problemlos zu öffnen. Als sie ins Freie tritt, steht sie unvermittelt auf dem kleinen Weg parallel zu den Bahngleisen, der die Schaffhausenstraße mit der Karlstraße verbindet. Alles im dienstlichen Interesse, sagt sie sich und grient. Der Kommissar hätte bestimmt nichts dagegen gehabt.

Schnell geht es in Richtung Epplehaus, dort durch die Unterführung unter der Hegelstraße und dann nach rechts über den Platz vor der Thiepval-Kaserne. Wenig später ist das Polizeipräsidium in der Konrad-Adenauer-Straße erreicht. Sie erwartet den Kommissar am Nachmittag zurück.

Beim Betreten des Dienstzimmers ist sie überrascht, Hauptkommissar Thompson an Kleinfeldts Arbeitsplatz zu sehen. Sie grüßt und geht fragend auf ihn zu.

»Sie warten sicher auf den Kommissar?«

Thompson lehnt sich breit grinsend zurück, die Hände im Nacken verschränkt. »Für die nächste Zeit bin ich hier der Dienststellenleiter. Der Kommissar musste wegen einer familiären Angelegenheit für einige Tage verreisen.«

Was geht hier vor!? Blitzartig ist ihr klar, dass Thompson lügt. Er weiß also nicht, dass sie über das Reiseziel des Kommissars informiert ist. Woher nimmt er die Sicherheit anzunehmen, in der nächsten Zeit die Dienststellenleitung innezuhaben? Er müsste doch wissen, dass der Kommissar bereits am Nachmittag zurück sein wird.

»Hat der Kommissar weitere Nachrichten hinterlassen?«, fragt sie beunruhigt.

»Keine«, entgegnet er knapp und scheint ihre offensichtliche Besorgnis auszukosten. Seine fleischige, geäderte Nase ragt ihr voller Begier entgegen und seine Augen funkeln verlangend. Sie wendet sich angewidert ab, versucht ihre heftige Abneigung zu verbergen. Schon immer hatte sie einen heimlichen Widerwillen gegen ihn wegen seiner verstohlenen Blicke und schmierigen Andeutungen. Aber nun, da es den Anschein hat, als triebe er ein undurchsichtiges Spiel mit dem Kommissar, erscheint er ihr umso abscheulicher.

»Woher kommen Sie so plötzlich?«, unterbricht er ihre Gedanken. »Wir glaubten, Sie seien auf einer Fortbildung.«

Geistesgegenwärtig antwortet sie, dass ihr Lehrgang nur drei Tage währte.

Der Hauptkommissar scheint kurz nachzudenken, sagt dann in bestimmendem Ton:

»Wir sollten in der nächsten halben Stunde eine kleine Besprechung abhalten. Bestellen Sie die Oberkommissare Klett und Rauscher in den kleinen Sitzungsraum. Sie sollten auch dabei sein. Ich habe einiges zu den Mordermittlungen zu sagen.«

Regina setzt sich wortlos an ihren Arbeitsplatz und greift zum Telefon.

Gefangen bei Lacroix

Stöhnend erwacht der Kommissar aus einer langen Ohnmacht. Er fühlt nasses Patschen im Gesicht, will mit schwacher Handbewegung abwehren.

Das Patschen hört auf.

»Er kommt zu sich«, hört er wie von Ferne eine Stimme auf Rätoromanisch.

Er findet sich auf einem Stuhl wieder, eher liegend als sitzend, tief in sich eingesunken, die Arme auf den hölzernen Lehnen. Ächzend versucht er hochzukommen, gibt aber sofort auf.

»Herr Kommissar, können Sie mich hören?« Eine deutsche Stimme mit starkem französischen Akzent.

Er blinzelt, sieht durch schmale Augenschlitze vor sich einen alten Mann: Eine dürre Gestalt, elegant gekleidet im hochgeschlossenen Hemd unter einem vorzüglich geschneiderten Jackett – ein mageres Gesicht, hart und befehlsgewohnt.

Gestützt auf die Ellenbogen kann er sich ein klein wenig aufrichten. Der Alte sitzt hinter einem schlichten Schreibtisch und blickt ihn aus stechenden Augen an. Und dann erblickt er daneben den Mann, dem er sein ganzes Unglück verdankt: Herbert Hoffmann! Obwohl stark benommen, lodert Hass in ihm auf, durch den quälenden Kopfschmerz umso stärker empfunden. Hoffmann betrachtet ihn mit triumphierendem Grinsen, das sich in eine hasserfüllte Grimasse wandelt, als er nervös sein zerfetztes Ohr betastet: Sein vieljähriges Stigma, das er Kleinfeldt verdankt.

»Herr Kommissar, ich heiße Sie willkommen. Auch unser lieber Freund neben mir, der Sie nach langer Zeit sogleich wiedererkannt hat, freut sich Sie begrüßen zu können.«

Es ist der dürre alte Mann hinter dem Schreibtisch, der mit spöttischer Stimme spricht, und Kleinfeldt weiß, dass es Lacroix, der Seniorchef der Firma ist. Er schweigt, die Sinne leicht betäubt.

»Verzeihen Sie, dass wir Sie so unsanft wecken mussten. Aber Sie haben lange genug geschlafen … hahaha.« Und tadelnd in den Raum hinein: »Beim nächsten Mal bist du ein wenig sanfter, Luigi. Wir wollen uns schließlich noch mit unseren Gästen unterhalten.«

Kleinfeldt vernimmt neben sich ein Murren, und wie durch einen Schleier bemerkt er den bulligen Kerl, dem eine Kalaschnikow über der Schulter hängt. Auch auf der anderen Seite gewahrt er jetzt einen solchen Typen.

»Ich denke, Sie können mich nun gut verstehen, Herr Kommissar.«

Der Alte starrt ihn durchdringend an, während Hoffmann fahrig an seinem Ohr spielt.

Kleinfeldt schweigt.

»Unsere Gastfreundschaft hat Ihnen sicher gutgetan, wenigstens haben wir uns sehr bemüht, nachdem unser Freund in Tübingen Sie rechtzeitig angekündigt hat. Hotel, Abendessen, Auto: Alles sollte zu Ihrem Besten sein. Er wird Ihre Ermittlungen übernehmen, wir haben es ihm versprochen. Er kennt unsere Wünsche … hahaha.«

Hoffmann will etwas sagen, doch der Alte bringt ihn mit einer herrischen Handbewegung zum Schweigen.

»Ich verstehe, Herr Kommissar, dass es Ihnen die Sprache verschlagen hat. Nun werden Sie nicht mehr erfahren, wer unsere liebe Frau Romano umgebracht hat.«

Er seufzt und fährt sich an den Hemdkragen, der seinen dürren Hals eng umschließt.

»Auch ich habe ein Interesse daran, es zu wissen. Denn wenn es einer von uns gewesen ist, dann gnade ihm Gott.«

Er wendet sich dabei zu Hoffmann hin, der unter seinem Blick sichtlich zusammensinkt.

»Schade für Sie, Herr Kommissar, dass Sie den Mord nicht mehr aufklären können. Aber so ist nun mal das Leben … äh … ich meine … der Tod.«

Hoffmann kann nicht länger an sich halten und schreit

dem Kerl neben Kleinfeldt zu: »Gib mir die Knarre, ich erledige das sofort!«

»Was denken Sie!«, herrscht der Alte ihn an. »Wir entsorgen unsere Gäste im Morgengrauen. Alte Familientradition … hahaha.«

Er stößt ein niederträchtiges Lachen aus und winkt den Kerlen, Kleinfeldt wegzuschaffen.

Thompsons Kehrtwende

Kurz nach 13 Uhr sind auf Geheiß von Hauptkommissar Thompson die Oberkommissare Rauscher und Klett sowie Regina im kleinen Sitzungsraum eingetroffen. Thompson besetzt sofort das Kopfende des Konferenztisches. Regina vermeidet den Platz neben ihm. Sie setzt sich hinter Klett seitlich an den Tisch.

»Kollegen«, beginnt Thompson, »es hat sich für uns eine kleine Änderung ergeben. Werner musste wegen einer Familienangelegenheit überraschend verreisen, und die Leitung der Mordkommission ist nun bei mir.«

Die beiden Oberkommissare blicken sich erstaunt an. Regina schaut ausdruckslos vor sich hin.

»Ich will euch darüber informieren, dass ich die Befundlage anders einschätze als Werner. Für mich ist Dr. Schmidt entlastet, ich sehe in Lüdel den Täter.«

»Wieso die plötzliche Meinungsänderung?«, fällt Klett überrascht ein. »Werner war sich sicher, dass Lüdel nicht in Frage kommt.«

»Wir müssen uns fokussieren«, erwidert Thompson, »sonst werden wir den Fall nie lösen. Ich werde Haftbefehl gegen Lüdel beantragen.«

Rauscher hakt ein. »William, du hast dir die Sache sicher gut überlegt. Welche Haftgründe willst du gegenüber dem Staatsanwalt vertreten?«

Thompson räuspert sich und blickt auf seine Notizen.

»Erstens hat Lüdel der Ermordeten wenige Stunden vor der Tat den Tod angedroht. Zweitens wurde er von einer Zeugin erkannt. Drittens passt auch die Aussage eines zweiten Zeugen auf ihn. Viertens unterstützen die Obduktionsbefunde den Verdacht: Linkshänder und mittelgroß. Fünftens hatte er eine kleinkalibrige Ruger im Besitz. Sechstens hat Werner in der Tatnacht festgestellt, dass die Motorhaube von Lüdels Wagen noch warm war. Siebtens hat er sich gewaltsam der Vernehmung widersetzt, ist geflohen und hat sich verborgen gehalten. Dabei hat er ein weiteres Mal Gewalt gegen eine Amtsperson ausgeübt, also gegen Frau Schröter. Ein brutaler Mensch, dem ein Mord nicht fernliegt.«

»Eine Reihe von Gründen«, meint Klett. »Und wie steht's mit dem Motiv?«

»Das ist doch ganz klar. Die Romano hat dem Lüdel die Tochter entzogen, an der scheint er zu hängen.«

»Mhm …« Rauscher schaltet sich ein. »Und die aufgefundene Sportkappe mit dem schwarzen Haar? Was sagst du dazu?«

»Das dürfte ganz einfach sein. Wir sollten ruhig mal in Erwägung ziehen, dass die Kappe nichts mit dem Mord zu tun hat.«

»Okay, aber aus der Ruger wurde in letzter Zeit kein Schuss abgegeben. Wir haben das untersucht.«

»Ihr könnt euch irren, wir hätten dann endlich die Tatwaffe«, wendet Thompson ein, worauf Rauscher böse zurückgibt: »Wir irren nie!«

»Nun gut, selbst wenn wir von der Ruger absehen,

erscheinen mir die übrigen Gründe und das Mordmotiv ausreichend. Ich bekomme ein Geständnis, verlasst euch drauf. Werner hat mich über ein südafrikanisches Auslieferungsersuchen gegen Lüdel informiert. Was meint ihr: Sitzt er seine Strafe für den Mord nicht lieber in einem deutschen Gefängnis ab, statt in Südafrika in irgendeinem Knast zu schmoren? Wenn er gesteht, lasse ich die Auslieferungssache fallen.«

Die beiden Oberkommissare sehen sich erstaunt an, schütteln sprachlos die Köpfe. Regina hat den Eindruck, dass Gustav Lüdel unbedingt zum Täter gemacht werden soll, obwohl auch die Kleinkaliberschützen Dr. Zander, Dr. Schmidt, Petersen und Meertens zu berücksichtigen wären. Wegen ihres geheimen Einsatzes muss sie jedoch schweigen.

Am meisten ärgert sie, sich nicht offen gegen Thompson aussprechen zu können. Sie müsste über Kleinfeldts Reise nach Abeburg informieren, ist sich aber sicher, dass es ihm nicht recht wäre. Und überhaupt: Würden die beiden Oberkommissare ihr Glauben schenken, wenn sie Thompson widerspräche? Was kann sie tun?

Eine grauenhafte Entdeckung

Der Kommissar hört hinter sich noch das hässliche Lachen des alten Lacroix und die gemeinen Flüche von Hoffmann, als die bulligen Kerle ihn hinauszerren. Sie nehmen ihn in die Mitte, fassen ihn unter und schleppen ihn hinüber zu der Halle hinter dem Firmengebäude, durch eine Seitentür in einen hohen, länglichen Raum. Dort schleifen sie ihn einige Schritte voran und lassen ihn wie auf Kommando los, sodass er schwer zu Boden stürzt.

Brüllend vor Lachen wiederholen sie mehrmals das Ganze, bis sie mit ihm einen großen Gitterkäfig erreichen. Als sie ihn dort ein letztes Mal fallen lassen, schlägt er auf eine Eisenstange. Er tastet, und plötzlich begreift er die Stange als mögliche Waffe, schiebt sie unmerklich näher zu dem Käfig hin. Dann wird er hochgerissen und in das Verlies geworfen, trifft mit dem Kopf auf den Rand einer Pritsche und verliert das Bewusstsein.

Nach einiger Zeit kommt er zu sich, zieht sich stöhnend hoch auf die hölzerne Unterlage. Jede Bewegung bereitet ihm Qualen, er vermag sich kaum zu rühren. In einem Zustand von Schmerz und Benommenheit versinkt er in ein Dämmern, das schon bald in einen tiefen Schlaf übergeht.

Irgendwann wird er wach. Wie lange hat er geschlafen? Graut schon der Morgen? Werden sie kommen und ihn holen? Eine schmale Fensterreihe oben an der Außenwand stiftet diffuses Licht. Draußen scheint es ein wenig dunkler geworden zu sein, aber sicher noch Tag. Vorsichtig setzt er sich auf, tastet sich ab. Er ist heil, doch Kopf und Glieder schmerzen. Es fehlen Ausweis, Smartphone und alles was er sonst bei sich hatte.

Minutenlang sitzt er unbeweglich auf der Pritsche, beginnt die Umgebung zu mustern. Eine quadratische Zelle von dreimal drei Meter in einer Ecke des Raumes, zwei Seiten aus senkrechten Gitterstäben bis an die Decke, ihm ursprünglich als vollständiger Käfig erschienen. Die Gittertür ist versperrt, ein einfaches Schloss, von außen zu schließen. Die Eisenstange fällt ihm ein, die er zum Käfig hingeschoben hat. Sie liegt etwas entfernt, eine lange, an beiden Enden gebogene Stange, ähnlich einem Fleischerhaken. Mit äußerster Dehnung des Armes ist sie erreichbar, ist voll von verkrustetem Blut. Er stellt sie aufrecht in eine Gitterecke, ein notdürftiges Versteck.

Dann liegt er auf der Pritsche, sein Kopf schon klarer, indes der Schmerz in allen Gliedern brennt. Lange bleibt er bewegungslos, überlegt eine mögliche Flucht. Doch gegen die Kerle mit der Kalaschnikow erscheint die Eisenstange nutzlos.

Die Stunden verrinnen, er dämmert vor sich hin. Wird jemand kommen? Ihn dürstet. Schließlich wird es dunkel. Er hat eine lange Nacht vor sich, wartet auf den Tod.

Erschöpft war er in einen leichten Schlaf gefallen, erwacht ganz plötzlich. Ein heller Lichtschein an der Decke: Eine schmale Fensterreihe oben an der Trennwand zum angrenzenden Hallenraum, ihm jetzt erst aufgefallen. Und dann Geräusche von nebenan. Er schätzt, dass es weit nach Mitternacht ist. Ergibt sich ein Ausweg, eine Möglichkeit zur Flucht? Er erhebt sich, ergreift mit schmerzenden Gliedern eine quer verlaufende Gitterstrebe. Das Türschloss als zusätzliche Kletterhilfe, erreicht er über zwei weitere Querstreben die schmale Fensterreihe. Als er nach nebenan hinunterblickt, erstarrt er vor Grauen. Und mit plötzlicher Einsicht erscheint ihm der Tübinger Mord im neuen Licht.

Ein Kleinbus mit französischem Kennzeichen und getönten Scheiben, ähnlich wie in Tübingen gesehen, ist in die Halle eingefahren. Ein Mann mit einem Spritzenbesteck steht bereit. Wimmernd und in sich zusammengekrümmt werden kleine Mädchen ausgeladen und nebeneinander auf einen Tisch gelegt. Eine Reihe geschändeter Kinder, die Knie hoch unters Kinn gezogen, die entseelten Augen ohne Leben. Und nacheinander gibt der Mann jedem Kind eine Spritze.

Kleinfeldt erschaudert, erfasst von furchtbarer Ratlosigkeit. Ist alles ganz anders zu sehen? Das Tübinger Mädchenheim als Zwischenstation für den Weitertransport der Kinder nach Holland? Dr. Zander mit Spritze, der die Kinder sediert? Ist er der Mörder der Romano, die schwarzhaarige Sprechstundenhilfe seine Komplizin? Welche Rolle spielen die Goldern? Wenn er helfen will, darf er nicht sterben!

Langsam steigt er das Gitter hinunter, spürt überhaupt keinen Schmerz, spürt eigentlich nichts. Erschüttert sitzt er auf der Pritsche, den Kopf in die Hände gestützt.

Es ist noch Nacht, Licht und Geräusche von nebenan schon lange vergangen, doch vom Eingang her plötzlich ein Laut. Die Tür wird geöffnet, ein Lichtstrahl fällt herein. Ein Mann leuchtet den Raum aus, kommt langsam auf ihn zu. Sofort greift er nach der Eisenstange, versteckt sie mit der Rechten hinter seinem Rücken, bevor das Licht ihn voll erfasst. Der Mann tritt ans Gitter und leuchtet ihm ins Gesicht, scheint ihn nachdenklich zu mustern. Kleinfeldt hebt die Linke vor die Augen, worauf das Licht nach unten schwenkt.

Ein Nachtwächter, denkt er, sieht den Schlüsselbund an dessen Gürtel. Er verlangt Wasser, worauf der Wächter auf Rätoromanisch murmelt, er bräuchte kein Wasser mehr. Noch einen Moment steht der Mann am Gitter, betrachtet ihn sinnend, wendet sich dann langsam um. Und in hellsichtiger Klarheit erkennt der Kommissar seine Chance – seine einzige, denn ein Misslingen bedeutet den Tod.

Blitzschnell bringt er die Eisenstange vor, steckt sie durchs Gitter und umfasst den Hals des Mannes mit dem gekrümmten Stangenende. Ein scharfer Ruck! Ein hörbares Knacken! Der Wächter sackt zusammen, doch mit aller Kraft hält der Kommissar ihn am Gitter. Er greift durch die Stäbe, zerrt ihm den Schlüsselbund vom Gürtel, befingert die Schlüssel – meint schließlich, einen passenden entdeckt zu haben. Dann gibt er den Mann frei, der wie tot in sich zusammenfällt. Einige Versuche, und dann ist das Schloss von innen her durchs Gitter geöffnet. Er schleift den Wächter in die Zelle, hört ihn röcheln. Dem Mann ist der Kehlkopf gebrochen. Doch Kleinfeldt kann nicht helfen, er muss fliehen. Stablampe und Schlüsselbund steckt er ein und hastet zur Außentür.

Leise tritt er hinaus, verharrt mit dem Rücken eng an die Hallenwand gepresst. Noch liegt das Firmengelände im Schatten der ausklingenden Nacht, doch über den Gipfeln im Osten zeigt sich bereits ein heller Schein. Bleibt ihm noch Zeit zur Flucht?

DIENSTAG

Kann der Staatsanwalt helfen?

Am Dienstagmorgen ist Regina zeitig auf der Dienststelle. Seit der Kommissar nicht wie erwartet zurückgekehrt ist, macht sie sich ernsthaft Sorgen. Schon bei seiner Ankündigung der Reise hatte sie ein ungutes Gefühl, eine Vorahnung von Gefahr. Bei alldem beunruhigt sie auch Thompsons anmaßendes Verhalten und seine Behauptung, der Kommissar sei wegen einer Familienangelegenheit verreist.

Sie will den Staatsanwalt anrufen, hält ihn für den Einzigen, den sie um Rat fragen kann. Als sie zum kleinen Sitzungsraum hinübergeht, um von dort ungestört zu telefonieren, kommen ihr Zweifel. Wäre dem Kommissar ihr Vorhaben recht? Aber dann hat sie den Hörer schon in der Hand.

»Frau Schröter, guten Morgen«, freut sich der Staatsanwalt, nachdem sie sich gemeldet hat. »So früh am Telefon?«

Er lässt sie nicht zu Wort kommen, sondern fährt sogleich fort: »Ihr Anruf gibt mir Gelegenheit, Ihnen persönlich zu danken für Ihren Einsatz bei der Investmentfirma. Der Staatssekretär ist außerordentlich zufrieden, wurde durch den Geheimagenten vollumfänglich informiert. Nun sind die Stuttgarter dabei, auf Dr. Schmidts Privatrechner zuzugreifen.«

»Auch wir, Herr Staatsanwalt, konnten Erkenntnisse für unsere Ermittlungen gewinnen.«

»Gut so, Frau Schröter. Dann wird der Kommissar in nächster Zeit gezielt vorgehen können.«

»Aber das ist das Problem, warum ich Sie anrufe, Herr Staatsanwalt.«

»Bitte?«

Regina zögert, doch dann sagt sie: »Kommissar Kleinfeldt ist noch nicht zurück von einer Reise nach Abeburg. Er hätte gestern Nachmittag wieder da sein müssen.«

»Nach Abeburg, ins Herzogtum Keuppen!? Dort sitzt doch der Waffenhändler, dieser Lacroix. Warum hat er mich nicht informiert?« Der Staatsanwalt klingt verärgert. »Eine Dienstreise ins Ausland hätte er sich genehmigen lassen müssen.«

»Es war wohl eine private Kurzreise«, erwidert Regina unsicher. »Der Kommissar ist am Sonntagnachmittag abgereist und wollte gestern Nachmittag zurück sein. Für den kurzen Dienstausfall hat er Hauptkommissar Thompson als Vertreter eingesetzt, der über die Reise Bescheid weiß.«

»Gut Frau Schröter, aber abgesehen von dem eigenmächtigen Handeln des Kommissars: Was ist Ihr Problem?«

Regina beginnt den Anruf zu bereuen, muss ihn aber nun zu Ende bringen.

»Herr Staatsanwalt, Hauptkommissar Thompson tut so, als würde der Kommissar in nächster Zeit überhaupt nicht zurückkehren.«

»Wie kommen Sie zu dieser Annahme?«, fragt der Staatsanwalt in reserviertem Ton.

»Der Hauptkommissar hat Kommissar Kleinfeldts Untersuchungsstrategie völlig fallen gelassen und richtet die Ermittlungen ausschließlich auf Gustav Lüdel. Er hat Ihnen wohl schon die Haftgründe mitgeteilt?«

»Ja, gestern habe ich seinen Bericht erhalten. Aber

abgesehen davon, dass das mein Problem ist: Worüber machen Sie sich Gedanken?«

»Herr Staatsanwalt«, Regina klingt beinahe beschwörend, »Hauptkommissar Thompson hätte abwarten müssen. Er wusste doch, dass der Kommissar sofort wieder zurück sein würde.«

»War denn der Hauptkommissar über den Zeitpunkt der Rückkehr informiert?«

»Ich denke schon, wenigstens habe ich Kommissar Kleinfeldt so verstanden.«

»Sie denken, Frau Schröter, aber Sie wissen es nicht genau.«

»Ich mache mir Sorgen.« Regina klingt verzweifelt, bemüht sich aber ruhig zu bleiben.

»Hören Sie, Frau Schröter, wir alle wissen um Ihr enges Arbeitsverhältnis zum Kommissar. Sie erscheinen mir allerdings ein wenig zu besorgt. Warten wir doch einmal ab.«

Dann verfällt er in einen vertraulichen Ton. »Ich habe mir die Haftgründe angesehen, die Hauptkommissar Thompson nennt. Die Sache muss wohl noch einmal überdacht werden. Aber das bleibt unter uns, wie ja auch so manches andere.« Er lacht verschwörerisch. »Wir behalten die Angelegenheit im Auge, ja? Im Übrigen werde ich mich mit dem Staatssekretär in Verbindung setzen. Er hat Kontakte nach Wien. Die Österreicher haben einige Geheimagenten im Herzogtum. Vielleicht lässt sich etwas machen. Und vertrauen Sie darauf: Der Kommissar ist bisher mit den schwierigsten Situationen fertig geworden.«

Nach dem Telefonat ist Regina keineswegs beruhigt. Im Dienstzimmer zurück findet sie Hauptkommissar Thompson an Kleinfeldts Schreibtisch vor. Nach der Begrüßung setzt sie sich so an ihren Platz, dass sie ihm mehr den Rücken als die Seite zukehrt. Im Verlauf der nächsten Stunde gewinnt sie den Eindruck, dass er völlig untätig ist. Er scheint in sich gekehrt am Schreibtisch zu sitzen und auf irgendetwas zu warten.

Irgendwann kommt ihr der Gedanke, etwas gegen ihn zu unternehmen. Wenn sie ihn schon nicht wegen seiner Lüge über Kleinfeldts Reise bloßstellen kann, so sieht sie doch eine andere Möglichkeit.

Aber dazu braucht sie die Hilfe eines Kollegen.

Der Polizia verraten

Der Kommissar muss nach Abeburg hinein, muss die Polizei alarmieren. Über den Stacheldrahtaufsatz des Firmenzauns ist kein Entkommen. Vom Gelände herunter geht es nur durch das Firmentor. Die Schlüssel des Nachtwächters hat er bei sich, hofft dass einer passt.

Er huscht hinüber zur Rückfront des Firmengebäudes, schleicht eng daran entlang und hetzt geduckt hin zu den bunkerartigen Betonbauten im Seitenbereich des Areals. Geschützt durch die Bauten und die anschließende Garagenzeile läuft er längs des Seitenzauns bis zur vorderen Ecke. Doch er muss zum Firmentor, muss riskieren, ohne Deckung vorne am Zaun entlang dorthin zu gelangen. Er zögert kurz, vergewissert sich des Schlüsselbunds und sprintet los.

Die Stahltür am Firmentor ist verschlossen. In fliegender Hast probiert er die Schlüssel, hat schnell den passenden gefunden. Als er die Tür öffnet, hat er Sorge einen Alarm auszulösen. Doch alles bleibt ruhig, das Firmengelände im Halbdunkel des frühen Morgens. Darauf läuft er die Landstraße entlang Richtung Abeburg, getrieben von dem schockierenden Anblick der hilflosen Mädchen. Aber trotz aller Hektik: Er horcht nach allen Seiten, jederzeit bereit, sich seitlich der Straße im Buschwerk zu verstecken.

Der beginnende Morgen ist grau, Schneeluft herrscht vor. Vom nächtlichen Regen stehen Pfützen, und mit der hohlen Hand schöpft er Wasser zum Trinken. An einem Kanalschacht wirft er die Schlüssel durchs Deckelgitter, hört sie in der Tiefe aufklatschen. Doch er muss weiter! Wie viel Zeit bleibt noch, bis der Nachtwächter entdeckt wird?

Bereits auf der gestrigen Durchfahrt waren ihm Armut und Dreck des Vorstadtbezirks aufgefallen, den er nun erreicht. Dort hatte er die Polizeistation gesehen. Die menschenleere Straße ist holprig und von Wasserlachen übersät, die Häuser alt und verwahrlost. Brachgelände mit Haufen von Abfällen und Schutt säumen den Weg. Überall vom Regen verwaschene Plakate mit dem Bild des Autokraten. An einem verkommenen Gebäude eine trübe Außenlampe, darunter ein Schild mit der Aufschrift *Polizia*.

Erleichtert betritt er die Polizeiwache.

Im ersten Moment sieht er nur den schwachen Lichtkreis einer Schreibtischlampe. Doch während er innehält und nach Atem schöpft, erkennt er dahinter einen vierschrötigen Mann in der fantastischen Uniform eines Operettengenerals. Aus dessen verwittertem Gesicht, das ein riesiger Schnauzbart ziert, glotzen ihm wässrige Augen entgegen. Die beiden Arme, die bei seinem Eintritt auf der Schreibtischplatte lagen, sind nun darunter verschwunden.

»Guten Tag, Herr Kommissar«, grüßt der Schnauzbart auf Deutsch … und Kleinfeldt hat blitzartig verstanden. Er will vorschnellen und sich auf den Mann werfen, blickt jedoch urplötzlich in die Mündung einer Luger.

»Ich habe Sie erwartet, Herr Kommissar.« Der Schnauzbart lächelt leutselig. »Ich muss Sie leider unseren Freunden zurückgeben.« Dann wird sein Gesicht zur hässlichen Fratze. »Sie kommen jetzt schön langsam zu mir herüber, und dann gehen Sie mir voraus in die Zelle.« Er deutet mit der Luger eine Bewegung an zu einer Tür hinter sich, die offenbar in einen Arrestraum führt.

Kleinfeldt kommt langsam um den Schreibtisch herum, den Blick auf die Pistole gerichtet. Er ist zum Äußersten entschlossen. Ob er hier stirbt oder bei Lacroix, es kommt auf dasselbe hinaus. Doch hier hätte er vielleicht eine Chance, solange er den anderen noch nicht im Rücken hat.

Als der Schnauzbärtige sich erhebt und hinter Kleinfeldt treten will, schlägt dieser blitzschnell zu. Sein Handkantenschlag bricht dem Schnauzbart das Handgelenk. Der Schuss geht in den Schreibtisch, die Pistole poltert auf die Platte. Unwillkürlich muss Kleinfeldt grinsen: Er hat es nicht verlernt. In seiner Nahkampfausbildung konnte er mit der Handkante mehrere Ziegel zugleich durchschlagen. Mit der Rechten dreht er dem aufjaulenden Schnauzbart den Arm auf den Rücken, mit der Linken greift er zur Luger.

Jetzt muss es schnell gehen, er muss hier weg, der Schuss könnte gehört worden sein. Den Schnauzbart vor sich, drängt er ihn in die Arrestzelle. Als dieser sich sträubt, wirkt ein Druck auf das gebrochene Handgelenk Wunder. Der Zellenschlüssel steckt in der Tür. Der Kommissar schließt den Mann ein, wirft den Schlüssel von sich. Dann prüft er die Luger und schiebt sie in den Hosenbund. Wie in einer Eingebung reißt er noch die Landkarte des Herzogtums von der Wand und steckt sie ein. Als er aus der Polizeistation hastet, ist das Licht des frühen Tages schon am Himmel, doch zwischen den Häusern sind die Schatten noch tief. Er weiß, dass die Jagd auf ihn begonnen hat.

Reginas hintersinniger Plan

Für ihr Vorhaben, Hauptkommissar Thompsons Position zu untergraben, benötigt Regina die Mitwirkung von Kommissar Wörner. Sie selbst will im Hintergrund bleiben. Allerdings muss sie ihn dazu bringen mitzuspielen.

Sein Dienstzimmer liegt im neunten Stock, und durch das Treppenhaus hat sie ihn schnell erreicht. Bei ihrem Erscheinen springt der junge Kommissar überrascht auf.

»Hallo Regina«, grüßt er erfreut und wird puterrot.

Regina begrüßt ihn freundlich, sieht über seine Verlegenheit hinweg und kommt ohne Umschweife auf ihr Anliegen zu sprechen.

»Frank, du hast doch in der letzten Woche die Mitgliederverzeichnisse der Schützenvereine beschafft. Habt ihr euch die Listen genauer angesehen?«

Der Kommissar, ein wenig konfus, scheint nicht verstanden zu haben, sodass sie ihre Frage wiederholen muss.

»Äh … Listen?« Dann scheint er zu begreifen. »Ja, die Listen … nein, wir sind sie noch nicht genau durchgegangen.« Erstaunt fügt er hinzu: »Du willst sie durchsehen? Es sind an die neunhundert Personen.«

»Ich möchte einmal hineinschauen.«

Sofort geht er in ein Nebenzimmer und legt ihr kurz darauf einen Packen Papiere auf den Tisch.

»Du kannst schon mal anfangen, wird ja wohl einige Zeit dauern. Ich hole uns derweil einen Kaffee, gell?«

Regina nickt und greift zu den Listen. Gezielt sucht sie sich das Mitgliederverzeichnis der Steinslinger Schützen heraus und findet im Nu die Namen Meertens, Petersen, Schmidt und Zander. Sie kennzeichnet sie mit Kreuzen.

Als Wörner mit dem Kaffee zurückkehrt, hat sie ihre Durchsicht beendet.

»Frank, kommen dir die Personen nicht bekannt vor? Allesamt Kleinkaliberschützen.« Sie deutet auf die markierten Namen.

»Donnerwetter, sie kommen mir sehr bekannt vor. Wie hast du sie so schnell gefunden?«

»Lass gut sein, Frank, und danke für den Kaffee.« Sie greift zum Becher, während Wörner betreten eingesteht: »Das hätten wir genauer prüfen müssen. Thompson wird sich wundern. Oberkommissar Klett hat mir erzählt, dass Thompson sich voll auf Gustav Lüdel eingeschossen hat und ihm den Mord nachweisen will. Doch so, wie sich die Sache nun darstellt, müssen wir auch die vier Kleinkaliberschützen ins Auge fassen.«

»Du sagst es. Könntest du nicht Klett davon berichten? Du musst ihm nicht unbedingt erzählen, dass der Tipp von mir ist.«

»Aber Regina, warum …«

»Ich möchte da rausgehalten werden«, unterbricht sie ihn. »Und könntest du nicht auch Klett ein wenig zuraten, Rauscher zu informieren?«

Er blickt sie erstaunt an und nickt bereitwillig, ohne ihre Absicht zu erkennen.

»Die Krönung wäre natürlich, wenn die beiden zu Thompson gingen und ihm die Sache vorhielten.« Sie sieht ihn schelmisch an. »Wenn du daran ein wenig drehen könntest, wäre ich dir ewig dankbar.«

Er blickt sie verwundert an, doch dann hat er begriffen. »Ah, ich verstehe. Du willst nicht, dass Thompson …«

»Pst«, macht sie, legt den Finger an den Mund und strahlt ihn verschwörerisch an.

»Wunderbar«, lacht er, »die Sache steigt.«

Noch vor der Mittagszeit, Regina und Thompson sind im Dienstzimmer, stehen die Oberkommissare Klett und

Rauscher in der Tür. Überrascht schaut der Hauptkommissar auf, scheint ein wenig verunsichert. Regina macht sich ganz klein, hofft nicht hinausgeschickt zu werden.

»William«, beginnt Klett, »wir haben mit dir zu reden.«

Thompson zeigt sich nervös, weist zur Besucherecke und blickt irritiert von einem zum anderen.

»Was gibt's denn so Wichtiges?«, fragt er, während sie sich setzen.

Regina spitzt die Ohren.

»Wir haben festgestellt, dass die Personen Schmidt, Zander, Petersen und Meertens Mitglieder des Steinslinger Schützenvereins sind … alles Kleinkaliberschützen, wir haben beim Verein nachgefragt. Was sagst du dazu?«

»Was soll ich dazu sagen.« Thompson räuspert sich ausgiebig, reibt sich unruhig die fleischige Nase. »Na und!?«

»Meinst du nicht, dass wir die Personen genauer überprüfen sollten?«

»Ich konzentriere mich erst mal auf Lüdel. Und wenn ich ihn in der Vernehmung habe, dann klopfe ich ihn weich.«

»William, lass es dir sagen, Werner hatte den Fokus weitergefasst.«

»Ich bekomme ein Geständnis, ich habe es euch gesagt.«

»Du willst die Ermittlungen nicht entsprechend ausweiten?«

»Nein, vorerst nein!«

Die beiden Oberkommissare erheben sich und verlassen wortlos das Zimmer. Aus den Augenwinkeln sieht Regina, wie Thompson unruhig hin- und hergeht und zu überlegen scheint. Dann greift er zu seinem Smartphone, und noch während er den Raum verlässt, beginnt er ein Telefonat. Sie hat ihre kleine Rache bekommen. Aber kann sie sich darüber freuen?

Der Kommissar ist nach wie vor vermisst.

Gen Osten oder sterben

Als Kleinfeldt aus der Polizeistation hastet, ist ihm klar, dass es nur eine Möglichkeit gibt: Er muss Richtung Osten fliehen, muss versuchen, über die Grenze nach Österreich zu gelangen. Und dann muss er nach Tübingen zurück, zuallererst die pädophile Organisation auffliegen lassen und dann den Mordfall neu angehen. Wahrscheinlich spielen der Mädchenhandel und Kindesmissbrauch eine entscheidende Rolle.

Doch wie soll die Flucht gelingen, da selbst die Polizei ihn sucht? Alles, was vielleicht hilfreich sein könnte, sind eine Stablampe, eine Pistole und eine Landkarte. Alles andere muss er nehmen, wie es kommt. Und er nimmt sogleich das Naheliegendste: ein schwarzes Fahrrad vor der Polizeistation, offensichtlich ein Dienstrad, nicht abgeschlossen. Ohne zu zögern schwingt er sich aufs Rad und fährt davon – fort von der Waffenfirma, aus deren Richtung er kam. Doch er muss weg von der Straße, auf der sie zuerst suchen werden. An der nächsten Querstraße biegt er rechts ab, fährt auf holprigem Pflaster durch menschenleere, verkommene Gassen, versucht sich ostwärts zu halten.

Plötzlich in der Stille des Morgens von Ferne ein Brummen. Er hält an und horcht. Ein Motorgeräusch aus Richtung der Straße an der Polizeistation. Das Brummen wird lauter. Und dann Motorengeräusche von überall her. Sie fahren die Nebenstraßen ab, mit mehreren Autos!

Das Wetter ist seine Rettung. Schlagartig frischt der Wind auf, dann plötzlich Schneeregen, windgepeitscht … und dann dicke Flocken, die immer dichter fallen, beinahe waagerecht getrieben in stürmischen Böen. Das Schneegestöber wird so dicht, dass die Sicht nur wenige Meter beträgt.

Das Fahrrad jetzt nutzlos. Er wirft es von sich, hastet weiter durch den Schneesturm, in Unruhe und Angst gefasst zu werden. Windböen treiben ihm Schneefeuchte in die Kleidung. Bald ist er durchfroren und völlig durchnässt. Ausgepumpt meint er irgendwann, sich unterstellen und ausruhen zu müssen.

An einem rostigen Drahtzaun ein niedergetretenes Teilstück. Unvermutet ein verschneiter Schrottplatz: Autowracks und verrostete Maschinengehäuse, zum Teil vollständig von Schnee bedeckt, ein verworrenes Durcheinander. Weiter hinten ein offener Schuppen, eine Art Unterstand, der neben verölten Motorteilen und rostigen Blechen einen alten Kleinlaster birgt. Durch den knirschenden Schnee stapft er zu dem Fahrzeug hin.

Der Schneefall hat etwas nachgelassen, aber der Wind ist nach wie vor heftig. Die Fahrertür lässt sich öffnen, doch der Zündschlüssel fehlt. Das Führerhaus bietet Schutz, die verdreckte Sitzbank einen Ruheplatz. Als er sich ein wenig entspannt, kreisen die Gedanken sofort um das grausige pädophile Verbrechen und den Tübinger Mord.

Ist die Ermordung der Romano ganz anders zu sehen, das Motiv unabhängig von den Waffengeschäften? Das Mädchenheim eine Zwischenstation im Kinderhandel? Dr. Schmidt der pädophile Organisator, Dr. Zander sein krimineller Gehilfe, die schwarzhaarige Sprechstundenhilfe irgendwie mit eingebunden? Die Ermordung der Romano aus Angst, sie könnte Verrat begehen? Der Mord durch Dr. Schmidt oder Dr. Zander – oder durch einen beauftragten Killer? Hat Hoffmann etwas gewusst, als er in dem belauschten Gespräch äußerte, der Doktor könnte es gewesen sein?

Dann kommt ihm Gustav Lüdel in den Sinn. Könnte er nicht doch ein Mordmotiv haben? Er weiß um

Dr. Schmidts pädophile Neigung. Könnte er den Mädchenhandel geahnt, sein Kind in Gefahr gesehen und die Romano beseitigt haben? Sind die Goldern in die Sache verwickelt, nicht nur als Tarnorganisation für die Waffengeschäfte?

Kleinfeldts Kleidung ist nass und kalt und gewährt kein Behagen, macht ihm deutlich, dass es weitergehen muss. Er holt die feucht gewordene Landkarte hervor, leuchtet mit der Stablampe, weil die Windschutzscheibe, verschmutzt und beschlagen, kaum Licht durchlässt. Er meint, am östlichen Stadtrand von Abeburg zu sein, kann aber den genauen Standort nicht bestimmen. Seine Flucht muss in dem ostwärts verlaufenden Tal weitergehen, entlang dem Teuchelsee und dann über den Gebirgszug nach Österreich.

Aus dem unten offenen Armaturenbrett ragt ein Kabelbaum hervor. Ob die Zündung sich kurzschließen, der Wagen sich starten lässt? Schon nach dem ersten Versuch springt der Motor an, knattert stockend und dreht dann stabil. Er gibt Gas, fährt los und durchbricht mit dem Wagen den maroden Zaun. Auf der verschneiten Straße geht es Richtung Osten. Einige Autos sind unterwegs, überwiegend Transport- und Arbeitsfahrzeuge, von denen der Kleinlaster sich kaum unterscheidet. Es schneit nur noch vereinzelt. Die Scheibenwischer funktionieren, und wenig später bläst die Wagenheizung Warmluft, die zwar nach Abgasen stinkt, jedoch angenehm wärmt.

Hinter der Stadt erreicht er schon bald eine waldreiche Zone. Nur von einigen freien Flächen aus sind rechts und links die schneebedeckten Höhenzüge zu erkennen, die das breite Tal begrenzen. Allmählich wird der Verkehr spärlicher und das Risiko steigt, beachtet zu werden. Die Straße, bisher ein holpriger Fahrweg, wird zu einem verschneiten schmalen Pfad, nach einiger Zeit nur noch durch begrenzendes Buschwerk erkennbar. Der Wagen muss schwer arbeiten, kommt aber mit seinen grobstolligen Rädern im Schnee gut voran.

Die Gegend ist einsam. Unvermittelt ein Hinweisschild an einem abzweigenden Pfad: Deuxcass. Kleinfeldt hält an und orientiert sich anhand der Karte. Er ist auf dem richtigen Weg, der Teuchelsee kurz voraus. Und gleich dahinter beginnt der Gebirgszug, den es zu überwinden gilt.

Als er den See erreicht, kann sich der Wagen nur mühsam am Ufer entlanggraben. Er muss ihn aufgeben, will aber keine Spuren hinterlassen. An einer abschüssigen Stelle richtet er den Wagen zum See hin aus, fährt einige Meter darauf zu und springt ab. Klatschend prallt das Fahrzeug aufs Wasser, treibt noch kurze Zeit halb versunken vom Ufer fort und sackt dann mit lautem Blubbern in die Tiefe. Die Reifenspur wird bald im Schnee verborgen sein.

Langsam geht er zum Ufer hinunter, schöpft Wasser mit den Händen und trinkt. Nur zeitweise fällt Schnee, die Wolkendecke zerrissen in dahintreibenden Fetzen. Es ist früher Nachmittag. Seit gestern Morgen hat er kaum getrunken, hat Schnee gegessen – ein unzureichender Schutz gegen Verdursten, und er hat keine Nahrung gehabt. Nur noch das Gebirge. Morgen kann er in Österreich sein. Doch werden die Kräfte reichen?

Beängstigende Nachrichten aus dem Herzogtum

Im Verlauf des Nachmittags fällt Regina auf, dass Hauptkommissar Thompson zunehmend nervöser wirkt. Aus den Augenwinkeln sieht sie ihn wiederholt vom Schreibtisch aufspringen und ans Fenster gehen, dann wieder untätig dasitzen oder von Zeit zu Zeit – das Smartphone in der Hand – hastig hinauseilen. Ohne dass sie es sich erklären kann, beunruhigt sie sein rastloses Verhalten angesichts ihrer Sorge um den Kommissar und der dubiosen Rolle, in der sie Thompson dabei sieht.

Am Spätnachmittag erscheint überraschend Ada Wagner. Als sie den Hauptkommissar an Kleinfeldts Schreibtisch erblickt, verharrt sie in der Tür.

»Kommissar Kleinfeldt ist nicht da?«, bemerkt sie erstaunt fragend zum Hauptkommissar hin, würdigt Regina jedoch keines Blicks.

Thompson fühlt sich sichtlich unwohl, versucht aber seine gewohnt servile Art zu wahren.

»Der Kommissar ist für ein paar Tage in einer Familienangelegenheit verreist«, erklärt er mit bemühtem Lächeln. »Ich vertrete ihn für die Zeit seiner Abwesenheit.« Er nickt ihr beflissen zu.

»So, in einer Familienangelegenheit. Dann hat er entweder die Unwahrheit gesagt oder Sie haben ihn falsch verstanden. Er hat keine Familie! Wussten Sie das nicht?«

Thompson erscheint auf einmal völlig verunsichert. Unvermittelt schaut er zur Uhr, tut als hätte er einen Termin vergessen, und mit einer gemurmelten Entschuldigung verlässt er eilig den Raum. Ada und Regina sehen sich plötzlich alleingelassen. Ada wendet sich zu Regina hin, blickt sie aus schmalen Augenschlitzen feindselig an.

»Hören Sie, Frau Schröter, Sie wissen auch nichts Weiteres über die Abwesenheit des Kommissars? Da scheint irgendetwas nicht zu stimmen. Was sagen Sie!?«

Regina missfällt der herrische Ton, doch ihre Sorge um den Kommissar überwiegt die Verärgerung. In gewohnt freundlicher Art, aber mit beklommener Stimme antwortet sie:

»Ich weiß nicht, ob es dem Kommissar recht wäre, über seine Reise zu sprechen, jedoch befürchte ich Schlimmes.«

»Erzählen Sie!«

Regina zögert, berichtet aber dann: »Der Kommissar ist am Sonntag nach Kastell geflogen, wollte in Abeburg bei Lacroix et Fils wegen der Waffengeschäfte ermitteln und sofort am Montag wieder da sein. Doch bis heute ist er nicht zurück.«

Ada erschrickt, lässt sofort ihr anmaßendes Verhalten.

»Oh Gott! Er weiß doch, wie gefährlich es ist, sich mit maßgebenden Leuten im Herzogtum anzulegen. Ich stamme von dort. Ein völlig korrupter, gefährlicher Kleinstaat.«

»Ist es denn nicht möglich nachzuforschen? Vielleicht ein Unfall? Wenn Sie von dort kommen ...«

»Ich werde sofort meinen Onkel in Sauvenne anrufen«, äußert Ada aufgeregt. »Vielleicht kann er etwas in Erfahrung bringen. Wo kann ich telefonieren?«

»Am Apparat im kleinen Sitzungsraum sind Sie ungestört. Bitte informieren Sie mich, wenn Sie etwas erfahren.«

Ada nickt ihr zu und verlässt eilig das Zimmer.

Nach zehn Minuten ist sie zurück, unter ihrem ohnehin blassen Sommersprossen-Teint fast weiß im Gesicht. Unaufgefordert setzt sie sich auf einen der Besucherstühle.

»Er ist es«, stammelt sie. »Er wird gejagt.« Sie ist völlig aufgelöst.

»Bitte, was ist los?«, fragt Regina alarmiert.

»Sie suchen einen Schwerverbrecher, einen Deutschen, der am Sonntag eingereist ist. Die Fahndung läuft landesweit über alle Medien.«

Sie stockt, kann kaum weitersprechen. »Er hat bei Lacroix et Fils in Abeburg einen Wachmann schwer verwundet, hat sich seiner Verhaftung entzogen und einen

Polizisten verletzt, hat einen Lastwagen gestohlen und ist auf der Flucht nach Österreich. So, wie Sie berichtet haben, kann es nur Werner sein.«

»Bei Lacroix et Fils muss etwas schiefgelaufen sein«, äußert Regina beunruhigt. »Hoffentlich ist ihm nichts passiert.«

»Seine Spur verläuft sich am Teuchelsee in der Nähe von Deuxcass. Im Staatsfernsehen wird vermutet, dass er in Österreich untertauchen will. Eine zusätzliche Polizeieinheit soll an die Grenze verlegt werden.«

Regina ist erschrocken aufgesprungen. »Was können wir tun!?«

»Wir können nur hoffen …«

Bis zum Abend sitzt Regina am Schreibtisch, allein im Dienstzimmer, unfähig zu irgendeiner Arbeit. Als der Abend kommt, ist sie immer noch da, ohne Licht, die Gedanken leer. Dann endlich, sie hat lange im Dunkeln verharrt, rafft sie sich auf und geht.

Sie wohnt oberhalb der Innenstadt in Waldhäuser-Ost. Aber statt wie gewohnt über die Ringstraße nach Hause zu fahren, findet sie sich unvermittelt auf dem Weg ins Zentrum, fährt über die Blaue Brücke und die Eberhardsbrücke und biegt in die Gartenstraße ein. Dort das Mietshaus, in dem der Kommissar wohnt, die Fenster im ersten Stock dunkel. Hat sie etwas anderes erwartet? Ein freier Parkplatz gegenüber. Unwillkürlich parkt sie ein.

Im selben Moment wird sie sich ihres eigentümlichen Handelns bewusst, und beschämt will sie sofort wegfahren. Da erblickt sie eine schwarze Katze im beleuchteten Eingang des Nachbarhauses, aufgestellt auf den Hinterbeinen, mit kratzenden Vorderpfoten an der Haustür Einlass begehrend. Ein wunderschönes Tier. Das muss Centurio sein! Offenbar hat er sich in der Haustür vertan.

Plötzlich geht die Tür einen Spalt weit auf und ein Fuß tritt nach dem Kater. Centurio weicht erschrocken zurück, wendet sich dann wieder der Tür zu, versucht es erneut. Da springt die Haustür abermals auf, ein Mann stürzt heraus und keilt wütend nach ihm.

Das hilflose Tier so brutal behandeln, empört sich Regina. Schnell steigt sie aus, geht über die Straße und nähert sich zischelnd dem Kater. Und tatsächlich: Sie kann ihn fortlocken, nach nebenan zum Wohnhaus des Kommissars. Während Centurio ihre Beine umstreicht, drückt sie wahllos einen Klingelknopf.

»Junge Frau, so spät noch?«

Ein alter Mann hat die Haustür geöffnet, während Centurio die Gelegenheit nutzt, um ins Treppenhaus zu flitzen.

»Der Kater, er wollte ins Haus.«

»Oh, meistens lässt der Kommissar ihn ein, wenn er abends kommt. Aber er scheint derzeit verreist.«

Regina weiß nichts zu sagen, worauf der Alte redselig fortfährt: »Unser Centurio wohnt unter der Treppe. Er ist bei uns geblieben, als sein Besitzer nach Amerika ging.« Und gewichtig ergänzt er: »Ein besonderes Tier, stammt ab vom preisgekrönten Prinz von Monaco.«

Wortlos starrt Regina den Alten an, wendet sich dann unvermittelt ab und geht schnell davon.

Verwundert schaut er ihr nach.

Sie hat ein Zipfelchen aus der ihr unbekannten Welt des Kommissars erhascht. Doch ein Trost ist es ihr nicht.

Im Angesicht des Todes

Im Rücken den Teuchelsee, steht der Kommissar vor dem gewaltigen Berghang – Teil des Gebirgszugs, den es zu überwinden gilt. Kein Pfad ist im Schnee zu erkennen. Das Gelände steigt stetig an, ist zu großen Teilen mit niedrigen Bäumen und Buschwerk bestanden. Er wird es heute nicht mehr schaffen. Wie soll er die Nacht überstehen? Ihm bleibt keine Wahl. Ohnehin muss er sterben, wenn sie ihn fassen.

Der Aufstieg beginnt mit gleichmäßigem Tritt, die Schritte knirschen im Schnee. Häufig sind Verwehungen zu queren, aber die Richtung gen Osten ist durch die Steigung markiert. Schon bald wird der Weg beschwerlicher, fordert die letzten Kräfte. Er muss ausruhen, sein Atem geht schwer. Er horcht: Grabesstille ringsum, der Schnee verschluckt jeden Laut. Nur sein keuchender Atem in der unheimlichen Stille.

Plötzlich von Ferne knatterndes Motorgeräusch. Ein Hubschrauber, noch nicht sichtbar. Doch das Geräusch nähert sich schnell. Ein dichter Busch gewährt notdürftige Deckung. Dann ohrenbetäubendes Knattern. Sie kreisen über ihm! Haben sie seine Spur im Schnee entdeckt? Zusammengekrümmt kauert er am Boden, erwartet in höchstem Affekt den tödlichen Schuss.

Eine Ewigkeit dauert es ihm, bis der Hubschrauber abdreht und in der Ferne verklingt. Noch eine Zeit lang liegt er wie betäubt, bevor es weitergehen kann. Wenig später wieder Fluggeräusche. Zwei mächtige Transporthubschrauber in großer Höhe fliegen in Richtung Grenze.

Zum Abend hin trübt sich der Himmel ein, Schneewolken ziehen auf. Kurz darauf beginnt es zu schneien, und schon bald nehmen dichte Flocken jede Sicht. Kleinfeldt weiß, dass er bergwärts steigend die Richtung einhält. Doch irgendwann kann er nicht weiter. Ihn schwindelt, die Lippen spröde und rissig. Der Flüssigkeitsmangel fordert Tribut. Völlig erschöpft sinkt er nieder, isst in verzweifelter Hilflosigkeit Schnee. Auf Knien, die Arme gestützt auf halb erfrorenen Händen, kriecht er voran. Dann knickt er vollends ein. Sein Körper gehorcht ihm nicht mehr.

Er liegt im tiefen Schnee, spürt nur noch Wohlbehagen, möchte ausruhen, möchte schlafen. Er fantasiert, sieht seine kleine Meike vor sich, die hilflosen Mädchen auf dem Tisch, den Mann mit der Spritze. Mit äußerstem Willen rafft er sich auf, weiß dass er andernfalls erfrieren wird. Er taumelt weiter, muss weiter, immer weiter! Aber dann ist er am Ende, sinkt zu Boden. Er weiß, dass er nun sterben wird.

Doch ist es Fügung oder Zufall? Aufblickend sieht er durch wirbelnde Flocken einen verschwommenen Schatten, mobilisiert die letzten Reserven, kriecht darauf zu. Eine Schutzhütte!

Lange liegt er wie tot auf dem Holzboden des Vorraums, kann sich endlich erheben. Die Tür ist verriegelt, die Fenster mit Läden verschlossen. Das Beil aus einem Holzschober ermöglicht den Zugang.

Innen ist es stockfinster und feucht, die Stablampe schon lange verloren. Er stößt die Läden auf, macht sich als Erstes an den Ofen. Aufgeschichtetes Holz liegt bereit, auch Schwefelhölzchen, und nach vielen Mühen lässt sich eines entzünden. Als die leichten Holzspäne aufflammen, legt er größere Scheite nach, hält die eiskalten Hände an die wärmende Glut. Schon bald glüht die Herdplatte. Er zieht die durchnässte Jacke aus, will ausruhen, sich wärmen. Doch die Vernunft treibt ihn, Schnee zu schmelzen und Wasser zu bereiten. Dann trinkt er in bedächtigen Zügen. Ein paar eingeschlagene Nägel beim Herd halten die Kleidung zum Trocknen. Er entdeckt Konserven mit Fleisch, muss sich zwingen besonnen zu essen.

Bis zum Abend liegt er am Ofen, auf einer schmalen Holzbank, die Gedanken leer – zu erschöpft, um den Mordfall und die pädophilen Verbrechen zu überdenken. Als es dunkelt, wickelt er sich in eine schmutzige Decke, und trotz möglicher Gefahr sinkt er schon bald in einen tiefen Schlaf.

Die ganze Nacht tosen Schneeböen um die Hütte. Die Stunden verrinnen. Langsam erlischt das Feuer. Es geht gegen Morgen.

MITTWOCH

Die Flucht steht Spitz auf Knopf

Der Kommissar kommt langsam zu sich, kalt und steif auf seinem harten Nachtlager. Der Schneesturm ist abgeklungen. Ein sonniger, frostiger Tag kündigt sich an. Er wagt nicht, das Feuer zu entfachen, fürchtet die Rauchfahne, die im Morgenlicht leicht zu erkennen wäre.

Plötzlich ist er hellwach, horcht in die Stille. Ganz in der Ferne ein Motorgeräusch, das langsam anschwillt. Kennt jemand einen Pfad, der zur Hütte heraufführt? Vorsichtig späht er hinaus. Ein Mann auf einem Schneemobil nähert sich, hält in einiger Entfernung. *Polizia* liest er auf der Bugverkleidung. Der Mann steigt ab, eine Maschinenpistole in Händen – eine Uzi, eine üble Nahkampfwaffe.

Der Polizist kommt langsam auf die Hütte zu, die Uzi schussbereit in der Rechten. Mehrmals hält er lauschend inne, beschattet die Augen mit der linken Hand gegen den hellen Morgenhimmel, das Schneemobil weiter entfernt geparkt. Der Kommissar beobachtet ihn durch einen Spalt im Fensterladen. Eigentlich darf er ihn nicht herankommen lassen, müsste ihn aus sicherer Deckung erschießen. Doch es wäre heimtückischer Mord. Er sieht nur eine Möglichkeit: Er muss hinter den Mann kommen, von vorne hätte er mit der Luger keine Chance. Er kennt die furchtbare Wirkung der Uzi, hat beim Geheimdienst einst damit trainiert. Selbst wenn er noch einen Schuss abgeben könnte, die Uzi würde ihn durchsieben.

Ein junger Kerl, vermutlich mit wenig Erfahrung. Der Kommissar hofft, er möge es unterlassen, die Hütte vorab sichernd zu umkreisen. In fliegender Hast zieht er die Jacke über, steckt die Luger ein, huscht zum Fenster an der Seitenwand, kann es leise öffnen, steht draußen in höchster Spannung.

Dann knirschende Schritte im Schnee, polternde Stiefel auf dem Holzboden des Vorraums, ein krachender Tritt gegen die Holztür: Dem Kommissar das Signal!

Blitzartig schnellt er um die Ecke, sieht den Mann mit vorgehaltener Maschinenpistole durch die Tür treten, springt hin und rammt ihm die Luger in den Rücken.

»Halt!«, schreit er mit sich überschlagender Stimme.

Der Überraschte lässt die Uzi fahren, wird mit einem kräftigen Stoß zu Boden gebracht. Dann bedroht der Kommissar ihn mit der Luger. Er nimmt die Maschinenpistole an sich, das Funkgerät und den Schlüssel für das Schneemobil. Mit einem Wink, die Luger in der Hand, fordert er ihn auf zu gehen. Mehrmals muss er dem Verlangen Nachdruck verleihen, bis der Mann sich fügt. Als dieser sich zum Schneemobil hinwendet, droht der Kommissar ihm mit der Waffe, bedeutet ihm davonzugehen, beansprucht das Fahrzeug für sich.

Er rechnet damit, dass der Polizist mehrere Stunden bis Deuxcass zu laufen hat, um Hilfe anzufordern. Doch mit dem Hubschrauber wären sie schnell wieder vor Ort. Er wird sich beeilen müssen. Zur Sicherheit zertritt er das Funkgerät, der Mann könnte zurückkehren. Noch bevor er ihn in der Ferne verschwinden sieht, sitzt er auf dem Schneemobil, die Decke aus der Hütte bis zur Hüfte um den Körper.

Der Morgen ist hell, windig und kalt. Ein scharfer Ostwind weht den Berghang herab, schneidet wie mit Messern.

Das Schneemobil ist stark und schnell, gleitet über kleine Schneewehen hinweg. Der gequälte Motor singt in höchstem Diskant. Feine Schneekristalle geißeln die Haut, beißen in die Augen, die Frontscheibe bietet nur unzureichenden Schutz. Die Sicht ist weit, Bäume und Sträucher stehen locker verteilt im Schnee des grenzenlos erscheinenden Hangs. Kleinfeldt fährt weite Strecken mit Vollgas, immer bedacht auf plötzlich auftauchenden Fels.

Er schätzt, dass eine Stunde vergangen ist, als er die Sattelhöhe des Bergzugs erreicht. Die weiße Einöde dehnt sich scheinbar endlos in glitzernder Pracht. Mit höchstmöglicher Geschwindigkeit prescht er über die Ebene. Der Fahrtwind schneidet herb, braust in den Ohren. Auf weiter Strecke fällt das Gelände nun langsam ab. Und plötzlich ist die Fahrt zu Ende.

Eine querliegende Felsmasse, dahinter ein metertiefer Abbruch und daran anschließend die große, schneebedeckte Senke, die seinem Gefühl nach an Österreich grenzt. Er muss klettern und dann laufen, laufen im tiefen Schnee. Da fallen Schüsse. Schnee spritzt auf um ihn herum. Er müsste rennen, wenn er nur könnte, gen Osten, nach Österreich. Doch nur langsam geht es voran im kniehohen Schnee. Weiter entfernt Grenzpolizisten mit Gewehren. Irgendwann werden sie ihn treffen, ihn niederschießen. Er muss weiter, muss es nach Österreich schaffen.

Doch dann scheint alles zu Ende.

Urplötzlich in der Ferne eine gewaltige Schneefahne, anschwellendes Dröhnen eines heranrasenden dunklen Gefährts: Im Näherkommen ein mächtiger Panzerwagen. Direkt auf ihn zu braust das rollende Ungetüm, kurvt mit brüllendem Motor neben ihm ein. Die riesigen Räder stoppen dröhnend im Schnee. Schüsse fallen. Er sieht sich verloren. Eine Tür springt auf. Im selben Moment erblickt er das österreichische Staatswappen. Eine Stimme schreit »Hinein! Hinein!«. Fäuste packen ihn, zerren ihn in den Wagen, der sofort Fahrt aufnimmt und brausend davonfährt.

Von Feldkirch nach Tübingen

»Machen Sie sich frisch. Und hier Sachen zum Anziehen.« Der österreichische Grenzbeamte reicht ihm ein Bündel Kleidung. »Der Arzt wird gleich da sein, will sich ihre Hände und Füße ansehen.«

Kleinfeldt geht nach nebenan in den Sanitärraum des Grenzpostens. Als er in den Spiegel schaut, erschrickt er: Sein Gesicht eingefallen und zerschrunden, die Haare wirr und verklebt, die Augen von dunklen Ringen umgeben. Eine halbe Stunde verbringt er damit, seinem Äußeren eine zivilisierte Erscheinung zu geben. Als er den Waschraum verlässt, wartet bereits der Arzt, der ihn sofort untersucht.

»Sie haben Glück gehabt, an Händen und Füßen nur leichte Erfrierungen, und es besteht eine leichte Unterkühlung. Lassen Sie sich so bald wie möglich in einer Klinik untersuchen. Hier können wir nicht mehr viel für Sie tun. Draußen wartet der Wagen mit Fahrer.«

Er verabschiedet sich, greift dabei noch in seinen Arztkoffer und holt eine dunkle Schutzbrille hervor.

»Sie sind ein bisschen schneeblind. Tragen Sie die Brille in den nächsten zwei Tagen.«

Als der Arzt gegangen ist, betreten zwei Grenzpolizisten feixend den Raum.

»Sie müssen ja wohl ein hohes Tier sein«, bemerkt der eine lachend, »wenn Wien Sie mit unserem Brüllmonster an der Grenze abholen lässt.«

Der andere stimmt in das Lachen ein. »Und dass wir uns dabei ein bisschen verfahren haben, das kann ja mal vorkommen, gell Toni?«

Beide lachen aus vollem Hals, und der Kommissar kann nicht anders als einzustimmen. Er bedankt sich bei ihnen, seinen Lebensrettern, aber sie winken lässig ab und wünschen gute Heimreise.

Dann geht alles reibungslos. Er steigt in einen Geländewagen, der ihn nach Feldkirch fährt, von da aus geht es mit einem Polizeifahrzeug nach Bregenz, und dort wartet bereits ein Tübinger Dienstwagen, ein Polizeihauptmeister am Steuer. Zweieinhalb Stunden später ist der Wagen in Tübingen. Kleinfeldt lässt sich direkt in die Unfallklinik fahren. Der Hauptmeister weist ihn bei der Klinikambulanz aus und bietet weitere Hilfe an. Kleinfeldt will sich für den Heimweg ein Taxi nehmen. Vom Autotelefon aus hatte er Ada erreicht und sich mit ihr für den kommenden Nachmittag im Restaurant am Neckar verabredet.

Es ist Abend, als er von der Klinik nach Hause kommt. Im Versteck bei der Garage liegen die zweiten Haustür- und Wohnungsschlüssel. Der Kommissar freut sich, Centurio begrüßen zu können, hofft ihn unter der Treppe zu finden. Doch dort ist der Schlafplatz leer. Enttäuscht will er sich abwenden, als er hinter einer abgestellten Kiste etwas Schwarzes bemerkt. Die Vorderpfote einer Katze. Er rückt die Kiste zur Seite, schaut genauer hin: Centurio!

Der Kommissar ruft, doch Centurio rührt sich nicht. Er will ihn streicheln, doch der kleine Körper ist kalt. Centurio ist tot, hat roten Schaum am Maul, bereits eingetrocknet. Er wurde vergiftet, hat im Sterben ein Versteck aufgesucht.

Erschüttert geht Kleinfeldt hoch zu seiner Wohnung. Er will die Sache am nächsten Tag regeln. Tausend Gedanken gehen ihm durch den Kopf. Es ist so viel passiert. Er will nur noch schlafen.

Und tatsächlich: Er fällt sofort in einen tiefen Schlaf.

Wenn er gewusst hätte, was ihm am nächsten Tag Furchtbares bevorstünde – er hätte keine Ruhe gefunden.

DONNERSTAG

Neue Perspektiven im Mordfall

Am Morgen, noch von seiner Wohnung aus, regelt der Kommissar Centurios Bestattung auf dem Tierfriedhof in Mössingen, den er von seinen Besuchen in der Kleinstadt kennt. Der Kater hat ihm viel bedeutet, er will ihn nicht einfach in einer Tierkörperbeseitigung verbrannt oder irgendwo verscharrt wissen. Doch andere Probleme stehen an. Unter dem Eindruck der pädophilen Entdeckung in Abeburg beabsichtigt er, die Mordermittlungen neu auszurichten.

Als er über den Parkplatz am Präsidium geht, fährt ein Polizeifahrzeug vor. Zwei Beamte steigen aus, zwischen sich eine Frau in gebeugter Haltung: Mira Zerbski, die Kinderschwester. Sollten die pädophilen Gräuel bereits aufgedeckt worden sein?

Bei seinem Eintritt ins Dienstzimmer springt Regina überrascht auf.

»Herr Kommissar!«, grüßt sie mit freudiger Stimme, um dann sogleich einen Schritt zurückzutreten und ihn besorgt zu mustern.

Kleinfeldt sind die Strapazen der letzten Tage ins Gesicht geschrieben, trotz der großen Schutzgläser, die seine dunkel umringten Augen verbergen.

»Herr Kommissar, sind Sie in Ordnung?«

Ihm entfährt ein milder Hickser. »Frau Schröter, ich erzähle Ihnen später. Erst einmal freue ich mich zurück zu sein. Sagen Sie mir zunächst, was sich wegen des Mädchenheims tut. Frau Zerbski wird gerade vorgeführt?«

Regina, noch ganz bewegt von Kleinfeldts unverhoffter Rückkehr, braucht einen Moment, um sich zu fassen, berichtet dann:

»Heute Morgen herrscht große Hektik im Haus. Eine Aktion gegen die Goldern, geht vermutlich auf Dr. Schmidts gehackten Rechner zurück. Es dreht sich um pädophile Verbrechen, Waffenschieberei und Wirtschaftskriminalität. Einige Leute vom LKA Stuttgart sind da. Oberkommissar Rauscher ist mit der Kriminaltechnik erneut im Mädchenheim, nimmt die Kellerräume noch mal unter die Lupe. Außerdem hat Hauptkommissar Barkhorn vom Sittendezernat angerufen, er wollte Sie sprechen.«

»Hat er gesagt, worum es geht?«

»Ja, er hat die Herren Petersen, Kloppmann, Dr. Schmidt und Dr. Zander festnehmen lassen und fragt an, ob Sie Vernehmungsbedarf haben. Er meint, es bestünde keine Eile. Die Deliktlage sei so eindeutig, dass der Untersuchungsrichter Haftbefehl anordnen würde.«

»Gut, ich werde mich bei ihm melden. Sonst irgendwelche Neuigkeiten?«

»Eine Nachricht von der IT-Abteilung des BKA, liegt im internen Ordner.«

»Berichten Sie.«

»Die IT-Leute halten die Entschlüsselung des Laptops mit herkömmlichen Mitteln für nicht möglich. Man könnte Rechenleistung eines Supercomputers in Anspruch nehmen, aber dazu müssten wir eine ausführliche Begründung liefern.«

»Mhm … mal sehen, wie sich der Mordfall entwickelt. Was hat sich in den letzten Tagen dazu getan?«

»Hauptkommissar Thompson hat die Ermittlungen auf

Gustav Lüdel beschränkt, obwohl wir vier Personen aus dem Umfeld der Goldern als Kleinkaliberschützen ausgemacht haben: Dr. Schmidt, Dr. Zander, Petersen und Senna Meertens. Der Hauptkommissar hat sich übrigens gestern krankgemeldet.«

»Soso, krank... und Kleinkaliberschützen!? Das ist ja eine interessante Nachricht. Wir werden sofort nachfassen müssen. Und Ihren Bericht über den verdeckten Einsatz bei Dr. Schmidt Invest bekomme ich noch?«

»Liegt auf Ihrem Rechner.«

Darauf greift er zum Telefon und ruft Oberkommissar Klett an. Nach der Begrüßung und einigem Hin und Her wegen seiner Abwesenheit berichtet er über seine Erlebnisse bei Lacroix et Fils. Klett ist bereits über die pädophilen Verbrechen informiert und sein Entsetzen verstärkt sich noch, als Kleinfeldt von seiner grauenhaften nächtlichen Beobachtung erzählt. Schließlich kommen sie auf Folgen für die Mordermittlungen zu sprechen.

»Bisher bin ich von Waffenschiebereien ausgegangen und hatte Dr. Schmidt in Verdacht«, äußert Kleinfeldt. »Und als Betreiber des Mädchenheims und Kleinkaliberschützen, wie ich soeben erfahren habe, erscheint er mir auch weiterhin verdächtig. Aber nun rückt plötzlich Dr. Zander, ebenfalls Kleinkaliberschütze, in den Fokus. Was ihn angeht, sind wir bisher von einer Beziehungstat ausgegangen. Doch inzwischen ist denkbar, dass er ein Vertuschungsmotiv hatte.«

»Ein Vertuschungsmotiv? Wie meinst du das?«

»Gehen wir mal davon aus, dass die entführten Mädchen nach Amsterdam weitertransportiert und auf der Zwischenstation in Tübingen von Dr. Zander sediert wurden. Die Romano war beteiligt und ihm unsicher geworden, und mit ihrer Ermordung könnte er versucht haben, seine pädophilen Verbrechen zu vertuschen.«

»Klingt plausibel. Aber ich frage mich, wie Dr. Zanders weißer Bürstenhaarschnitt mit dem schwarzen Haar an der Sportkappe übereingeht.«

»Das frage ich mich auch. Dieses verdammte Rätsel lässt mir keine Ruhe. Wir sollten einen DNA-Abgleich mit einer Haarprobe von Marta Wilbers vornehmen, Dr. Zanders schwarzhaariger Sprechstundenhilfe. Versuche doch mal, einen richterlichen Beschluss zu erwirken.«

»Du hast sie in Verdacht?«

»Sie könnte sich als Komplizin erweisen. Und denkbar ist, dass Dr. Zander bei der Tat, frag mich nicht warum, die Kappe der Wilbers aufgehabt hat.«

»Das erscheint mir doch ein bisschen hergeholt. William löst das Rätsel auf ganz einfache Weise. Er betrachtet die Kappe als nicht zum Tathergang gehörig und sieht in Gustav Lüdel den Täter. Dessen DNA-Probe liegt vor, allerdings erwarten wir die Laborergebnisse erst heute Nachmittag.«

»Gut, wir werden sehen. Inzwischen neige ich nicht mehr dazu, Lüdel gänzlich auszunehmen. Wenn er die Tat begangen hat, könnten weitere Morde folgen.«

»Wieso das?«, fragt der Oberkommissar verblüfft.

»Er weiß um die pädophilen Neigungen des Dr. Schmidt und könnte aus Angst um seine kleine Tochter morden. Die nächsten Opfer wären dann Dr. Schmidt und Dr. Zander, wenn sie denn in Freiheit kämen.«

»Mhm …« Klett überlegt, scheint sich einen Einwand zu verkneifen, sagt dann: »Also gut, ich leite die Haarprobe der Wilbers in die Wege.«

Sie stimmen überein, erst einmal die Vernehmungen durch das Sittendezernat abzuwarten und für morgen eine Soko-Sitzung einzuberufen. Schließlich meint der Oberkommissar beinahe beiläufig:

»Werner, falls du es bislang nicht gehört hast: Die Kollegen vom LKA wollten Hoffmann wegen der Waffenschiebereien festnehmen, doch er ist ihnen entwischt, ist derzeit auf der Flucht.«

Kleinfeldt ist versucht etwas anzumerken, bedankt sich aber und legt auf.

Ein unverhoffter Besuch

Gegen 13 Uhr ruft die Pforte an. Der Diensthabende meldet, dass der Staatsanwalt in Begleitung von zwei Herren eingetroffen sei und sich vergewissern möchte, ob der Kommissar anwesend und der Besuch passend sei. Ja, er sei da und würde sich freuen, lässt Kleinfeldt ausrichten.

Kurz darauf betritt der Staatsanwalt das Dienstzimmer, gefolgt vom Staatssekretär und einem weiteren kleinen Herrn. Der Kommissar und Regina erheben sich und gehen den Besuchern entgegen. Der kleine Herr tritt hinter den anderen hervor.

»Herr Max!«, ruft Regina überrascht und reicht ihm die Hand.

»Herbert Papendick, gnädige Frau«, erwidert er mit schelmischem Lachen, und plötzlich erscheint ihr sein zernarbtes Gesicht mit der zerschlagenen Nase gar nicht mehr unsympathisch.

Die Herren wirken gut gelaunt, und nach der Begrüßung nehmen sie in der Besucherecke Platz. Der Staatsanwalt ergreift das Wort und bemerkt mit spöttischer Stimme:

»Herr Kommissar, wie ich Ihrem Anblick entnehme, wird Ihre Auslandsreise gewiss nicht erholsam gewesen sein. Wir werden noch darüber zu sprechen haben.«

»Wenigstens habe ich meine alten Kontakte nach Wien auffrischen können«, wirft der Staatssekretär ein und scheint jedes Aufkommen einer Missstimmung vermeiden zu wollen. »Der österreichische Agent in Abeburg meldet, dass der verletzte Wachmann überlebt hat. Jetzt müssen wir nur noch sehen, wie das Herzogtum Keuppen auf uns zukommt.«

Er wendet sich an Regina. »Frau Schröter, wegen der Ermittlungen habe ich heute in Tübingen zu tun und möchte die Gelegenheit nutzen, Ihnen meinen herzlichen Dank auszusprechen. Ursprünglich wollten wir an die Geschäftsbeziehungen der Investment-Firma herankommen. Aber dann konnten Sie den Trojaner auf Dr. Schmidts Rechner platzieren. Die Erkenntnisse, die wir dadurch erlangten, veranlassten uns sofort zu handeln. Alle Achtung vor Ihrem Mut.«

Regina wird ein wenig verlegen, während Herr Papendick ihr aufmunternd zunickt. Er wirkt selbstbewusst und männlich, gar nicht servil oder unterwürfig, wie sie ihn in der Villa erlebt hat.

»Wir wollten den Versuch wagen, Dr. Schmidts Privatrechner zu hacken«, erklärt er, »und Ihnen sollte die Aufgabe zukommen, den Trojaner zu setzen. Ich wusste um den stillen Alarm, den Sie auslösen würden und wollte auf Sie aufpassen. Sie müssen wissen, dass Dr. Schmidt ständig eine kleine Glock bei sich hatte und gut damit umzugehen weiß. Wären Sie entdeckt und ohne Schutz gewesen, hätte das unter Umständen sehr unangenehm ausgehen können.«

»Und ich habe mich gefürchtet und von Ihnen belauert gefühlt.« Regina lacht erleichtert.

»Ohne Frage hatte ich Sie immer im Auge. Ich wollte Sie beschützen, und es hat ja auch geklappt. Übrigens war es der Holländer, der nachts in Ihr Zimmer einzudringen versuchte. Nötigenfalls hätte ich eingegriffen.«

Sie lachen entspannt, während die anderen wohlwollend zugehört haben.

»Wie steht's mit den Mordermittlungen, Herr Kommissar?«, fragt der Staatsanwalt.

»Im Moment ist alles im Fluss. Wir verfolgen einige neue Spuren. Ich bin davon überzeugt, dass der Mörder im Umkreis der Goldern zu suchen ist. Morgen bekommen Sie einen Bericht über den aktuellen Stand.«

Der Staatsanwalt gibt sich zufrieden, und nach einigen liebenswürdigen Floskeln nehmen die Herren wohlmeinend Abschied.

Die Besucher sind kaum aus der Tür, als dem Kommissar das verabredete Treffen mit Ada in den Sinn kommt. Er fühlt sich plötzlich unruhig und besorgt. Er wird Ada fragen müssen, was sie mit Dr. Zander zu tun hat.

Warum gerade Ada!?

Es hat zu nieseln begonnen, als der Kommissar sich aufmacht, Ada im Restaurant am Neckar zu treffen. Er nimmt den Dienstwagen, fährt in die Wöhrdstraße und stellt das Auto im Neckar-Parkhaus ab. Von dort bis zum Restaurant sind es nur wenige Schritte. Als er auf die Straße tritt, sieht er sich gegenüber der Praxis von Dr. Zander. Der Arzt ist ihm äußerst verdächtig. Er wird ihn vernehmen, sobald das Sittendezernat mit ihm fertig ist.

Wie zufällig wendet er sich nach rechts und erblickt Ada, die gerade am Haus des Verkehrsvereins vorbei die trostlose Straße entlangkommt. Unter dem dunklen Regenschirm leuchtet ihr rotes Haar durch den trüben Regenschleier. Sie sieht ihn, beschleunigt ihren Schritt und eilt strahlend auf ihn zu. Der Kommissar geht ihr lächelnd entgegen, umarmt sie schweigend. Sie nimmt ihm die Schutzbrille ab, schaut ihm ernst in die dunkel umringten Augen.

»Du hast viel durchgemacht, Werner.«

»Es ist gut. Lass uns jetzt nicht darüber sprechen.«

Wortlos gehen sie die Straße zurück, Ada eng bei ihm eingehakt unter dem kleinen Regenschirm. Als sie an Dr. Zanders Praxis vorbeikommen, liegt ihm die Frage nach dem Arzt auf der Zunge, doch er wagt nicht, ihr stilles Einvernehmen zu stören.

Im Restaurant gewährt ihr Tisch am Fenster einen Blick den Fluss hinunter auf die weit entfernte Fußgängerbrücke am Neckarkraftwerk, undeutlich erkennbar im dunstigen Nieselregen. Das Wasser dunkel und wie bleiern, die Stocherkähne bewegungslos in der Trübnis des verhangenen Regentages.

Trotz der Freude über das Wiedersehen sind beide nachdenklich und ruhig. Eine Bedienung bringt den bestellten Kaffee und Kuchen. Lange Zeit sitzen sie schweigend, als könnte ein Wort ihre Eintracht verletzen. Endlich beugt Ada sich zu ihm herüber, nimmt ihm die dunkle Schutzbrille ab und sieht ihn warmherzig an.

»Werner, ich spüre deine Unruhe. Du möchtest wissen, was ich mit Dr. Zander zu tun habe.«

Er nickt – erleichtert, dass sie von sich aus auf den Arzt zu sprechen kommt.

»Dr. Zander hat mir einmal das Leben gerettet, mir in einer ausweglosen Situation geholfen. Danach bin ich seine Patientin geworden.«

Kleinfeldt schaut sie überrascht und wie fragend an, während sie fortfährt: »Ich habe nie darüber gesprochen.

Ich habe dir auch nie erzählt, dass ich aus dem Herzogtum flüchten musste, um einer drohenden Verhaftung zuvorzukommen.«

»Du hast eine Straftat begangen?«

»Ein Rechtsbruch war es bestimmt, wenn man den Gesetzen des Herzogtums folgt.« Sie lacht erbittert auf. »Ich war vergewaltigt worden und hatte Anzeige erstattet. Doch der Täter entstammte dem Umkreis des Autokraten. Er blieb straffrei und mir wurde eine Verleumdungsklage angedroht. Aber der Grund für meine Flucht war ein anderer.«

Sie zögert lange, bis sie sich entschließt weiterzuerzählen. »Aufgrund der Vergewaltigung war ich schwanger geworden und habe abtreiben lassen ... Du musst wissen, dass jedweder Schwangerschaftsabbruch im Herzogtum streng verboten ist und schwer bestraft wird. So war ich auf eine Kurpfuscherin in Kastell angewiesen. Der Eingriff misslang, immer wieder traten Blutungen auf. In höchster Not wandte ich mich an einen Arzt, der mir zwar half, mich aber anzeigte.

Meiner Verhaftung kam ich zuvor, indem ich nach Deutschland floh. Ich war im Zug nach Tübingen, als die Blutungen wieder auftraten. Es war furchtbar. Ich dachte, ich müsste sterben. Ein Arzt wurde ausgerufen. Und da kam Dr. Zander, der ebenfalls auf dem Weg nach Tübingen war. Sofort hat er die Situation erkannt, die Blutungen gestoppt und alles Weitere veranlasst. Am nächsten Halt in Baden-Baden stand ein Krankenwagen bereit. Er kannte dort einen Arzt im Krankenhaus – ich war doch nicht krankenversichert. Dr. Zander hat alles geregelt. Ich bin später seine Patientin geworden.«

Der Kommissar schaut sie erschüttert an. »Du hast mir nie davon erzählt. Wie eigenartig, dass du gerade an ihn geraten bist.«

»Ja, er ist ein undurchsichtiger Mensch, das wirst du wohl auch gefunden haben. Doch er hat mir das Leben gerettet, und als Arzt war er immer bemüht.«

»Er ist dir nie zu nahegetreten?«

»Einmal gab es eine Situation. Doch nachdem ich ihm mein Desinteresse deutlich spüren ließ, blieb er stets auf Distanz. Damals hatte er wohl schon ein Verhältnis mit der ermordeten Romano oder mit einer anderen Frau … Aber lass uns über andere Dinge sprechen.«

»Ada, nur noch dies. Ich muss dir erklären, warum ich so harsch reagiert habe, als ich dich aus Dr. Zanders Praxis kommen sah. Zu dem Zeitpunkt war er mir schon hoch verdächtig. Er könnte der Mörder sein, eine Sportkappe seiner schwarzhaarigen Assistentin getragen haben … gerade läuft eine entsprechende Haaranalyse. Und seit Kurzem weiß ich, dass er Kleinkaliberschütze ist.«

Ada schaut ihn skeptisch an, doch eindringlich fährt er fort: »Seine Täterschaft ist meine einzige Hoffnung, die Versatzstücke dieses verworrenen Puzzles zusammenzubekommen: das Kleinkaliber, der Profikiller oder Sportschütze, Waffenhandel und Pädophilie, der verschlüsselte Laptop und das schwarze Haar an der Sportkappe des Mörders.«

»Heute Morgen habe ich gehört, dass es in dem Fall ebenso um Mädchenhandel geht. Wenn Dr. Zander darin verstrickt ist …« Sie hebt schockiert die Hände. »Er ist ein eigenartiger Mensch, aber solche Verbrechen … entsetzlich.«

»Ich werde energisch nachfassen, Dr. Zanders Alibi überprüfen, ihn und seine Assistentin in die Mangel nehmen. Und dann ist da noch die E-Mail-Korrespondenz der Romano.«

»Der Laptop ist ans BKA. Es tut mir leid, wir konnten nichts machen.«

»Ich bin unterrichtet, dass es schwierig werden könnte.«

Ada schlägt die Augen nieder, will nicht weiter über das Verschlüsselungsproblem sprechen. »Was war in Abeburg? Ich war in großer Sorge.«

»Im Moment möchte ich uns lieber nicht damit belasten … ich erzähle dir später.«

Sie nickt, blickt ihn ernst an. »Ja, es ist wohl besser, wir sprechen über uns.« Und nach einigem Zögern: »Du hast dich verändert, ich muss dir das sagen … seit, die neue Assistentin bei dir ist.«

»Ada, sie hat mir zweimal das Leben gerettet.«

»Ich weiß, aber meiner Meinung nach überhöhst du sie. Ja, sie ähnelt deiner verstorbenen Frau, wie du erzählt hast. Aber ist das ein Grund?«

»Und du bist grundlos eifersüchtig«, fährt er dazwischen.

Sie schweigen, beide betroffen über die gegenseitigen Vorwürfe.

»Werner, vielleicht sollten wir das alles einmal ausklammern und zusammen verreisen. Und dann könnten wir sehen, wie es weitergeht.«

»Du würdest es noch einmal versuchen?«

»Ja, das würde ich.« Sie sieht ihn liebevoll an. »Wir könnten in den Schwarzwald fahren, ein kleines Hotel am Schluchsee, oder irgendwo anders.« Voller Zuversicht sprechen sie über eine mögliche Zukunft.

Lange sitzen sie schweigend beieinander, halten sich über den Tisch hinweg an den Händen gefasst.

Sie wissen nicht, dass es ihre letzte Begegnung ist.

Schließlich machen sie sich auf und gehen zum Parkhaus zurück. Als sie an Dr. Zanders Praxis vorbeikommen, geht dort unversehens die Haustür auf. Hoffmann tritt heraus, dahinter Marta Wilbers. Kleinfeldt und Hoffmann erblicken sich im selben Moment. Kleinfeldt überrascht von der plötzlichen Begegnung, Hoffmanns Gesicht sofort in wildem Hass verzerrt. In unbändiger Wut zieht er eine Waffe und legt auf Kleinfeldt an.

»Nein!«, schreit Ada gellend und wirft sich in den Schuss. In die Brust getroffen sinkt sie in Kleinfeldts Arme. Langsam lässt er sie zu Boden gleiten. Im Knien hält er sie wortlos umfangen. Immer schneller breitet sich der Blutfleck auf ihrem Mantel aus.

Er verharrt im Schock, sieht die Wilbers um Hilfe telefonieren. Hoffmann entkommt in Richtung Blaue Brücke.

Adas Blut pulst über Kleinfeldts Hände, Arme und Knie. Regennass ihr rotes Haar, nun fast dunkel wie ihr Blut. Eine Träne rollt über ihr bleiches Gesicht.

»Es war schön mit dir, Werner.«

Er presst regungslos seine Wange an ihre erkaltende Hand.

»Damals hat er mich vor dem Verbluten gerettet, jetzt verblute ich vor seinem Haus.«

Sie spricht mit kaum hörbarer Stimme. Die Blässe ihrer Züge vertieft sich. Sie zwingt sich zu einem burschikosen Ton.

»Werner, es ist schon gut. Gräme dich nicht. Es ist so gekommen.«

Dann verliert sie das Bewusstsein. Die Sirene eines Rettungswagens heult heran. Starr vor Erschütterung steht Kleinfeldt da. Trauer und Wut mischen sich zu tödlicher Entschlossenheit. Er wird Hoffmann stellen!

Hastig ruft er seine Assistentin an, berichtet überstürzt: »Hoffmann hat Ada erschossen, ist auf der Flucht. Ich hole ihn mir. Er steckt in der alten Fabrik. Er oder ich!«

»Herr Kommissar, nehmen Sie mich mit!« Reginas Stimme fast ein Flehen.

»Ich muss es alleine machen. Wenn ich nicht wiederkomme: Hüten Sie sich vor Thompson!«

Er hastet zum Auto, will in seine Wohnung, die Smith & Wesson holen.

Der Kommissar in der Falle

In einer Wirrnis aus Trauer, Hass, Rache und verzweifelter Selbstanklage, getrieben von wildem Grimm, hat Kleinfeldt zu Hause die Kleidung gewechselt und die Smith & Wesson angelegt. Mit hoher Geschwindigkeit jagt er nun die Eisenbahnstraße entlang zur alten Fabrik, dem Hoffmann abgelauschten Zufluchtsort. Von seiner Assistentin weiß er um die Seitentür in die Werkshalle, die hoffentlich unverschlossen ist.

Er parkt am Schrottplatz, stellt den Wagen wie in der Mordnacht etwas weiter entfernt von der Zufahrt ab. Im grauen Dunst des trüben Regentages wirkt das Gelände noch trostloser als ohnehin. Weiter hinten der Wohnwagen, Gustav Lüdels Behausung, vorne nahe der Straße der graue Flachbau neben der verwitterten Ziegelwand der alten Fabrik.

Er vergewissert sich der Waffe, steckt sein Smartphone ein und steigt aus. Im leichten Regen quert er den Platz, sieht sich mehrfach sichernd um, geht direkt hinüber zu dem Durchgang zwischen Flachbau und Fabrik. Dort die Stahltür. Er verharrt… lauscht. Kein Laut außer dem sausenden Wind in der engen Passage. Fast mühelos lässt sich die Tür öffnen. Er tritt ein. Ein starker Luftzug. Mit lautem Knall schlägt die Tür hinter ihm zu. Er erschrickt. Er wird gehört worden sein, sein Überraschungsmoment dahin.

Schlagartig steht er im Halbdunkel des niedrigen Maschinenraums vor dem mächtigen, zylinderförmigen Maschinenapparat, der sich nach links in die Werkshalle erstreckt. Plötzlich schnelle Schritte, wie auf einer Stahltreppe: Stahlgitterroste vibrieren. Hoffmann wird den Ankömmling aus sicherem Versteck erkennen wollen.

Der Kommissar huscht hinüber zu der Maschinenröhre, sucht Deckung hinter einem vorspringenden Gehäuseteil. Er weiß: Hoffmann wird ohne Warnung schießen. Er späht in die Halle. Der hohe Raum im schummrigen Licht, drei tonnenschwere Pressen, hoch aufragend, hintereinander gereiht in Flucht mit der zylindrischen Maschinerie, grau im spärlichen Schein schmaler Oberlichter. An den Wänden die umlaufende Galerie aus gitterähnlichen Rosten, seitwärts weiter hinten die Stahltreppe nach oben. Hoffmann wird hinaufgelaufen sein.

Vorsichtig bewegt er sich zur Halle hin, passiert den lichtlosen Treppenschacht, der unter der Maschinenröhre in die Tiefe führt. Unten eine Stahltür, kaum zu erkennen im dort herrschenden Dunkel. Die Waffe schussbereit in beiden Händen hält er kurz inne, horcht hinunter, huscht dann hinüber zu der ihm nächstgelegenen Presse, den Blick sichernd hin zur Galerie und dem gläsernen Beobachtungskasten, den er nun über dem Maschinenraum gewahrt.

Hoffmann könnte dort oben stecken. Er schnellt hin zur nächsten Presse, geht dahinter in Deckung. Jetzt bemerkt er das schwache Licht in dem Glaskasten, ähnlich wie von seiner Assistentin berichtet. Als er noch das Risiko abwägt, die Stahltreppe hinaufzulaufen, ist das Licht erloschen. Hoffmann wird ihn gesehen haben, wird ihn oben erwarten, steckt in der Falle! Mit der Waffe im Anschlag hastet er die Treppe hinauf, einzig den Glaskasten im Blick, jederzeit bereit zu schießen. Doch er weiß nicht – und das leitet sein Verderben ein –, dass die Ebenen des Gebäudes über eine schmale, stählerne Wendeltreppe miteinander verbunden sind.

Ungeachtet der Gefahr stürmt er in den Glaskasten, dann weiter in den Raum dahinter. Niemand da! Eine Tür in der Ecke. Er springt hinzu, reißt sie auf, erblickt überrascht die Wendeltreppe, hört Schritte nach unten. Blitzschnell entscheidet er sich zurückzuwenden, er wäre wehrlos auf der engen Treppe. Er stürmt zurück, springt die Stahltreppe hinunter, schnellt in die Deckung einer Presse.

Von Hoffmann keine Spur.

Da sieht er Licht in dem schachtähnlichen Treppenabgang unter dem Maschinentrieb. Vorsichtig geht er darauf zu. Und unvernünftig wie sein gesamtes Vorhaben lässt er sich verlocken, die schmale Betontreppe hinabzusteigen. Die Stahltür steht halb offen, ein heller Lichtschein fällt heraus: Hoffmann steckt in den Kellerräumen!

Mit vorgehaltener Waffe tritt er die Tür vollends auf. Eine Neonlampe wirft hartes Licht. Graue, feuchte Betonwände, überall Rohrleitungen, verrottete Kessel mit Manometern und Ventilen. Niemand zu sehen. Noch eine Tür am Ende, er findet sie versperrt.

Blitzartig ahnt er die Falle, hastet zurück, sieht noch die Eingangstür zufallen. Verschlossen! Kurz darauf verlischt das Licht. Er ist gefangen, im Dunkel gefangen. Sein Smartphone hat keinen Empfang, er benutzt es als Handlampe, leuchtet die Tür ab: Eine Stahltür, ein einfaches Schloss. Er findet einen Draht, biegt ihn zum Schlüssel, doch ohne Erfolg.

Plötzlich ein merkwürdiges Zischen von einem der Kessel her, nach einiger Zeit ein seltsames Knacken wie von brüchigem Metall, und dann im Schein des Smartphones zischendes Wasser aus zunehmenden Kesselrissen. In furchtbarer Ahnung springt er zurück.

Ein knallendes Bersten, ein gewaltiger Wasserschwall, und dann nur noch lautes Rauschen. Wasser auf dem Betonboden, immer mehr Wasser, das immer schneller steigt.

Hoffmann wird ihn ertränken!

Showdown in der alten Fabrik

Kleinfeldts Anruf hat Regina alarmiert. Er wollte sie vor Thompson warnen. Ihr war sofort klar, wie gefährlich sein Vorhaben ist. Sie sitzt an ihrem Schreibtisch, angespannt, wartet auf seine Rückkehr oder irgendeine Nachricht.

Die Zeit vergeht. Je länger sie wartet, desto unruhiger wird sie. Und auf einmal sagt ihr das Gefühl, dass der Kommissar in Gefahr ist, in höchster Gefahr! Sie muss helfen! Bei seinem Anruf hatte er Hoffmanns Versteck erwähnt, die alte Fabrik. Dort muss sie hin!

Hastig nimmt sie den Lift ins Untergeschoss, will aus der Waffenkammer eine Maschinenpistole holen. Sie trifft auf Kommissar Heilmann, der die Waffen verwaltet.

»Ich brauche eine MP 5, dazu vier Magazine.«

Sie spricht in gehetztem Ton. Der junge Kommissar wundert sich ob ihrer Hektik.

»Gemach, Regina. Kommissar Kleinfeldt hat dir sicher einen Erlaubnisschein ausgestellt?«

»Ich habe keinen. Gib mir die Waffe!«

»Regina, du weißt, dass das nicht geht.«

»Ich brauche die Waffe und die Munition.« Sie wird immer nervöser, meint die Zeit liefe ihr davon.

Mehrere Male geht es hin und her. Plötzlich bekommt

sie einen harten Gesichtsausdruck, die Augen verengt zu schmalen Schlitzen.

»Gib mir die Waffe«, zischt sie böse, »oder ich hole sie mir!«

Er erschrickt. So hat er sie noch nie erlebt. Er hat munkeln hören von spektakulären Einsätzen und nächtlichen Operationen zusammen mit dem Kommissar, bei denen es nicht immer regelgerecht zugehen soll. Aber diese plötzliche Wildheit und unbedingte Entschlossenheit angesichts ihrer außergewöhnlichen Erscheinung und gemeinhin freundlichen Art. Er ist fassungslos.

Gut, er sollte es nicht so genau nehmen. Ihr Chef, Kommissar Kleinfeldt, ist ohnehin dafür bekannt, öfters fünfe gerade sein zu lassen.

»Okay, du bekommst die Waffe.«

Er wendet sich zum Waffenschrank, völlig verwirrt, händigt ihr die Maschinenpistole aus, dazu die geforderten Magazine.

»Was immer du vorhast, pass auf dich auf.«

Sie nickt ihm flüchtig zu, eilt zum Parkplatz, setzt das mobile Blaulicht aufs Wagendach und rast mit Sirenengeheul hin zur Eisenbahnstraße. Am oberen Ende schaltet sie die Sirene ab, fährt weiter mit hoher Geschwindigkeit die Straße hinunter.

Schon von Weitem ist das Auto des Kommissars zu sehen, sie parkt direkt dahinter. Noch im Wagen prüft sie die Maschinenpistole, schiebt ein Magazin ein, vergewissert sich der anderen in ihrer Lederjacke.

Dann ist sie aus dem Auto, eilt geradewegs über den Schrottplatz hin zum Durchgang zwischen Flachbau und Fabrik. An der Stahltür hält sie inne, horcht, öffnet bedachtsam, gewappnet vor dem einsetzenden Luftzug – kann die Tür leise hinter sich schließen.

Stille im dämmrigen Maschinenraum, zur Werkshalle hin Zwielicht, die drei tonnenschweren Pressen wie turmhohe Pfeiler. Vorsichtig geht sie vor bis zu dem schachtartigen Kellerabgang. Da hört sie leises Glucksen. Sie wundert sich, und plötzlich sieht sie den Schacht zu zwei Dritteln unter Wasser. Und dann Geräusche an der gefluteten Stahltür, als würde jemand von innen sich daran heftig zu schaffen machen.

In dem Moment peitscht ein Schuss. Das Projektil knallt neben ihr auf den Hallenboden, prallt als jaulender Querschläger ab. Sie duckt sich oben in den Treppenschacht. Ein weiterer Schuss, ein surrender Abpraller, und pochende Geräusche von der Stahltür her. Da weiß sie: Der Kommissar ist gefangen hinter der Tür, Hoffmann der Schütze.

Mit Schrecken bemerkt sie den langsam steigenden Wasserspiegel. Bleibt noch Zeit? Der Kommissar wird ertrinken! Wieder ein Schuss, aus Richtung der hinteren Presse. Sie muss hinunter ins Wasser, hinunter zur Stahltür. Ein einfaches Türschloss? Ein Draht? Könnte ihre Haarspange genügen?

In fliegender Hast zieht sie die Lederjacke aus, legt sie zusammen mit den Magazinen auf noch trockene Stufen. Sie weiß: Wenn sie hinuntertaucht, wird sie Hoffmann schutzlos ausgeliefert sein. Beim Auftauchen könnte er oben am Treppenschacht stehen, sie bedenkenlos erschießen. Sie muss ihn in seiner Deckung halten!

Die MP 5 auf Dauerfeuer gestellt, jagt sie ein ganzes Magazin heraus – ziellos gegen die Hallenwand bei der hinteren Presse und die stählerne Galerie. Das harte Knattern der Maschinenpistole, die aufprallenden Projektile und jaulenden Querschläger schaffen ein beeindruckendes Inferno. Sie hofft, Hoffmann dadurch fernzuhalten. Schnell reißt sie eine Spange aus ihrem Haar, biegt sie zu einem

Haken: Ein unvollkommener Schlüsselersatz. Dann taucht sie. Unter Wasser ist es dunkel, sie rüttelt an der Klinke, macht sich am Türschloss zu schaffen. Doch der Haken verbiegt. Sie versucht es wieder und wieder, ist am Verzweifeln. Ihr bersten die Lungen. Sie muss hoch! Als sie auftaucht, ist von Hoffmann zum Glück nichts zu sehen.

Das Wasser ist weiter gestiegen, nur noch zwei Handbreit unter dem oberen Rahmen der Stahltür. Ist Hoffmann in seiner Deckung? Noch einmal muss sie hinunter, muss es versuchen. Sie legt ein neues Magazin ein, jagt es raus in Richtung der hinteren Presse, der Hallenwand und der Galerie, erzeugt ein infernalisches Prasseln und Jaulen der in alle Richtungen abprallenden Projektile.

Plötzlich ein Aufschrei. Hoffmann scheint von einem Querschläger getroffen. Sie sieht ihn die Stahlleiter an der hinteren Presse erklimmen – die Leiter, die zur Spitze hochführt. Er will fliehen, will hinüber zur Galerie, dort durch eine Tür zur Fluchttreppe außen am Gebäude. Auf Höhe der Galerie versucht er hinüberzuspringen, gleitet ab.

Ein Schrei! Mit dumpfem Geräusch prallt er auf den Beton. Dann Stille … außer dem glucksenden Sprudeln im Treppenschacht.

Nur noch eine Handbreit frei unter dem Türrahmen! Das Wasser steigt unaufhörlich. Regina hört das Pochen an der Stahltür, gerät beinahe in Panik. In einer Ahnung springt sie auf, hetzt hinüber zur hinteren Presse. Hoffmann liegt am Boden, seltsam verdreht, den Schädel gebrochen.

Ohne Rücksicht durchsucht sie den Sterbenden. Es gilt den Kommissar zu retten! Sie findet einen Schlüsselbund, hastet zurück, das Wasser beinahe am oberen Türrand. Sie taucht, ist am Schloss, probiert einen Schlüssel, einen zweiten … ohne Erfolg. Fast droht sie zu ertrinken, hat endlich den passenden gefunden.

Die Tür geht nach innen, sie drückt gegen das Wasser, kann einen Spalt öffnen, Wasser schwappt nach. Sie fasst den Kommissar, zieht ihn zu sich. Halb schwimmend mühen sie sich die Treppe hoch, fallen auf die oberen Stufen, sich gegenseitig umklammernd, liegen atemlos beisammen. Im Angesicht des Todes gilt keine Konvention.

Der Kommissar durchnässt, halb benommen am Ende seiner Kraft. Regina zitternd mit gelöstem langen Haar, die nasse Bluse eng am Körper: Eine wunderschöne Nixe, wäre nicht der Ernst der furchtbaren Situation. Sie erheben sich, stützen sich gegenseitig, gehen eng umschlungen nach hinten. Hoffmann liegt am Boden, flach atmend mit wächsernem Gesicht.

»Herr Hoffmann, Sie stehen gleich vor Ihrem Richter. Sagen Sie die Wahrheit. Haben Sie Frau Romano ermordet?«

Hoffmann, kaum noch fähig zur Bewegung, lässt ein schwaches Kopfschütteln erkennen.

»War es einer der Goldern?«

Hoffmann versucht zu sprechen, bringt kaum verständlich hervor: »Es war keiner von uns.«

Dann stirbt er.

Reginas Spannung löst sich. Sie weint in Kleinfeldts Armen.

FREITAG

Ist das Rätsel jemals lösbar?

Am anderen Morgen sitzen Regina und der Kommissar im Dienstzimmer beisammen, der Kommissar in sich gekehrt, tief erschüttert über Adas Tod, Regina nachdenklich und verhalten. Er hat es sich nicht nehmen lassen, Kaffee mit der büroeigenen Maschine zu bereiten, sie hat Kaffeebecher aufgetragen und eingeschenkt. Beide wirken gefasst, zwingen sich, die furchtbaren Ereignisse des Vortages auszublenden und die aktuelle Lage zu besprechen.

»Ich meine, Hoffmann hat die Wahrheit gesagt«, äußert der Kommissar nachdenklich. »Es war keiner der Goldern. Dennoch will ich die Leute vernehmen, jeden einzelnen.«

Und dann in missmutigem Ton: »Der Waffenhandel ist aufgeklärt, die pädophile Organisation zerschlagen, das Wirtschaftsdezernat ermittelt, und wir sitzen da… Die DNA-Untersuchungen haben nichts ergeben: Die Sportkappe hat sich nicht zuordnen lassen, die Haaranalyse der Wilbers hat nichts erbracht. Auch ob's ein Profikiller war – wir wissen es nicht, die Tatwaffe bleibt verschwunden. Und wird der Laptop jemals zu entschlüsseln sein?… All die offenen Enden dieses verteufelten Puzzles haben wir nicht zusammenbekommen.«

»Vielleicht bringt uns die Vernehmung der Goldern weiter«, wirft Regina ermutigend ein.

Verdrossen verzieht er die Mundwinkel. »Gut, wir werden sehen. Aber ob wir das unsägliche Rätsel jemals lösen:

Der glatzköpfige Täter und das schwarze Haar an der Sportkappe?«

In Gedanken versunken sitzen sie beieinander, bis Regina meint: »Wahrscheinlich werden wir den Fall neu angehen müssen.«

Der Kommissar nickt. »Ja, wir haben uns zu sehr auf die Goldern konzentriert und das persönliche Umfeld der Romano vernachlässigt. Sie war eine attraktive Frau, wird eine Reihe privater Kontakte gehabt haben. Schließlich ist es ihr gelungen, vom Morphium freizukommen. So etwas schafft man nicht alleine.«

»In ihren Unterlagen befindet sich ein Bußgeldbescheid der Stadt Mössingen, ein Strafzettel wegen Falschparkens. Was machte sie in dieser Stadt, wenn sie dort nicht irgendwelche Beziehungen hatte? Vielleicht sollten wir als Erstes die Mössinger Arztpraxen angehen und dann in den Cafés nachfragen.«

»Gute Idee, ich werde gleich mit Friedel telefonieren. Aber begeistert wird er bestimmt nicht sein.«

Wieder schweigen sie geraume Zeit, dann sagt der Kommissar: »Bei all den ungelösten Fragen ist auch noch ein Verfahren gegen Hauptkommissar Thompson einzuleiten.« Er seufzt. »Sobald wie möglich sollten wir Kontakt mit dem LKA Stuttgart aufnehmen, die internen Ermittlungen einschalten. Ich rechne mit Thompsons Suspendierung.«

In dem Moment läutet Reginas Smartphone. Sie meldet sich, hört kurz zu, verdeckt dann das Mikrofon mit der Hand.

»Senna Meertens«, sagt sie zum Kommissar hin, »sie will mich sprechen.«

Er nickt, worauf sie zum Telefonieren zu ihrem Arbeitsplatz hinübergeht. Kurz darauf kommt sie zurück.

»Sie ist im New Southern, meint ich hätte dort noch ein

Zimmer. Nun ist sie auf der Dachterrasse. Sie fühlt sich allein, ist verzweifelt, will mit mir reden.«

»Oh, die haben wir ganz aus dem Fokus verloren.« Der Kommissar fasst sich an den Kopf.

Sie blickt ihn fragend an.

»In Ordnung. Vielleicht ergibt sich etwas.«

Kurz darauf ist Regina im Hotel, nimmt den Fahrstuhl ins Dachgeschoss, geht noch eine Treppe hoch und betritt die Terrasse. Ein warmer Herbstmorgen, ein wunderschöner Blick über Tübingen, gedämpft der brausende Verkehrslärm von unten.

Senna sitzt in einer Ecke der Balustrade neben einigen Pflanzkübeln. Sie springt auf, als sie Regina erblickt, läuft auf sie zu und umarmt sie.

»Ich hatte gehofft, dass du noch nicht in Essen bist. Oder bist du wieder zurück?«

Regina erwidert lächelnd ihren Gruß, übergeht die Frage.

»Wie siehst du aus, Regina«, wundert sich Senna. »So kenne ich dich gar nicht.«

Sie tritt einen Schritt zurück, weist auf Reginas Jeans und Lederjacke und meint sicher auch das zum Pferdeschwanz gebundene Haar.

Regina lacht, sagt aber weiter nichts. Sie setzen sich.

»Ich bin so alleine, Regina. Die Polizei war da, hat den Onkel mitgenommen und alles durchsucht. Und Max ist nicht mehr da. Er hätte mich aufgemuntert. Er war immer so freundlich zu mir.«

»Du hast geweint, als ich dich zuletzt gesehen habe.«

Senna erstarrt. »Es ging um Dr. Zander. Ich habe dir verschwiegen, dass ich ein Praktikum im Kinderheim absolviert habe. Und ich habe dir nicht erzählt, was Dr. Zander mit kleinen Mädchen gemacht hat. Darum habe ich geweint.«

»Was war? … Erzähle.«

»Die Polizei hat alles aufgedeckt.« Senna beginnt zu weinen und erzählt unter Schluchzen: »Ich habe es schon vorher gewusst. Nachts kamen Autos mit gestohlenen Mädchen, sie wurden in den Keller gebracht. Frau Romano hat es beaufsichtigt, Dr. Zander ihnen Spritzen gegeben. Und am nächsten Morgen waren sie nicht mehr da.«

Sie weint wie ein Kind. Regina will sie trösten, fasst ihren Arm, doch Senna zuckt zurück, schaut sie unter Tränen beinahe hasserfüllt an. Dann beruhigt sie sich, schiebt den Ärmel ihrer Jacke hoch. Regina erschrickt. Grausige Brandmale auf dem Arm, tief eingebrannt ins Fleisch!

»Senna, was ist das? Hast du dich verletzt?«

»Der Medizinmann … in Südafrika … ich war ein Kind.«

Zuerst erzählt sie stockend, immer wieder schluchzend, dann sprudeln die Worte aus ihr heraus.

»Mein Vater war da, in der Nacht, als du zu Gast bei uns warst. Er war in Südafrika freigekommen, hatte mich angerufen, kam heimlich über das Spalier in mein Zimmer. Ich kannte ihn nicht mehr. Was er erzählte, ist kaum zu glauben. Seitdem habe ich wieder die schrecklichen Träume, wie damals in meiner Kindheit.«

Sie stockt, kann die Tränen nur mit Mühe zurückhalten.

Beide schweigen. Dann fragt Regina: »Du träumst von früher?«

»Der Medizinmann hat mir gesagt, dass es Träume sind und nicht die Wirklichkeit. Er hat es mir eingebrannt.« Sie weist auf ihren Arm.

»Ich wäre beinahe gestorben, war damals sechs Jahre alt, verlor meine Haare … alle meine Haare.«

»Was für Träume, Senna.«

»… dass mein Onkel mir etwas antut, etwas Schlimmes antut.«

Sie fasst an ihren geschändeten Arm. »Nein, nein, mein Onkel ist ein guter Mann. Es sind Träume. Meinem Vater ist nicht zu glauben … wenn er denn mein Vater ist.«

Sie wirkt verwirrt, bekommt einen listigen Ausdruck, hebt den Zeigefinger, flüstert beinahe.

»Den kleinen Mädchen muss man helfen, damit ihnen nichts Schlimmes passiert.«

Urplötzlich hat Regina verstanden! Sie neigt sich zu ihr hin, erhebt sich leicht.

»Komm, Senna, hilf den kleinen Mädchen, komm mit mir.«

Senna rührt sich nicht, scheint wie geistesabwesend.

»Du musst mir alles erzählen, komm mit mir. Ich bin Polizistin.«

Senna erstarrt, die Augen geweitet in ungläubigem Schreck. Dann springt sie auf.

»Du bist keine Freundin!?«

Sie weicht in Panik zurück, wachsbleich im Gesicht.

»Ich komme nicht mit!«

»Senna, sei vernünftig. Es passiert dir nichts.«

»Nein, nein! Du bist keine Freundin!«

Wie zum Schutz hält sie beide Arme ausgestreckt von sich. Regina geht vorsichtig auf sie zu, will sie beruhigen.

»Bleib stehen, oder …« Sie steht am Rand der Balustrade, hat einen Fuß daraufgesetzt.

»Senna, sei ruhig, schön ruhig, es passiert dir nichts.«

Regina versucht, ganz langsam zu ihrem Smartphone zu greifen.

Doch Senna schreit: »Rühr dich nicht, oder ich springe!«

Sie steht auf der Balustrade, wirft einen Blick hinunter, taumelt … und da passiert es. Sie verliert das Gleichgewicht, stürzt ohne einen Laut in die Tiefe. Für einen Moment ist Regina wie erstarrt, zu keinem Gedanken fähig.

Dann hastet sie ins Treppenhaus, jagt hinunter. Als sie unten aus der Tür tritt, hat sich eine Menschenmenge angesammelt. Gewaltsam drängt sie hindurch.

Senna liegt zerschmettert am Boden, furchtbar anzuschauen … ihr Kopf kahl, daneben eine schwarze Perücke.

Regina steht tief erschüttert, Tränen rollen ihr übers Gesicht.

ZEHN TAGE SPÄTER

Ein wunderschöner Herbsttag, Tübingen im Glanz eines goldenen Oktobers. Es ist Mittagszeit. Regina hat sich geschickt durch den Stadtverkehr geschlängelt, fährt die Galgenbergstraße hoch. Ihr Ziel ist der Bergfriedhof über der Stadt. Auf halber Strecke sieht sie das Auto des Kommissars am Rand geparkt. Sie stellt ihren Wagen dahinter ab.

Die Luft ist lau, sie geht die Straße aufwärts mit federndem Schritt, genießt den Blick auf die mit Leben erfüllte Stadt. Ein bisschen außer Atem kommt sie oben an, ihr schönes Gesicht gerötet vom zügigen Gang, sonnenhell ihr goldblondes Haar.

Als sie durchs Friedhofstor tritt, sieht sie von Weitem eine Gestalt, gebeugt, doch im sonnigen Licht: Der Kommissar an Adas Grab.

Sie tritt auf ihn zu, er steht versunken.

»Herr Kommissar, ich wusste, wo ich Sie finde.«

Ein Lächeln geht über sein müdes Gesicht. Er wendet sich ihr zu, nickt mit Bedacht. Eng beisammen gehen sie die Straße hinunter, in Gedanken verloren. Die Herbstsonne strahlt in mildem Glanz, und Regina legt den Arm um ihn und führt ihn zurück in die lebendige Stadt.

Ende

Aemilian Hron

Aemilian Hron ist promovierter Psychologe im Ruhestand und schreibt aus Spaß an der Logik eines kriminalistischen Handlungsstrangs.

Postfach 16 42 · 72706 Reutlingen

Titelbild: © Adobe Stock
Gestaltung: PMP Agentur für Kommunikation, Reutlingen
Lektorat: Bernd Storz
Korrektorat: Sabine Tochtermann
Satz: Uhl + Massopust, Aalen
Druck und Bindung: CPI books GmbH, Leck
Printed in Germany
ISBN 978-3-96555-122-0

ISBN 978-3-96555-028-5
11,95 EUR

ISBN 978-3-96555-087-2
11,95 EUR